흠, 스위트흠

장정희 소설

1판 1쇄 발행 | 2009. 1. 20
1판 2쇄 발행 | 2009. 8. 24

발행처 | Human & Books
발행인 | 하응백
출판등록 | 2002년 6월 5일 제2002-113호

서울특별시 종로구 경운동 88 수운회관 1009호
기획 홍보부 02-6327-3535, 편집부 02-6327-3537, 팩시밀리 02-6327-5353
이메일 | hbooks@empal.com

값은 뒤표지에 있습니다.

ISBN 978-89-6078-059-0 03810

홈, 스위트 홈

Home sweet home

장정희 소설

Human & Books

내 안에 주체 못할 누군가 있다면

한때 '스무 살까지만 살고 싶어요.'라는 제목의 영화가 풍미한 적이 있었다.

나는 마흔 살까지만 살아보겠다고 마음먹었다. 마흔을 넘어서기가 두려웠다. 열심히 살았다고 생각했지만, 삶은 조금도 달라지지 않았던 것이다. 생의 의미가 저만큼 물러나면서 지리멸렬한 하루하루가 이어졌다. 참담했다. 죽음을 떠올릴 만큼.

벌을 받은 것일까. 마흔을 넘어서던 어느 해 초겨울, 나는 끝내 쓰러지고 말았다. 뇌출혈이었다. 급히 출동한 구급대에 의해 응급실과 수술실과 중환자실을 넘나드는 동안 내 의식은 한 장의 연기처럼 허공에 떠 있었다.

이대로 죽어도 좋은가.

내 안의 누군가 물었을 것이다. 철심을 박은 뇌의 통증을 견디지 못해 울부짖으면서도, 나는 이대로 죽을 수는 없다고 소리쳤을 것이다. 한번

만 살려달라고 애원했을 것이다. 조금만 더 기다려 달라고……

눈을 떴을 때, 병실 창밖으로 첫눈이 내리고 있었다. 소담스럽고 따뜻한 눈이었다. 나는 눈물을 흘리고 있었다.

돌아보면 먼 길을 걸어왔다는 생각이 든다. 앞으로 걸어가야 할 길, 또 넘어지겠지. 그때마다 드러눕고 싶어질 테고. 그러나 잊지 말자. 왜 살고 싶었는지 생각해야 한다는 것. 오만하게도 삶의 종말을 꿈꾸었던 '빚 갚음' 같은 것. 나로 하여금 살게 만든 힘, 스스로도 감당해 낼 재간이 없는, 내 안의 주체 못할 힘, 노예처럼 끌려가면서도 나를 기쁘게 만드는, 그 힘에 기대어 묵묵히 걸어갈 뿐이다.

아주 오랫동안 '보이는 나'로 살았다. 교사로서의 오랜 경험 때문이었으리라. 그러나 사람의 숲에서 물러나 어둠 속에 서면, 어김없이 피 흘리는 순연한 짐승의 눈빛과 마주치곤 했다. 나는 그 눈빛이 발설하고자 하는 욕구를 애써 외면한 채 여기저기를 떠돌아 다녔다.

물위에 뜬 채 바람과 몸을 섞으며 바라본 계림의 밤하늘, 날름거리는 장작불 안에서 시체의 무릎이 툭툭 꺾여 나가던 인도의 바라나시 화장터, 독수리가 사람의 시체를 뜯어먹는다는 천장터를 찾아 서성였던 티베트 고원, 아프리카 흑인 노예 송출의 섬 잔지바르에서 이른 새벽잠을 깨우던 코란의 암송소리, 인간의 흔적을 마모시키는 세월을 눈으로 아프게 확인시키던 투르판의 교하고성과 앙코르와트의 타 프롬 사원, 배낭과 내 몸무게를 업보처럼 실은 채 자전거 페달을 돌리느라 헐떡이던 델리의 릭샤와 호치민의 시클로 운전수, 어느 이름 없는 사구(砂丘)에 백골을 쪼이리라 떠돌았던 고비와 타클라마칸 사막, 무감해진 영혼을 아프게 벗겨내던 큐슈의 온천지대……까지.

하지만 그 눈빛으로부터 외면하고 도망칠수록 발설하고자 하는 욕구는 더욱 부풀어 올랐다. 두려워하고, 분노하고, 슬퍼하고, 뜨겁게 사랑하며, 사랑받고 싶다는 내 안의 짐승을 어떻게 잠재울 수 있단 말인가.

마침내 나는 그 짐승의 심장 속으로 들어가기로 했다. 밤마다 벌떡이는 심장의 박동 소리에 귀를 기울였고, 뚝뚝 피 흘리는 소리를 그대로 옮겨 적었다. 그렇게 귀를 기울이고 다독이다 보니, 망나니처럼 나뒹굴던 내 안의 짐승은 조금씩 순해져 갔다.

이처럼 내 글은 '보이는 나'와의 길항작용에서 나온다. 나를 제어하되 배반하고, 기꺼이 길들여지되 일탈하고자 하는 욕망, 그 속에서 '숨겨진 나'를 발견하는 작업, 따라서 내 글은 발설함으로써 나를 살게 만드는 순연한 짐승을 위한 헌사에 다름 아니다.

첫 작품집을 묶는다. 그러느라 오랜 시간 제 역할을 다하지 못했다. 눈감아주고 따뜻하게 격려해준 어른들과 가족들, 동료와 제자들 모두에게 감사드린다.

2009년 1월, 장정희

차례

작가의 말 _ 5

주유소 _ 11

봄 비 _ 37

마이 트윈스 _ 65

푸르른 기억—앵무새 _ 93

꽃 불 _ 119

봄 날 _ 145

마니또 게임 _ 171

홈, 스위트 홈 _ 199

알바트로스, 날다 _ 229

스무살 _ 261

나쁜 피 _ 289

해설 _ 315

주
유
소

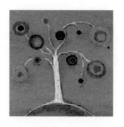

눈이 내린다. 창밖엔 온통 눈뿐이다. 유리창에도 성에가 하얗게 끼어 있다. 나는 지금 하릴없이 유리창에 글씨를 쓰고 있다. 지…독…한… 폭…설… 윤기 없이 바스러진 손톱 밑으로 얼음 가루가 들어와 박힌다. 글씨를 썼던 오른손 검지가 푸르스름하게 얼어 있다. 어깨에서 등을 따라 내려가는 견갑골 언저리가 추위에 단단히 뭉쳐 있어 팔을 들어 올릴 때마다 얼음장처럼 삐걱거리는 느낌이다. 숨을 내쉴 때마다 입에서는 하얀 김이 피어나고 있다.

넓은 들판으로 향한 뒤창문은 열리지 않는다. 날씨가 추워지면서부터 열어볼 일이 한 번도 없었기 때문이기도 하지만, 지금은 단단히 얼어붙어 한껏 위세를 떨치고 있다. 지…독…한… 글자 사이로 회백색의 벌판이 뿌옇게 내다보인다.

조용하다, 는 것은 때로 사람을 질식하게 만들만큼의 위력을 지녔다. 그럼에도 나는 혼자 있는 일에 익숙해져 있다. 열리지 않는 창문에 글씨를 쓰는 행위는, 지루한 시간을 죽이는 나의 오래된 버릇이다.

사실, 나는 유리창에 글씨만 쓰는 것은 아니다. 때로는 동그라미를 그리거나, 나선형의 줄을 긋는다. 성에가 끼어 있는 유리창에 지그시 손가락을 대고 있으면 손가락의 따뜻한 기운으로 서서히 길이 만들어진다. 그 길에 입김을 보태어가며 글씨나 무늬를 그려 가는 것이다.

유리창에 얽힌 얼음의 무늬는 보는 이를 황홀하게 한다. 한 무리의 새 떼가 아름다운 깃털을 벌린 채 날아가는 것처럼 보이기도 하고, 눈 덮인 소나무가 빽빽하게 들어차 있는 숲처럼 보이기도 한다. 나는 다시 한 번 숨을 충분히 들이마신 뒤, 유리창에 대고 천천히 토해낸다. 창공을 날던 새 몇 마리가 흔적 없이 스러진다. 나는 똑같은 행위를 되풀이하여 많은 새들을 녹여 없앤다.

새들은 보이지 않는다. 온 천지가 눈에 덮여 사물을 분간하기 어렵다. 지난날의 그 많던 새들은 모두 어디로 가버렸는가. 창문으로 바라보이던, 황금빛 가을 들판에 오종종 모여 앉아 이삭을 쪼던 새들이 산 너머에서 들리던 총소리에 놀라 휘어이 휘어이 날아오르지 않았던가. 그 새 떼들을 바라보느라 나는 가을 햇살에 눈을 찔리곤 하지 않았던가.

많은 새들이 스러 없어진 창문에 다시 눈을 갖다 댄다. 창문에 닿은 이마에서 서느런 기운이 느껴진다. 미열에 달뜬 머리가 식는 듯 차분해진다. 끝없이 내리는 눈. 앞을 분간할 수 없는 벌판 속에 움직이는 것은 아무 것도 없다. 강아지 한 마리 보이지 않는다. 아무런 소리도 들리지 않는다. 모두 죽어 있다. 다만 지칠 줄 모르는 눈만이 살아 꿈틀거리고 있다.

지금 죽는다면……. 나는 속으로 중얼거려 본다. 내가 죽는다 해도 눈이 이대로 계속되는 한, 나는 쉽게 발견되지는 않을 것이다. 영하의 눈 속에 푹 잠긴 채 오랫동안 미라처럼 남아 있을지도 모른다. 설사 꽁꽁 언 땅에 자리를 만들어 나를 묻는다 해도 당분간은 형체 또한 흐트러지지 않을 것이다. 그러면 나는 무덤에 누운 채 다시 세상에 나가볼까, 라고 터무니없는 생각을 하게 될지도 모른다. 성성한 자신의 모습을 확인하고 싶어질지도 모른다. 비좁은 관속에서 이리저리 몸을 뒤척여보기도 할 것이다. 그러다가 단단히 결박된 관을 어쩌지 못한 채 결국 그만 두게 되겠지.

이번에는 반대편으로 자리를 옮겨 앞쪽 유리창으로 밖을 내다본다. 조금 전과 똑같이 따뜻한 입김을 쐰 다음, 손바닥으로 성에를 쓸어내린다. 오가는 사람이나 자동차는 전혀 없다. 다만 흰 들판을 배경으로 서 있는, 내 삶의 기둥인 세 개의 주유기만 눈에 들어올 뿐이다.

'휘발유'라는 빨간색 글씨 아래 '무연'이라는 노란색 글씨가 쓰여 있고, 그 옆에는 '등유'라는 파란색 글씨가, 맨 마지막으로는 '경유'라는 주황색 글씨가 붙어 있는 주유 체크박스다. 그곳에는 눈이 내리지 않는다. 지붕을 머리에 이고 있어 비를 맞지도, 눈이 쌓이지도 않는 공간이다. 그 위로 내가 살고 있는 본채의 지붕에 중심을 매단, 정확히 여덟 줄의 바람개비가 방사형으로 퍼져나가면서 팔랑거리고 있다.

저 세 개의 주유기에 나를 비롯한 몇 사람의 끼니가 달려 있다. 땅 밑 기름 속에 뿌리를 내리고 있는 주유기에 기대어 나는 하루를 시작하고 하루를 마감한다. 내 몸에서는 항상 기름 냄새가 난다. 내가 입는 옷은 계절에 따라 두께의 차이가 있을 뿐, 똑같은 색깔로 된 여러 개의 옷 중의 하나다. 모두 짙은 감색으로 되어 있어 자칫 하나의 옷으로 일 년을 사는 사람처럼 보일 수도 있다. 옷마다 등 언저리에는 정유회사의 로고가 커다랗게 찍혀 있다. 나는 그 잠바를 입고 있다.

*

날마다 하루는 똑같았다.

*

문득 고등학교 시절의 첫눈이 떠오른다. 벼랑에 서듯 발 디딜 좌표 하나 얻지 못한 채 사회에 내몰리게 될 우리들은, 읍내 실업고등학교의 교실 창문으로 내다보이던 학창 시절의 마지막 첫눈을 바라보며 얼마나 크게 환호성을 질렀던가. 텅 빈 들녘만큼이나 황폐한 가슴으로 메마른 시간들을 겨우겨우 지탱해 가던 그때의 우리들. 저마다의 가슴들이 모여 토해내는 환호성이 잦아들면서 먹먹한 가슴을 치게 만들었던 첫눈.

첫눈의 기쁨을 잃어버리듯, 세상에 대한 어떤 설렘도 가질 수 없게 된 나는, 그때 이미 어른이 되어버린 것일까. 가슴 안을 뜨겁게 달구던 희망이나 설렘 따위와는 이미 결별해버린 지 오래다. 희망을 반납한 대가로 어른이란 훈장을 가슴에 달고, 그저 하루의 매출액에 신경을 곤두세우고 앉아 있는 지금의 내게, 눈은 먹먹한 가슴을 짓누르는 존재일 뿐이다.

눈을 '죽은 비'라고 했던 사람이 루쉰이었던가. 그의 말대로 온 세상에 비의 시체들이 난무하는 지금, 나 또한 시체처럼 무료한 얼굴이 되어 창밖을 내다보고 있다. 여전히 무섭게 쏟아지는 눈발. 이런 기세로 계속 쏟아진다면, 세상은 오늘밤을 넘기지 못한 채 눈에 파묻히고 말 것이다.

언젠가 TV를 통해 외국 서커스단의 공연을 본 적이 있었다. 우리나라 고려시대나 조선시대 광대들에 의해 행해지던, 가무백희 속에 들어 있다는 '토화(吐火)'라는 묘기가 그곳에서도 행해지는 모양이었다. 기름을 입에 털어 넣고 불을 뿜어내는 그들의 생생한 묘기를 보면서 까닭 없이 내내 몸을 떨었다.

그 후, 나는 자동차에 기름을 넣으며 가끔 기름을 내 입에 털어 넣는 상상을 하곤 한다. 한 입 가득 기름을 머금고 입을 벌린 채 불을 붙인다. 순식간에 번져 오는 불꽃. 내 몸은 점점 뜨거워진다. 나는 참을 수 없어 불을 꿀꺽 삼키고 만다. 불덩이는 식도를 훑고 지나간다. 가슴과 배가 뜨거워진다. 나는 곧 털썩 쓰러지고 만다. 상상은 언제나 시커멓게 그을려진 개처럼 참혹해진 몰골의 흑백 사진 한 장으로 끝난다.

그뿐이 아니다. 간혹 아귀 맞지 않는 삶이 공허하게 삐걱거릴 때마다, 자동차에 기름을 보충하듯 손에 든 기름 호스를 내 몸의 은밀한 곳으로 들이밀고 싶어진다. 독기를 품은 뱀의 아가리처럼, 기름이 가득 들어 팽팽해진 호스를 그곳에 대고 깊숙이 분사하고 싶다. 숨겨진 비밀의 문을 찾아내어, 한껏 달아오른 육체를 광포하게 찢고 싶은 충동이 인다. 그곳에 불을 놓는 순간, 솟구치는 불덩이가 순식간에 안에서부터 나를 허물어뜨릴 것이다. 일상의 남루함만큼이나 누덕진 냄새를 풍길 나의 존재는 마치 영화의 엔딩 자막처럼 천천히 공중분해 될 것이다.

하지만 참혹한 몰골은 꼭 기름에 의해서만 저질러지는 것은 아닐 것이다. 어쩌면 그것은 어느 누구에 의해서도, 다른 어떤 것에 의해서도 아닌, 지금처럼 아무도 지나가지 않은 도로를 내다보고 있을 때다. 정적 속에서 혼자 깨어 있는 밤, 칠흑의 어둠이 눈앞에 망망대해처럼 놓여 있을 때, 그럴 때마다 나는 참담한 고독에 가슴을 벼리곤 한다.

가게의 불을 내린 후 문을 잠그고 방 안에 누워 있으면, 간혹 급한 목소리로 기름을 넣어 달라는 사람이 있다. 이런 사람은 긴 긴 외로움의 회랑에 놓여 있는 나를 건져주는 사람이다.

아, 가끔씩은 여자 혼자 있는 방을 흘끔거리며 음험한 눈길을 보내는 사람도 있다. 그가 나의 손목을 잡는다. 그렇지만 나는 이런 사람들을 두려워하지 않는다. 그는 얼마지 않아 전혀 표정을 담지 않는, 우울하고도 낮게 가라앉아 있는 나의 시선에 기겁하게 될 것이므로. 차가운 내 손목을 내려놓고 재수 없다는 듯 손바닥을 탁탁 털어 내며 자신이 타고 온 자동차로 다시 떠날 것이므로.

도로변의 눈발이 바람결을 따라 이리저리 몰려다니고 있다. 분분히 날리는 눈발이 마치 허공을 날아다니는 흰나비 떼처럼 보인다. 한 무리의 나비 떼들이 내가 앉은 유리창에 날아와 부딪히기도 한다.

내가 생활하고 있는 본채는 자동차에 필요한 모든 부품이 진열되어 있는 가게 한 칸과 방 한 칸, 그리고 북향의 창을 가진 작은 부엌으로 나뉘어 있다. 정확히 말하면 가게와 방과 부엌으로 이루어진 세 칸짜리 건물이다. 가게의 전면 유리창으로는 도로를 배경으로 서 있는 주유기가 내다보이고, 반대편 창문으로는 계절마다 색채가 달라지는 들판의 풍경이 내다보인다. 창문 아래에는 해질 무렵의 노을을 볼 수 있도록 의자가 놓여 있다. 방은 가게를 통해서 들어가게 되어 있다.

가게에는 자동차에 관한 한, 그래도 많은 것이 비치되어 있는 편이다. 핸들 커버를 비롯하여 방향제, 타이어, 의자 커버, 와이퍼, 워셔액, 엔진오일, 부동액, 체인, 스노타이어에 이르기까지 자동차에 필요한 것은 대부분 구비되어 있다. 그러나 나는 물건을 팔기만 할 뿐, 직접 손을 써서 엔진오일을 교환해 주거나 하지는 않는다. 장갑이나 화장지는 손님에게 반드시 후사(厚謝)되는 물건이므로 왼편 귀퉁이에 쌓여 있다. 내가 일 년에 쓰는 장갑은 서너 개에 지나지 않는다. 주유를 할 때에도 장갑을 거의 사용하지 않기 때문이다. 가끔씩은 손에 기름이 묻기도 한다. 손뿐만이 아니다. 내 몸 어디든 기름 냄새가 배어 있다. 체취처럼 익숙한 냄새다. 그럼에도 기름 냄새는 자주 나를 질식하게 만든다.

가게에는 난로를 켜지 않은 지 오래다. 어젯밤부터 내린 폭설로 자동차의 왕래가 거의 끊겼기 때문이다. 그렇지 않다 하더라도 나는 스스로를 위해서 불을 피우지는 않는다. 발이 꽁꽁 얼어 있다. 창문 전체가 두꺼운 성에를 달고 있어도 답답하기는커녕 오히려 안도감이 든다. 나를 들여다볼 다른 사람의 눈앞에 두꺼운 휘장을 쳐버린 것 같은 쾌감이다. 이것은 오랫동안 혼자 지내야 했던 데서 나온, 일종의 자기 보호 본능일 것이다. 이런 나를 보고 사장은 혀를 끌끌 찼다. 네 혼자 사는 가게에서 기름을 쓰면 얼마나 쓰겠느냐고, 아끼지 말고 따뜻하게 지내라며 어깨를 다독여 주었다.

사장은 이미 저승으로 잠자리를 옮겨버린 아버지의 오랜 친구였다. 사장은 어깨에 힘을 잔뜩 들인 허랑한 사내아이들을 고용하려고 하지 않았다. 시간만 나면 오토바이의 뒷좌석에 마을의 다방 아가씨들을 태우고 스피드와 굉음을 즐기려드는, 빼돌린 기름으로 새벽까지 술을 마시는 노랑머리의 사내아이들을 경멸했다. 오히려 사장은 매출액이 그다지 많지 않는 자신의 가게를 건실하게 지켜주고 있는 내가 고맙다고 했다.

사장은 친구의 딸이 가난한 가족들을 부양하기 위해 발을 구르며 사는 꼴이 안타까웠을 것이다. 그런 사장도 종국에는 이틀에 한 번씩 가게를 찾아와 얼마 안 되는 지폐를 걷어 갔다. 그럴 때마다 사장은 나의 얼굴을 조심스레 살피곤 했다. 장사가 너무 안 돼 큰일이구나, 넋두리처럼 혼자 중얼거린 후 사장은 목발을 짚은 채 가게 문을 열고 나갔다. 또각

또각 목발 소리를 내면서 지방도의 가장자리를 걷는 사장의 오른쪽 바짓가랑이가 바람에 나비처럼 풀풀 날았다.

병신이 가게에 있으면 손님이 안 드는 법이여. 사장은 목발을 짚기 시작하면서 면내 사거리로 거처를 옮겼다. 주유소가 평생 모은 돈의 전부였던 사장이 정유회사의 수송차량에 받혀 나동그라졌을 때, 어머니는 내 등을 주유소로 떠밀었다. 믿을 사람은 너 밖에 없단다.

사장은 내게 주급(週給)으로 지급하는 몇 장의 지폐를 전달하기 위해 일 주일에 한 번씩 우리 집을 찾아갈 것이다. 그 돈은 식구들의 일주일 분의 양식이 될 것이고, 어머니의 약값이 될 것이다. 앞산 너머에 엎드려 있을 단칸방의 식구들은 사장이 건네는 일주일 분의 지폐로 일주일 단위의 삶을 살아가고 있을 것이다. 내 손에 들어와 본 적이 없는, 내 노동의 대가로.

가족이란 어차피 그런 것이다. 애정을 담보로 하여 밑동이 닳아 없어질 때까지 서로를 쇠사슬처럼 옭아매는 관계. 질척거리며 끌려가더라도 가족은 가족인 것이다.

다시 창문에 눈을 들이댄다. 여전히 아무도 지나가는 사람은 없다. 시간은 적요 속에서도 끊임없이 흐르는 모양이다. 절대 어둠을 허락하지 않을 듯한 순백의 벌판에도 어느덧 회색빛이 천천히 드리워지고 있다.

정오 무렵, 나는 딱 한 사람의 차에 기름을 넣어주었을 뿐이다. 검정 양복에 검정 넥타이를 맨, 키가 크고 메말라 보이는 품이 자칫 바람에도 휩쓸릴 것 같은 느낌을 주는 남자였다. 주유를 한 뒤 사례용 장갑을 가져왔을 때, 남자는 쉼 없이 내리는 눈발에 시선을 모둔 채 담배를 피우고 있었다. 내가 남자를 한 번 더 눈여겨 보게 된 것은 남자의 얼굴색이 마치 내리고 있는 눈발처럼 창백해 보였기 때문이었다. 검정색 양복 때문이었을까. 병자처럼 지쳐보이던 얼굴에 둘러치던 담배 연기는 남자의 눈을 더욱 깊게 만들었다. 나는 그때 우수(憂愁)라는 단어를 떠올렸던 것 같다. 절망에 빠져본 사람만이 절망의 눈을 알아보는 법이라면, 이 남자가 바로 그 경우일지도 모른다는 생각까지 하면서.

남자는 내가 건네주는 사례용 장갑에 전혀 관심을 갖는 것 같지 않았다. 더구나 나를 바라본 것도 아니었다. 어쩌면 남자는 자신의 행선지를 가늠하면서, 내리는 눈의 양을 주시하고 있었던 건지도 모른다. 아니, 어쩌면 지친 얼굴에 어려 있던 피곤을 지우기 위해 휴식을 취하고 싶었는지도 모르겠다. 남자는 두 개비의 담배를 음미하듯 오래오래 피운 다음, 트렁크에서 꺼낸 체인을 자동차 바퀴에 감발처럼 둘러친 후 눈길을 엉금엉금 기어서 떠났다. 나의 뇌리에 한 번 입력된 남자의 모습은 그 후 아무 것도 입력할 내용이 없는 시간들 속에서 한동안 기억에 남아 있기는 했다. 그러다가 계속 눈이 쌓여 가는 들판으로 시선을 옮기고 난 뒤부터 남자의 모습은 사라졌다. 그 후 지금까지 하릴없이 이렇게 앉아 있기만 하는 것이다.

늘 그랬다. 기름을 채우고 떠나는 자동차를 볼 때마다, 나는 호스를 든 팔을 늘어뜨린 채 망연히 서 있곤 했다. 점점 작아지다가 완전히 모습을 감추는 자동차에 시선을 거두고 나면 눈앞은 언제나 막막한 절벽이었다. 떠날 수만 있다면……. 이곳에서 벗어날 수만 있다면, 자동차의 꽁무니에 매달려서라도 저 산을 넘어갈 수만 있다면. 밤새워 걸어도 좋을 것이다. 부르튼 발가락을 문지르며 아직 잠에서 덜 깬 도시의 새벽 문을 열고 들어설 수 있다면. 그렇게 동경해 왔던 도시 사람이 될 수만 있다면.

*

너무도 쉽게 어둠이 드리워진다. 이제 나는 더 이상 창문을 내다보면서 가게에 손님이 들기를 기다리지 않는다. 불을 내리고 방으로 들어온 나는, 전기밥통의 밥을 담아 김치에 버무려 먹는다. 김치에서는 시큼한 냄새가 난다. 나를 위하여 난로의 불을 밝히지 않듯, 나 스스로를 위하여 요리를 하지도 않는다. 먹는다는 것. 그것은 내게 지리멸렬한 삶만큼이나 기계적이다. 삶을 그저 견디는 것이라고 생각한 순간부터 모든 행위가 그렇게 다가왔는지 모른다.

빈 그릇을 부엌의 설거지통에 담근 후 방으로 들어온다. 다시 할 일이 없어진다. TV를 켠다. 어두워진 후에 반드시 나와 동반되는 친구가 바로 TV다. 볼륨을 있는 대로 올린다. 내가 창을 통해 밤 풍경을 바라볼 때에도, 방안의 불이 꺼져 있을 때에도 TV 소리는 여전하다. 혼자 있다는 것을 알리기 싫은 나를 착실하게 보호해주는 가슴 따뜻한 친구다. 나는 마감 뉴스가 끝나고, 애국가와 함께 종료 멘트가 나올 때까지 TV를 켜 둔다. 그럼에도 내 시야 속으로 파고들지 못하는 TV 화면은 그저 그렇게 옆에서 자신의 소임을 다해주는 것으로 착실히 내 곁에 머문다.

그러다가 깊은 밤이 되면 방의 불을 끈다. 참혹한 어둠을 견디기 어렵다고 생각하면서도 어느 순간 불을 내리고 싶어진다. 방의 불을 내리고, 마음 안에 드리워진 모든 등불까지 끈 이후에야 비로소 생의 이면이 보일 것 같은 막연함 때문이다. 그때마다 나는 어둠 속에 유령처럼 서서 들판 너머 드문드문 박혀 있는 불빛들을 내다보곤 한다.

봄, 여름을 지나 가을을 건너 겨울에 이르기까지 밤 풍경은 그다지 다르지 않았다. 들녘의 가장자리에 가물거리던 불빛이 하나 둘 꺼지고, 마을 앞 고샅길을 밝히는 가로등만 남게 될 무렵이면 나는 헛헛해진 가슴을 쓸어내리곤 했다. 이마에 등불 하나를 매단 채, 고요와 어둠 속에서 평생 눈비 맞으며 살아가는 전봇대 따위는 되고 싶지 않았다. 긴 한숨을 내쉬며 창 곁을 물러 나온 내가 방의 스위치를 올릴 때마다, 방의 구석구석 배어 있던 어둠이 화들짝 놀라 달아나곤 했다.

불빛에 모습을 드러내는 집안 가구는 많지 않다. 아랫목 귀퉁이에 개켜져 있는 이불과, 인피(人皮)처럼 벽면에 걸린 몇 개의 잠바, 윗목에 놓인 TV와 전화기 한 대가 전부다. 유일하게 나를 세상과 연결시켜 주는 전화는 항상 제자리에 놓여 있지만, 불행히 나는 전화를 걸 만한 곳이 많지 않다. 몇 군데의 거래처와 산 너머 단칸방에 웅크린 나의 가족에게만 사용될 뿐이다.

지금 나는 TV를 켜둔 채 엎드려 있다. 방바닥으로 기어가는 개미를 바라본다. 작은 몸뚱이보다 더 큰 짐을 진 채 끙끙대는 개미를 물끄러미 바라보다 손끝으로 가만히 건드려 본다. 몸을 한 번 뒤집더니 개미는 다시 일어나 그의 짐을 짊어지고 가던 길을 간다.

가만, 무슨 소리가 들리는 것 같다. 나는 쥐며느리처럼 몸을 웅크린다. 분명 바람 소리는 아니다. TV 소리에 섞여 거의 가늠을 할 수 없을 정도이지만, 분명히 누군가 문을 두드려대는 소리다.

한참을 망설이던 나는 몸을 일으켜 방과 가게의 불을 모두 밝힌 후, 가게 문을 연다. 한 남자가 산더미 같은 눈을 머리에 이고 서 있다. 남자의 뒤편에는 여전히 그칠 줄 모르는 눈발이 칠흑의 어둠 속으로 스러지고 있다. 낮에 기름을 넣고 떠난 남자다. 무거운 눈덩이를 이고 선 벌거숭이 겨울나무처럼, 그의 서 있는 모습이 몹시 위태로워 보인다. 곧 쓰러질 것만 같다. 그의 신발이 눈에 파묻혀 보이지 않는다. 자동차를 내버려둔 채, 그는 저 자욱한 눈 속을 걸어온 것일까.

그는 눈 덮인 산을 넘지 못했음에 틀림없다. 멈춰버린 자동차. 그는 점점 짙어오는 어둠보다 포위하듯 음험하게 쌓여가는 눈의 공포를 더 이길 수 없었을 것이다. 싸늘하게 식어버린 자동차 속에서 그는 자신이 마지막으로 거쳐 왔던 나의 주유소를 머릿속에 떠올렸을 것이다. 추위와 어둠의 공포 속에서 내 집의 따뜻한 불빛을 그렸을 것이다.

눈과 추위에 굳어버린 그의 입술이 움직인다. 그러자 남자의 머리 위에 쌓여 있던 눈이 뭉텅이로 쏟아져 내린다. 무슨 말인지 알아들을 수가 없다. 백짓장처럼 창백한 얼굴, 두려움에 찬 벌건 눈에 눈물처럼 이슬을 달고 있다. 그의 눈이 나를 바라본다. 간절하다. 제발 거절하지 않기를 바라는 눈빛이 내 가슴을 찌른다. 그대로 내버려둔다면 죽을지도 모른다는 생각이 든다.

문을 비켜선다. 그의 눈빛에 안도가 어린다. 그는 뻑뻑한 다리를 힘겹게 떼면서 가게 안으로 들어온다. 나는 그에게 머리와 옷의 눈을 털어내도록 수건을 내민다. 수건을 받아 쥔 그는 얼음처럼 굳어버린 자신의 몸을 어찌지 못하고 서 있다. 방안으로 들어서지도 못한 채, 방문 앞에 머뭇거리고 있을 뿐이다.

나는 앞장서서 방안으로 들어간다. 그러자 그가 힘겹게 신발을 벗고, 방문턱을 넘는다. 휘청, 그의 몸이 앞쪽으로 쏠린다. 나는 재빨리 그를 부축하여 방 안으로 들어앉힌다. 정물처럼 방의 한 귀퉁이에 앉은 그의 머리와 옷에서 눈 녹은 물이 뚝뚝 떨어진다. 나는 머리에서 떨어지는 물기를 그의 손에 들려 있던 수건으로 닦기 시작한다. 그는 말을 잘 듣는 유치원생처럼 내가 하는 대로 그냥 내버려둔다. 물기를 닦아낸 후, 나는 냉장고 문을 열어 소주를 꺼낸다. 유리컵에 술을 부어 그에게 준다. 잠들기 위해 한두 잔씩 버릇처럼 마시던 술이다. 그는 목마른 사람처럼 벌컥벌컥 소주를 들이킨다. 이윽고 유리컵을 방바닥에 내려놓은 그는 고개를 벽에 기댄 채 눈을 감는다. 이제 서서히 그의 몸은 열기를 띠어갈 것이다. 그러면 추위에 단단히 굳어졌던 그의 몸이 천천히 풀려가겠지.

나는 다시 TV의 볼륨을 올린 후, 그가 앉은 반대편 벽에 등을 기대고 앉는다. 양다리를 접어 가슴에 댄 채 화면을 응시한다. 마감 뉴스가 끝난 화면에서는 기상예보가 흘러나오고 있다. 이십 년만의 폭설이라고 이야기한다. 기상 리포터는 눈 때문에 기뻐서 어쩔 줄 모르겠다는 말투와 표정으로 호들갑을 떤다. 기상이변에 대한 우려는 전혀 들어있지 않다. 허리를 껴안고 쏟아지는 눈발에 즐거워하는 연인들의 모습들이 화면에 가득 찬다.

나는 화면을 이물스럽게 바라보다 문득 그를 향해 고개를 돌린다. 그는 여전히 벽에 기댄 채 눈을 감고 있다. 물기에 젖은 머리카락이 말라서 꼬질꼬질 비틀려져 있다. 술기운 탓인지 그의 얼굴에 서서히 홍조가 어린다.

우리는 갇혀 있다. 사방을 죄어오는 적군 병사들처럼 눈은 우리를 포위하고 있다. 한 발짝도 나갈 수가 없다. 차라리 이대로 깊이 잠들고 싶어진다. 오랫동안 깨어나지 않아도 되는 겨울잠. 곰이나 박쥐나 고슴도치처럼 땅속으로 깊이 파고들어 겨울잠을 잘 수 있다면. 그러다가 봄날 따뜻한 햇볕 속으로 기지개를 켜고 나갈 수만 있다면, 나 또한 길고 긴 겨울잠에 빠져도 좋겠다는 생각을 한다.

얼마 전, 나는 뒤꼍으로 돌아들다가 담 아래에 뚫려 있던 작은 구멍을 발견한 적이 있었다. 구멍은 햇볕이 잘 드는 양지바른 곳에 있었는데, 입구에는 얇은 허물이 길게 드리워져 있었다. 나는 그것을 유심히 들여다보았다. 거의 투명할 정도의 얇은 막은 바로 뱀 껍질이었다. 긴 긴 동면을 위해 뱀은 허물을 벗어 내리고 땅속 깊이 침잠한 모양이었다. 뱀과 만날 수 있기를 기대하듯, 나는 한참 동안 구멍을 들여다보며 앉아 있었다.

뱀이 '추위와 배고픔 속에서의 살아남기'로 동면을 택한 것처럼, 나 또한 동면에서 깨어난 뱀처럼 이곳으로부터 벗어날 수 있기를 갈망해 왔다. 질척거리는 가족으로부터, 숨 막히는 기름 냄새로부터, 아무런 일 상의 변화가 없는 단조로움으로부터 나는 도망치고 싶었다. 이틀 단위 로 지폐를 걷어가는 외다리의 사장, 해바라기처럼 나를 바라보는 가족 들의 구차한 일상은 내 목을 옥죄는 사슬이었다.

불현듯 TV 위에 놓여 있던 친구의 편지에 시선이 멎는다. 친구는 회 사에서 연수차 다녀 온 중국이야기를 썼다. 명분이 연수일 뿐, 사실은 놀러 다녔던 거라고 친구는 내게 자랑했다. 홍구 공원에 있는 루쉰의 묘 에도 눈이 내리고 있었다고 회상했다. 그러면서도 친구는 소년의 미성 숙한 목소리를 가진, 능글맞은 대머리 상사의 품에서 벗어나고 싶다고 썼다. 다시 이곳으로 돌아오고 싶다고, 아무런 희망도 되지 못하는 도시 를 떠나고 싶다고 했다. 그때 내가 친구에게 답장을 썼는지는 잘 기억나 지 않는다. 답장을 썼다면 나는 친구에게 나를 데려가 달라고 떼를 썼을 것이다. 이곳으로부터 나를 구원해달라고. 아무런 힘이 되지 못할 줄 뻔 히 알면서도 나는 그녀에게 매달렸을 것이다.

화면이 자글자글 끓고 있다. 앉은 채로 깜빡 졸았나 보다. 벽에 기대 고 앉아 있던 그 또한 잠이 들었는지 상체가 옆으로 꽤 기울어져 있다. 위태로워 보인다. 나는 그를 부축해 방바닥에 누인다. 그가 잠깐 눈을 가느다랗게 떴다 감는다. 눈 속을 힘겹게 헤쳐 온데다가, 한꺼번에 들이

킨 술로 하여 그는 쉽게 몸을 추스르지 못할 터이다.

반듯이 누운 그의 상체에서 외투를 벗겨낸다. 그러다가 숨이 훅, 막힌다. 외투 속에 감추어진 정갈한 와이셔츠가 눈에 부시다. 깃 속으로 단단히 매인 넥타이. 그 위에 박힌 넥타이핀이 형광등 불빛을 받아 반짝인다. 나의 눈을 찌른다.

아! 거기에 내가 꿈꾸던 도시의 공기가 스며 있다. 유니폼을 입은 사원들이 자판기에 몸을 기댄 채 깔깔대며 마시는 커피 향, 한없이 가벼운 그들의 대화, 얼굴이 들이비칠 듯한 건물 로비에 경쾌하게 울려 퍼지는 구두 굽 소리, 묵은 서류철을 뒤적일 때 엷게 퍼지는 곰팡이 냄새, 고층 창문으로 내다보이는 몇 안 남은 노란 은행잎, 건물 모퉁이를 돌아 나올 때 기다렸다는 듯이 턱을 후려치고 달아나는 칼바람까지, 그의 깨끗한 와이셔츠에 넥타이에 핀에 꽂혀 있다.

나는 가만히 그의 가슴에 얼굴을 대본다. 차가운 바람의 흔적은 이미 방 안의 훈기에 녹아 사라진 지 오래다. 반지가 끼어 있는 그의 하얀 손가락이 가냘프다. 나는 조심조심 그의 손등에 내 손을 댄다. 출장길에 나선 것일까. 그렇다면 그의 아내가 가슴을 졸이고 있을지도 모를 일이다. 떠나온 도시를 향한 간절한 노력에도 불구하고 이곳은 그를 쉽사리 보내려고 하지 않았다. 누군가 그를 내게 보냈다. 오늘 밤, 그를 내게로 오게 한 것이다. 그의 손이 따뜻하다. 엷은 술기운이 배인 그의 숨결에서는 단내가 느껴진다. 나는 그의 가슴에 엎드린 채 심장의 박동 소리를 듣는다.

얼마나 그렇게 있었을까. 그의 팔이 자신의 가슴에 엎드려 있는 나를 힘주어 끌어안는다. 스르르 녹듯이 나는 그의 품 안으로 스며든다. 나는 속으로 중얼거린다. 이건 아무 것도 아니야…… 그래, 정말 아무 것도 아니야. 그에게서 은근한 장미향이 난다. 그가 몸을 뒤척여 나의 목덜미에 입술을 댄다. 아, 가슴이, 숨이 막힐 것처럼 답답하다. 몸이 점점 달아오르며 불에 델 듯한 그리움이 인다. 대상을 알 수 없는 막연함. 나도 모르게 한 손으로 그의 목을 껴안으며 한 손으로는 그의 머리칼을 헤집는다. 손끝에 힘이 느껴진다. 그의 얼굴이 가슴속으로 파고든다. 엄마의 가슴팍에 얼굴을 묻은 어린 아이처럼 안도하는 그의 입김이 따스하다.

이윽고 몸을 일으킨 그가 내 옷을 벗기기 시작한다. 나는 그에게 몸을 내맡긴 채 들판을 가로지르는 바람 소리를 듣고 있다. 마름모꼴 천장의 무늬가 시야에 들어온다. 둔탁한 잠바가 벗겨져 나간 뒤, 뒤꼍에서 보았던 뱀의 허물처럼 차례차례 속옷이 벗겨진다.

벗은 몸과 몸이 뜨겁게 만난다. 나는 그를 가슴에 안는다. 그의 입술이 뜨겁다. 젖가슴을 입안에 넣은 채 부드럽게 굴린다. 나는 참을 수 없어 헉헉댄다. 아, 지금의 내가 아닐 수만 있다면. 누군가의 몸속에 스며서라도 흔적 없이 사라져 버릴 수만 있다면. 그리하여 새로운 나로 다시 태어날 수 있다면. 그의 손가락이 나의 머리칼을 헤집으며 불붙는 화산처럼 강렬하게 밀어오는 순간, 내 머리 속은 용암의 분출처럼 뜨겁게 솟구친다.

누워서 천장을 본다. 그때가 언제였을까? 기억조차 나지 않는 까마득한 시원(始原)으로 지금 나는 되돌아간 것일까. 비로소 껍질을 벗게 된 것일까. 본래의 나는 어떤 모습이었을까. 봄이 되면 양지바른 구멍에 대고 말할 것이다. 내가 일러주리라고 벼려왔던 뱀의 과거를. 새로 돋은 껍질을 가리키며 그가 허물을 벗고자 몸부림쳤던 증거를 그의 눈앞에 보여주리라.

문득 가슴에, 눈에, 뜨거운 슬픔이 차오른다. 뱀에게 말할 수 있는 나 자신의 과거는 무엇이고, 현재는 무엇인가. 옆에 누운 그는 누구인가. 이렇게 날이 샌다 한들, 내게 달라지는 것은 무엇인가. 단지 외로이 있는 것을 견딜 수 있었다면, 나는 아무런 꿈도 꾸지 않고 살아갈 수 있었을 것이다. 누군가 내게 다가와 손을 건네준다면 그의 손을 있는 힘껏 부여잡으리라 마음먹지만, 그렇다고 해서 달라지는 것은 무엇인가. 꽁꽁 언 외투를 입은 사람처럼, 왜 나는 외로움에 옥죄인 채 이토록 떨고 있는 것일까.

그가 열에 달아오른 손을 내게 건넨다. 나는 손이 이끄는 대로 그의 가슴에 얼굴을 묻는다. 참을 수 없이 눈물이 흘러내린다. 그는 나를 가슴에 안은 채 우는 대로 가만히 내버려둘 뿐이다. 그 후.

나는 삶이란 그저 견디는 것이라고 말했던 것 같고, 그는 삶이란 허우적거릴수록 더 깊이 빠지는 수렁이라고 말했던 것 같다. 나는 방기할 수 없는 가족에 대해 이야기했던 것 같고, 그는 잃어버린 가족에 대해 이야기했던 것 같다. 그러다가 수런수런 몽롱한 의식을 헤집으며 우리는 끝도 없는 나락으로 빠져 들어갔다.

눈을 뜨자 창밖이 뿌옇게 밝아오고 있다. 무심결에 손끝에 닿는 감촉을 느낀다. 소스라치게 놀라며 몸을 일으킨다. 낯선 그가 신열을 앓듯 끙끙대고 있다. 열에 달뜬 그의 몸이 땀으로 흥건히 젖어 있다. 머리에 손을 짚는다. 불같이 뜨거운 기운이 손끝으로 전해져 온다.

나는 옷을 주섬주섬 챙겨 입고 밖으로 나온다. 어떻게 해서든지 그의 열을 식혀야 한다. 밖에는 눈이 말끔히 걷혀 있다. 아직 해는 떠오르지 않았지만 오늘은 날씨가 맑을 모양이다. 하늘은 구름 한 점 없이 푸르다.

발목이 푹푹 빠져드는 눈 속으로 나는 내달리기 시작한다. 사람도 차도 오가지 않는 한겨울의 들판은 고요하다. 이대로라면 면내 약방까지는 한 시간이면 다녀올 수 있을 것이다. 몸은 물기가 다 빠진 듯 가뿐하고, 바람 또한 상쾌하다. 들판이며 나뭇가지들은 온몸에 솜이불을 걸쳐놓은 듯 화려하다. 가지가 꺾일 정도로 풍성해 보인다. 머지않아 이 눈은 흔적 없이 녹아 없어질 것이다. 언제 그랬냐는 듯 가지마다 새순이 고개를 내밀 것이다. 그러다가 따뜻한 바람이 불기 시작하면 새순은 모두 등불처럼 벙글어질 것이다. 꽃잎에 향기 어리듯 킁킁거리며 봄은 개선장군처럼 밀고 올 것이다. 나는 한 마리의 짐승처럼 힘차게 들판을 가로지른다.

면내 사거리에 도착하자, 나는 좌우로 도열해 있는 가게들을 낱낱이 살피기 시작한다. 다른 대부분의 가게가 그렇듯 약방도 그때까지 문을 열지 않고 있다. 나는 눈길을 달려오느라 푸릇해진 주먹을 움켜쥔 채 약방문을 두드리기 시작한다. 꽤 오랫동안 두드렸음에도 안쪽에서는 전혀 반응이 없다. 조급해진 나는 문 앞에서 발을 동동 구르기도 한다. 더 크게 두드린다. 그때서야 문의 안쪽에서는 주인이 기지개를 켜는 듯 아아아…… 소리가 들려온다. 잠시 후, 신발 끄는 소리가 들리고 번데기의 주름처럼 내려뜨려져 있던 셔터가 출렁이며 올라간다. 나는 문을 열고 약방 안으로 들어선다. 주인이 벽의 스위치를 올리자, 어두컴컴했던 실내가 금세 형광 불빛으로 환해진다. 약장 안의 약들이 빛 속에서 일제히 환호성을 내지르며 깨어난다.

열이 많아요. 식은땀도 흘리구요. 예? 아니…… 남자예요.

약방 주인은 자꾸만 나를 힐끔거린다. 고개를 갸웃거리기도 하는 주인 남자는 기어이 나를 기억해내는 모양이다. 해열 진통의 알약 상자를 약장 안에서 빼든 주인 남자는 나를 다시 한 번 쳐다보고는 봉지에 약을 집어넣는다. 나 또한 내 가게를 거쳐 간 여러 얼굴들 속에서 그를 끄집어낸다. 돈을 건네고 약봉지와 함께 따뜻한 드링크제를 받아든다. 나는 드링크제는 품속에 집어넣고 약봉지는 주머니에 넣은 후, 아까 밟아왔던 길을 되돌아 달리기 시작한다. 가슴께의 약이 따뜻하다.

뒤에서 덜덜거리며 커다란 차가 따라온다. 달리던 걸음을 멈추고 길옆에 비켜 서 있는 동안, 차는 내 곁을 지나쳐 간다. 제설차다. 모래주머니와 염화칼슘을 잔뜩 실은 제설차가 눈을 헤쳐 내며 지나가자, 길은 모양을 드러내기 시작한다. 나는 제설차의 뒤꽁무니를 따라 달린다. 내 입에서는 입김이 하얗게 뿜어져 나온다. 아까보다 더 맑은 기운이 온 들판에 퍼져 올라 있다.

집에 도착했을 때, 비로소 아침 해가 환하게 떠오르기 시작한다. 나는 주머니 속의 약을 다시 확인하며 방문을 연다. 그런데 방에는…… 그가…… 없다. 이부자리는 단정하게 개켜져 있고, 그의 옷이 걸렸던 벽은 깨끗이 비워져 있다.

열에 달달 끓어오르던 몸으로 그는 어디에 간 것일까. 나는 자리에 털썩 주저앉는다. 퍽퍽했던 다리에 갑자기 쥐가 난 듯 꼼짝할 수가 없다. 허물어지듯 벽에 등을 기댄다. 눈을 감는다. 어젯밤 그가 그랬듯. 품속의 약은 여전히 따뜻하다. 천천히 다리를 편다. 순간, 이물감처럼 발끝에 치이는 게 있다. 눈을 뜬다. 넥타이다. 상단에 꽂혀진 넥타이핀이 유리창을 통해 들어온 햇빛을 받아 형형한 눈빛처럼 반짝인다. 그의 목을 옥죄었을지도 모를 넥타이는 마치 허물을 벗은 뱀 껍질처럼 보인다.

*

나는 얼른 밖으로 뛰쳐나온다. 벌판의 흰빛이 햇살에 반사되어 비수처럼 눈 속으로 파고든다. 얼핏 바람이 인다. 눈발이 회오리바람처럼 솟아오르다 내 얼굴을 후려친다. 순간, 나는 질끈 눈을 감는다. 티가, 티가…… 눈 속이 가시로 헤집는 것처럼 따갑다. 눈 속에서 뜨거운 불덩이처럼 눈물이 솟아난다. 그는 어디만큼 가고 있을 것인가. 그의 모습은 눈물에 가려 보이질 않는다.

　나는 기어이 울음을 터트리고 만다. 가슴속 깊은 곳에서 뜨겁게 솟구쳐 오르는 울음소리는 희디흰 들판을 가로지르며 퍼져 나간다. 울음소리는 맞은 편 언덕 위에서 들려오는 제설차의 달달거리는 소리에 흔적 없이 스러진다. 나는 눈물 어린 눈으로 모자이크처럼 일그러져 있는 풍경들을 향해 손을 흔들어 준다. (2004)

봄
비

엄마, 밖에 비 와.

많이 와?

아니, 쌀비야.

쌀비?

아까 학교 파할 때부터 왔어.

우산도 없었을 텐데.

괜찮아, 좁쌀비였거든.

여자는 휴대폰을 귀에 댄 채 계산대에 놓인 품목들의 바코드를 찍는
다. 기다리고 섰던 중년의 여자는 그런 여자가 못마땅한지 인상을 찌푸
린다. 여자는 얼른 고개를 들어 매장 안을 둘러본다. 다행히 사무장은
점심을 먹으러 갔는지 보이지 않는다. 업무 중 전화라니, 직원 소집 때

마다 내려지던 엄중한 경고 사항이 아닌가. 전화를 끊어야겠다고 생각하는 순간, 은방울 같은 아이의 목소리가 여자의 귓속으로 파고든다.

엄마! 지금은 더 많이 쏟아지고 있어, 콩비야!

서둘러 전화를 끊으면서 여자는 웃음을 머금는다. 영수증을 받아 쥔 중년 여자는 잔뜩 구긴 얼굴로 계산대를 빠져나간다. 여자는 바쁜 걸음으로 출입구를 향하는 중년 여자의 뒷모습을 바라본다. 열어놓은 문 사이로 자동차가 물보라를 일으키며 달려가는 것이 내다보인다. 드문드문 지나가는 행인의 바짓가랑이가 발목까지 젖어 있다.

고객이 드문 점심 무렵의 할인 매장은 낮잠에 든 성처럼 고즈넉하다. 비 때문인지 실내가 더욱 안온하게 느껴진다. 봄비치곤 제법 굵은 빗줄기를 바라보며 여자는 자신의 마음 또한 촉촉한 물기 속으로 젖어 들어가는 것을 느낀다.

오늘처럼 비가 내리는 날이면, 자신의 몸이 온통 푸른 숲으로 들어찬 시골 어디쯤에 놓여 있으면 좋겠다고 생각한다. 때로는 들큰한 흙냄새가 풍기는 시골집 문턱에 앉아 초록 숲을 배경으로 주렴(珠簾)처럼 떨어지는 빗방울들을 바라보고 싶다. 마루 끝에 앉아 두 다리를 달랑거리며 둥근 물무늬가 연이어 흘러가는 낙숫물에 시선을 놓고 싶다. 그러면 자신의 몸도 물방울처럼 흘러가겠지, 싶다.

또 전화가 울린다. 이번에도 아이의 전화다. 받을까 말까 망설인다. 아무도 없는 빈집에 혼자 있는 아이를 생각하면 필요한 순간에 응하지 않을 자신이 없다. 휴대폰을 연다.

엄마! 애들은 어떻게 됐어?

애들?

그러자 아이가 소리를 팩, 지른다.

메순이, 메돌이!

*

여자가 세 들어 살고 있는 주택의 2층 베란다에는 이제 막 꽃망울을 터뜨리기 시작한 목련이 커다란 고무 함지 속에 심어져 있다. 입춘에 태어난 아이의 생일을 기념해 심은 나무다. 몇 번의 분갈이를 거쳐 쑥쑥 자란 목련의 나이가 이제 아홉 살이 되었다.

아침에 눈을 뜰 때마다 맨 먼저 맞닥뜨리게 되는 목련의 꽃가지가 하도 고맙고 대견해, 여자는 아이를 돌보듯 화분에 정성을 쏟았다. 애정을 듬뿍 받고 자란 탓인지 목련의 자태가 점점 훤칠해졌다. 그 덕분에 요즘 여자의 아침은 상쾌한 봄날이었다. 창가에 앉아 목련을 바라보며 등허리에 햇볕을 쪼이기도 했다. 목련과 햇살과 푸른 하늘, 그것만으로도 여자는 호사를 누리고 있다고 생각했다. 아이 또한 탐스러운 목련을 바라보며 꽃봉오리마다 알전구를 넣으면 좋겠다고 말하기도 했다.

그러면 밤에 불을 꺼도 무섭지 않을 거야. 그렇지?

아이와 여자는 자신을 지켜 주고 있을 목련꽃을 생각하며 잠이 들곤 했다. 달빛이 있는 밤이면 바람에 가만가만 흔들리는 꽃가지가 창문에 어리비치기도 했다.

아이와 단둘이 사는 여자의 집에 새 식구가 생긴 것은 며칠 전이었다. 철제 대문을 부서져라 두들겨대던 아이는 문이 열리자마자 쿵쾅 소리를 내면서 계단을 밟고 올라왔다. 여자는 집안일을 마무리한 다음, 오후 근무를 위해 출근 준비를 하고 있던 참이었다.

봄볕에 상기된 딸아이의 얼굴이 복숭아꽃처럼 붉었다. 아이는 여자를 보자마자 책가방 뒤편으로 비닐봉지를 감췄다. 창으로 비껴든 햇살이 아이의 머리칼 위로 하얗게 부서졌다.

용돈 모아서 샀단 말야. 허락해 줄 거지?

뭔데?

맞춰봐!

글쎄, 뭘까. 여자는 중얼거리며 아이에게 다가갔다. 아이는 발그족족하게 물든 얼굴을 여자의 귀에 들이밀며 가만히 속삭였다.

메추리!

뭐야?

여자가 눈을 동그랗게 떴다. 여자의 마음은 동그란 눈으로 자신을 올려다보는 아이 앞에서 쉽게 무너졌다. 여자는 짐짓 엄숙한 얼굴로 선언했다.

나는 절대 손 안댈 거야. 죽든지 살든지 네가 알아서 해!

단호한 선언에도 불구하고 아이는 좋아서 팔짝팔짝 뛰었다. 집을 만들어줘야 한다며 온 집안을 뒤져댔다. 아이가 벽장으로 올라가 이것저

것을 들추는 동안, 여자는 바닥에 놓인 비닐봉지 속을 가만히 들여다보았다. 갓 부화된 두 마리의 메추리가 비닐봉지 속에서 여자를 올려다보고 있었다. 깃털이 새순처럼 부드러웠다. 이런저런 핑계를 대가며 아이의 요구를 거절해왔던 여자로서도 만져보고 싶을 만큼 메추리는 귀엽고 앙증맞았다.

아이는 암수 한 쌍의 메추리에게 메순이 메돌이라고 이름을 붙인 다음, 스티로폼 상자에 집을 만들어주었다.

한 방에 넣어줬으니까 곧 새끼가 생기겠지? 동생처럼 잘 돌봐줘야지.

아무렴, 혼자 지내는 게 심심했을 테지. 여자는 물을 떠주고, 주먹 쌀을 대주고, 당근을 강판에 갈아 넣어주느라 바쁜 아이를 바라보며 가만히 미소 지었다.

아이는 메추리가 새끼를 낳으면 할머니 집으로 가져가서 키우겠다고 기염을 토했다. 새끼가 많아지면 메추리 농장을 만들 수 있을 테고, 그 메추리알만 걷어다 팔아도 부자가 될 수 있지 않겠냐고 말했다. 그러면 할머니가 힘들게 농사일을 하지 않아도 될 터이니 얼마나 좋은 일이냐고 제법 어른스런 얼굴로 덧붙였다.

생각만 해도 근사해.

뭘?

집에 있는 거 다 모으면 동물원도 만들 수 있을 거야.

사실이었다. 노인의 집엔 없는 것이 없었다. 오종종 몰려다니던 병아리와 닭들을 비롯해 오리, 토끼, 개, 염소까지 합하면 기실 칠순을 넘긴 노인이 혼자 몸으로 돌봐야할 식구들은 너무나 많았다. 노인은 구부정한 몸으로 종종거리며 그들을 돌봤고 또 호미질을 했다. 부지런하게 가꾼 화단과 텃밭에서는 사시사철 아름다운 꽃과 싱싱한 채소, 탐스러운 과일들을 내놓았다. 여자가 다니러갈 때마다, 노인은 정작 자신은 먹지 않고 모아둔 달걀이나, 애호박, 가지, 오이 등속을 살뜰히 챙겨서 가방에 담아주곤 했다.

정말 멋질 거야.

아이의 눈빛은 아련했다. 한동안 아이의 머릿속에는 오리와 토끼, 염소들 속에서 메추리들이 떼 지어 몰려다니고 있을 것이다. 아이는 마당에서 먹이를 찾는 닭들과 메추리들을 쫓느라 즐거워하는 꿈들을 꾸겠지. 푸드덕, 날아오르는 날갯짓 소리에 파묻혀 아이는 더 행복해질 수 있으리라.

하지만 며칠도 지나지 않아 불안한 조짐이 생겼다. 처음에는 곧잘 꺅꺅 소리를 내면서 시끄럽게 굴던 메추리들이 날갯죽지 속에 고개를 처박아둔 채 움직이지도 않았다. 이것저것 먹을 것을 대줘도 반응이 없었다. 마침내 아이는 메추리 상자를 현관으로 내다놓았다.

못 키우겠어.

아이의 얼굴은 숫제 울상이었다. 결국 메추리를 키우는 일은 여자의 몫이 되고 말았다. 여자는 아침마다 메추리의 상태를 확인하고 먹이를 갈아주어야 했다. 상황은 점점 나빠졌다. 오늘 아침에도 그랬다. 메추리들은 먹이에는 입도 대지 않은 채 죽은 듯이 엎드려 있었다. 스산해진 여자는 먼지로 더럽혀진 물을 새로 갈아주고 모이도 바꿔준 다음, 뚜껑을 덮고 일어섰다.

*

　여자는 이니셜이 찍힌 매장용 조끼를 벗은 다음, 퇴근을 한다. 빗줄기가 한층 가늘어져 있다. 우산 없이 걷기에도 괜찮을 성싶다. 이 정도라면 집까지 10여분이면 걸어갈 수 있을 것이다. 여자는 조름조름 내리는 빗속으로 길을 나선다. 봄의 훈김 때문인지 날씨가 쌀쌀하게 느껴지지는 않는다. 문득 열무 싹이 봄비를 맞으며 쑥쑥 자라고 있을 노인의 텃밭을 생각한다.

　여자는 서두르지 않고 천천히 빗속을 걸어간다. 매장 앞에서부터 횡단보도에 이르는 인도가 텅 비어 있다. 평소 이 길은 도시 외곽에서 올라온 노파들이 갖가지 푸성귀로 좌판을 벌이는 곳이다. 계절에 맞는 채소들이 대부분인데, 특히 봄철이면 머위순, 불미나리, 들쑥, 돌나물, 두릅, 냉이, 달래 등이 벌여져 있어 눈이 황홀해질 정도다. 여자는 좌판에 앉은 그들을 볼 때마다 혼자 시골집을 지키고 있을 노인을 떠올리곤 했다.

　횡단보도 앞에 선 여자는 안경점 유리문 앞에 옹색하게 쪼그려 앉은 노파를 발견한다. 빗방울을 피하기 위해 노란 비닐봉지를 머리에 쓴 노파는 태깔 좋게 삶은 죽순을 앞에 놓고 행인들을 올려다보고 있다. 옥수수를 갓 삶아낸 듯한 구수한 냄새가 풍겨온다. 여자는 비가 질금거리고 있는 것도 잊은 채 노파 앞에 쭈그리고 앉는다. 따뜻한 열기로 가득 찼던 노인의 부뚜막이 생각났기 때문이다.

*

　여자가 남자를 따라 처음 노인의 집을 찾았을 때는 봄비가 사위를 차분하게 적시고 있던 오월의 어느 날이었다. 남자는 시골에 도착할 때까지 소풍가는 어린아이처럼 떠들어댔다. 초등학교 때 소풍갈 때마다 비가 온 것은, 학교 당산나무에서 나온 구렁이를 사람들이 쳐 죽였기 때문이라고 했고, 비가 오던 하교길, 개울에서 홀딱 벗고 목욕하던 기분은 어땠는지 아느냐며 낄낄대기도 했다.

　남자는 여자가 근무하고 있던 마을금고의 고객이었다. 남자는 몇 년의 봉급생활에서 남긴 약간의 퇴직금과 담보물, 친구의 보증까지 얻어 새로이 유통 사업을 시작해보려는 중이었다. 초보 창업자들이 으레 그렇듯 남자 또한 자금 때문에 어려움을 겪고 있었다. 대출 상담을 받느라 자주 얼굴을 내밀던 남자의 우렁우렁한 목소리가 어찌나 컸던지, 일의 지지부진한 진척상황을 누구도 알 수 있을 정도였다.

　여자는 문턱이 닳도록 드나들면서도 정작 자신이 원한 만큼의 자금을 끌어내지 못하는 남자가 안타까웠다. 퇴근길에서 우연히 남자와 마주치게 된 여자는 대출에 필요한 몇 가지 유의 사항을 자세하게 일러주었다. 물론 그것이 대출을 성사시키는데 결정적인 역할은 한 것은 아니었지만, 남자에겐 여자의 관심이 각별한 친절로 여겨진 모양이었다. 남자는 고마움의 표시로 저녁식사 제의를 해왔다.

노모가 혼자 살고 있다던 남자의 고향 이야기는 여자가 일찍이 떠나온 고향을 떠올리게 했다. 하지만 어렸을 때 떠났기 때문에, 여자의 뇌리에는 고향에 대한 기억은 거의 남아 있지 않았다. 기억할 만한 사람도 남아 있지 않는 고향은 타향과 다를 바 없었다. 여자는 자신의 고향을 잃어버렸다고 생각했다. 그런 탓인지 여자는 어쩐지 남자가 자신의 고향 사람처럼 친숙하게 느껴졌다. 남자의 앞뒤 없는 고향 이야기를 들을 때마다, 여자는 기억조차 더듬을 수 없는 고향의 고샅길을 상상했다. 마침내 남자가 고향의 노모를 만나러 가자는 제의를 해왔을 때에는 가슴이 설레 잠이 안 올 지경이었다.

노인이 살고 있다는 시골 면소에 도착했을 때에는 점심 무렵이었다. 눈앞 어디든 새순으로 덮인 시골 풍경은 비를 맞은 탓인지 더욱 싱그럽고 선명했다. 버스에서 내린 여자는 남자를 따라 미루나무가 호위병처럼 늘어선 한길을 걷다가 이내 들판으로 접어들었다. 몇 채의 인가가 오종종 얼굴을 맞댄 채 엎드려 있는 모습이 멀리 내다보였다. 그러나 마을 뒤편 자드락길로 돌아섰을 때까지도 외따로 산다던 노인의 집은 좀처럼 모습을 드러내지 않았다.

고인 빗물 때문에 진탕을 이루고 있던 자드락길은, 발을 내디딜 때마다 끓어 넘치는 팥죽처럼 솟아올랐다. 어쩌다 발등을 덮쳐오기도 했다. 남자는 분홍 블라우스에 투피스 정장 차림을 한 여자가 염려스러웠는지, 진흙길을 건너는 동안 여러 번 손을 내밀었다. 옷보다도 자꾸 진흙 탕에 빠져드는 구두 굽 때문에 제대로 걸을 수가 없을 지경이었지만, 여 자는 남자가 건네주는 손을 잡지 못했다.

여자는 남자와의 결혼에 확신을 가지지 못하고 있었다. 꼭 해야만 하 는 이유를 찾기 어려웠지만, 하지 말아야 할 이유도 딱히 찾아내지 못한 채 남자의 강한 힘에 속수무책으로 끌려가고 있었다. 남자는 꼭 행복하 게 해주겠다는 말로 여자에게 청혼을 했다. 결의에 찬 남자의 우렁우렁 한 목소리를 들으면서도 여자는 어쩐지 불안했다.

물론 여자 또한 딱히 내세울 게 있는 것도 아니었다. 운 좋게 마을금 고에 취직해 있었지만, 정리해고로 이어지는 결혼을 피하느라 나이 들 어버린 노처녀가 다 그렇듯 실직 또한 언젠가는 찾아들 것이었다. 손가 락이 가는 여자의 창백한 손은 돈다발을 묶는 일에 서툴렀다. 돈다발 냄 새는 늘 비릿한 역겨움을 느끼게 했다. 수시로 이를 닦았지만, 구토증은 쉽게 스러지지 않았다. 여자는 눈물 그렁한 눈으로 화장실 창문으로 내 다보이는 푸른 하늘을 오래오래 바라보곤 했다. 잡지에서 오려낸 들꽃 사진을 화장실 거울에 곱게 붙여 놓은 것도 여자였다.

남자는 자신의 목소리 곳곳에 방점을 찍는 버릇이 있었다. 대학 이후 십 년 넘게 버텨오던 서울 생활에서 만만찮은 어려움을 겪은 눈치였지 만, 남자는 여자에게 자신의 미래를 설명하는데 많은 시간을 할애했다. 여자는 남자의 미래가 어쩐지 뜬구름처럼 여겨졌다. 남자가 찍는 과도 한 방점 때문인지도 몰랐다.

그럼에도 여자는 남자를 뿌리칠 수 없었다. 여자의 뱃속에 둥지를 틀어버린 한 생명 때문이었다. 술에 취한 남자가 늙은 노모를 부르며 여자의 무릎에 얼굴을 묻던 날, 여자는 등을 쓰다듬으며 남자가 잠들기를 기다렸다. 여자는 기억조차 나지 않는 자신의 어머니를 떠올리며 남자의 넓은 등판을 쓰다듬었다. 누군가의 어머니가 되고 싶다고 생각했다. 여자는 남자를 품 안에 끌어안았다. 숨을 크게 들이 마시며 남자를 자궁 안으로 천천히 밀어 넣었다.

여자의 일방적인 결혼 선언에 동생들이 눈을 까뒤집고 달려들었다. 미쳤어? 네가 어때서! 여자는 묵묵히 동생들의 질책들을 견뎌냈다. 뒤돌아선 여자는 이제 막 봉긋하게 솟아오르기 시작한 배를 쓰다듬으며 슬그머니 웃었다. 결혼식 날, 아버지는 흰 장갑 낀 손으로 연신 눈자위를 문질렀다. 동생들은 신랑에게 던지는 의례적인 인사도 없이 결혼식장을 떠났다.

지금에 와서야 여자는 결혼이 삶에 대한 치밀한 설계도 없이 아무렇게 내던지는 짝패가 아니라는 것을 깨닫는다. 자신에게 퍼부었던 사람들의 애정 어린 조언들에 귀를 기울였어야 했는지도 모른다. 사람들은 여자가 남자에게 덜미를 잡혀버린 것이라고 말했지만, 그러나 기실 여자의 인생을 붙잡아버린 것은 남자가 아니었다.

진흙 길을 벗어나자 비로소 외딴집 한 채가 눈에 들어왔다. 남자는 버섯처럼 작은 오두막을 가리켰다. 그들이 집에 들어섰을 때 노인은 보이지 않았다. 노인에게 미리 연락을 해놓지 않은 모양이었다.

실금처럼 비가 긋고 있었다. 밭에 일하러 나가기에도 적절하지 않는 날씨였다. 도대체 이 빗속에 어딜 가셨담? 짜증 섞인 말투로 중얼거리던 남자는 집 안팎을 샅샅이 뒤졌다. 남자가 노인을 찾으러 다니는 동안, 여자는 노인이 살고 있는 외딴집을 중심으로 사위를 죽 둘러보았다.

곳곳에 노인의 세심한 손길이 느껴졌다. 마루는 금방 걸레질을 한 듯 먼지 하나 묻어나지 않았고, 마당에는 빗물 속에서도 빗자국이 선명했다. 뒤란으로 이어지는 텃밭에는 상치나 쑥갓, 시금치, 파 등속을 심어놓았는데, 가지런한 이랑 어디에도 잡풀 하나 보이지 않았다. 집 뒤란에 넓게 펼쳐져 있는 대밭은 바람에 수런수런 쓸려가는 소리를 냈고, 후미진 마당 앞쪽으로 드리워진 둠벙이 고적하다 못해 을씨년스런 분위기마저 뿜어내고 있었다.

앞뜰로 돌아 나온 여자가 울타리 아래에 쭈그리고 앉았다. 봉선화 이파리가 무성하게 돋아 오르고 있었다. 남자가 앞 둔덕을 향해 어머니를 불렀다. 그러자 어어이…… 하는 소리가 메아리처럼 되돌아왔다.

남자가 여자를 향해 눈짓을 했다. 마당 울타리를 지나 둔덕으로 성큼 올라선 남자는 둔덕 아래에 서 있던 여자를 향해 손을 내밀었다. 남자는 손수건을 꺼내 여자의 머리칼에 얹혀 있던 빗방울을 닦아주었다. 여자를 향해 웃는 남자의 머리칼에도 작고 송글송글한 빗방울이 이슬처럼 맺혀 있었다. 도시에서는 찾아볼 수 없던 순박한 얼굴이었다. 피로한 얼굴에 곧잘 지어보이던 과장된 미소가 아니었다. 새순처럼 순박해진 남자의 얼굴을 바라보며 여자는 슬그머니 미소를 지었다.

느티나무에 이르러서 남자는 걸음을 멈추었다. 둠벙 뒤편으로 병풍처럼 펼쳐져 있는 대밭이 그곳에서부터 시작되고 있었다. 훤칠하게 자라난 느티나무는 주변의 콩밭, 고추밭 속에서 금방 눈에 띄었다. 그곳에 서니 그들이 조금 전에 걸어왔던 진흙 길이 멀리서 내다보였다. 마을에 들고나는 사람 모두를 한 눈에 알아볼 수 있을 만한 거리였다.

느티나무 아래는 소쿠리 하나가 놓여 있었는데, 그 안에는 갓 따낸 죽순이 껍질째 비를 맞고 있었다. 남자가 대숲을 향해 소리를 내자, 노인이 대밭 속에서 금방 모습을 드러냈다.

노인은 이십여 년 전의 풍경화 속에서 튀어나온 듯한 행색을 하고 있었다. 상의는 남자가 학교 다니며 입다 뒀을 얼룩덜룩한 교련복이었고, 하의 또한 남자가 체육 시간에 입었을 빛바랜 곤색 운동복이었다. 노인은 남자의 곁에 서 있는 여자를 보며 눈을 동그랗게 떴다.

그 샥시냐?

남자가 고개를 끄덕이자, 노인이 덥석 여자의 손을 부여잡았다. 갈퀴처럼 거칠었지만, 따뜻해서 부드럽게 느껴지는 손이었다. 자신의 까칠한 손에 스스로 무안해진 노인이 여자의 손을 놓았을 때, 남자는 노인을 향해 인상을 찌푸렸다.

그 옷을 입고 있으면 어떡해요?

머시 으짜냐? 일하는 데는 이만한 옷도 없어야!

노인은 온전치 못한 이빨을 내보이며 수줍게 웃었다. 신발 또한 남자가 제대하면서 가져다 놓았음직한 낡고 둔탁한 군화였다.

노인은 동조를 구하듯 남자 뒤편에 서 있는 여자를 향해 빙긋 웃어보였다. 여자는 자신도 모르게 미소를 지었다. 아들의 타박 때문에 겸연쩍어진 노인은 무연한 몸짓으로 바지를 탈탈 털었다. 반백이 된 노인의 머리칼이 비에 젖어 바짝 달라붙어 있었고, 그 위에는 마른 댓잎이 검불처럼 얹혀 있었다. 어느 산골에서나 쉽게 마주칠 수 있는 노인이었다. 얼굴은 별 특징이 없어 보였지만, 부드럽고 선량한 미소가 여자로 하여금 한없는 편안함을 느끼게 했다. 얼굴에 골골이 패인 주름살이 나이보다 훨씬 들어보이게 했고, 노인의 거동 구석구석에는 고생하며 살아온 흔적이 여실히 배어 있었다.

노인이 죽순이 든 소쿠리를 머리에 이려고 하자, 남자가 손사래를 치며 막아섰다. 비에 젖은 흙이 남자의 양복을 더럽힐까봐 노인이 황황히 손을 내저었지만, 남자는 소쿠리를 냉큼 어깨 위로 들어 올린 다음 성큼성큼 둔덕 아래로 내려갔다. 여자는 노인의 뒤를 따르면서 두 사람이 오래 전부터 나누었을 풍경을 떠올렸다. 수없이 오르내렸을 이 둔덕이 정겨운 흑백 사진처럼 펼쳐졌다. 여자는 지금껏 그려온 자신의 고향 또한 이랬을 것이라고 막연히 추측하며 그들의 뒤를 따라갔다. 집에 이른 남자는 어깨에 멘 소쿠리를 부엌 바닥에 부려놓았다.

으짤끄나! 뭐 대접할 게 있어야지.

노인은 혼잣말로 중얼거리며 황황한 몸짓으로 죽순을 솥에 부었다. 노인은 솥에 물을 붓고 아궁이에 땔감을 밀어 넣었다. 아궁이 속에서 타닥타닥 소리가 났다. 무연한 눈빛으로 아궁이를 바라보고 있는 노인의 구부정한 어깨가 오래된 나무의 등걸처럼 굽어 있었다. 아들이 도시에서 허덕이며 살아가는 동안, 노인은 이렇게 혼자서 그 긴긴 시간을 보냈으리라. 노인의 등허리에 시선을 놓고 있던 여자는 어여, 방으로 들어가 있으라는 노인의 채근을 받고서야 자리에서 일어났다. 아릿한 연기에 잔기침을 하며 밖으로 나온 여자는, 가랑비에 차분하게 젖어드는 사위를 고즈넉한 마음으로 둘러보았다.

노인이 살아가는 모습은 여자에게 경이로움 그 자체였다. 한 뼘의 땅만 있어도 씨를 뿌리는 노인은 엎드려 돌을 고르고 호미질도 하면서 정성껏 생명들을 키워냈다. 동네 사람들은 노인이 눈으로 거름을 주는 모양이라고 웃었다지만, 씨앗들은 어머니의 발자국 소리를 알아듣는 어린 새끼들처럼 노인의 자상한 손길을 받고 무럭무럭 자라났다. 남자가 도시에서 함께 살자고 했을 때, 노인은 이 많은 친구들과 재미나게 사느라 하나도 외롭지 않으니 걱정하지 말라고 손사래를 쳤다던가.

마당으로 나오자 남자가 기다렸다는 듯이 여자의 손을 끌었다. 노인이 불을 때는 동안, 남자와 여자는 집 주변을 돌면서 산책을 했다. 대문간을 지나자 울타리를 덮고 있는 연초록 새순이 눈에 들어왔다.

인동초야. 어머니가 대단히 좋아하셔. 만병통치약이거든.

노인은 정성껏 인동초를 가꾸었다. 한여름에 울타리를 타고 피어오르는 꽃도 꽃이려니와, 무엇보다도 인동초를 만병통치약으로 생각하고 길러냈다. 술을 담거나, 다려서 환을 내기도, 그냥 푹 삶아 마시기도 했다. 머리가 아파도 인동, 허리가 아파도 인동, 팔다리가 쑤셔도 노인에겐 오로지 인동이면 충분했다. 노인은 울타리에 엮어 올라간 인동 줄기를 바라볼 때마다 대견해했다. 남자는 어디서든 인동초 사진만 봐도 눈시울이 뜨거워지곤 했다. 눈 속에서도 꽃을 피우는 인동을 보면, 자갈밭을 긁어도 까딱없을 갈퀴 같은 어머니의 손이 생각난다고 했다.

여긴 사랑채야.

지어진 지 오십 년이 넘었다던 사랑채가 먼지 하나 없이 빗속에 고요히 들어앉아 있었다.

아버지가 돌아가시기 전까지 폐앓이를 하던 곳이지. 글만 읽던 가난한 할아버지는 아들의 병을 치료한답시고 민간약만 썼을 뿐, 제대로 된 약 한 재 먹이질 못했어. 마지막에는 오줌까지 먹였다는데 결국 아버지는 내가 네 살 때 돌아가셨어. 할아버지도 그 뒤 일 년을 못 채우고 가셨고. 어른들은 집안에 여자가 잘못 들어와서 줄초상을 치른 거라고 수군거렸지만, 천만에! 어머니는 지금껏 이 많은 생명들을 길러내신 걸. 그런 소리는 모두 가난하고 무능력한 사람들이나 하는 짓이지.

목소리는 낮았지만, 단호했다. 남자는 둔덕 위의 느티나무 아래로 다시 여자를 데려갔다.

이 나무는 내가 태어난 해 아버지가 심으신 거야. 여기에 그네를 매놓고 타기도 했는데, 가지가 부러져서 저기 보이는 논고랑에 처박힌 적도 있어.

남자는 듬성듬성 모가 심겨진 무논을 가리키며 푸푸, 바람 빠지는 소리로 웃었다. 빗속을 타고 오는 바람 속에서 훈훈한 기운이 느껴졌다.

여자는 가슴을 펴며 다시 주위를 둘러보았다. 눈에 보이는 모든 것들이 초록 숲처럼 싱그러웠다. 노인의 집이 물에 번진 수채화처럼 흐릿했다. 비가 내리는 그림 같은 풍경 속으로부터 흰 연기가 가느다랗게 새어나오고 있었다. 한없이 편안해진 여자의 마음은 비에 젖은 습자지처럼 푹 젖어들었다.

그때 아들을 부르는 노인의 소리가 들려왔다. 남자와 여자는 빗방울을 머금고 있는 잡초 사이에 조심조심 발을 내디디며 둔덕 아래로 내려왔다. 부엌으로 가까이 갈수록 구수한 냄새가 났다. 낡고 오래된 슬레이트 지붕 끝에서 낙숫물이 뚝뚝 떨어져 내렸다.

부엌으로 들어서자 노인은 곧장 솥뚜껑을 열었다. 그러자 옥수수를 찌는 것 같은 달짝지근한 냄새가 풍겨 나왔다. 노인은 가마솥에서 꺼낸 죽순을 함지에 옮겨 담았다. 함지에서는 뜨거운 김이 모락모락 피어올랐다. 남자는 아주 익숙한 몸짓으로 부엌 바닥에 퍼질러 앉아 죽순 껍질을 벗기기 시작했다. 여자도 남자를 따라 부엌 바닥에 쪼그리고 앉았다. 세 사람이 머리를 맞댄 채 따뜻한 죽순 껍질을 벗기고 있는 부엌문 밖으로 소리도 없이 비가 절름거리고 있었다. 노인은 벗기고 있던 죽순 봉우리를 툭, 분질러 여자에게 내밀었다.

먹어봐.

여자는 죽순을 받아 입에 물었다. 향긋하고 고소한 맛이 입 안에 가득 차올랐다. 부드러운 죽순은 노인이 건네주는 마음처럼 따뜻했다. 노인의 순박한 미소와 따뜻한 마음이 있는 곳이면 세상 어디든 편안할 것 같았다. 등허리를 쓰다듬어줄 그 손만 있다면 어린아이처럼 편안히 잠들 수 있을 것이다. 남자가 기고만장한 듯 목소리를 높이는 이유도 노인의 따뜻한 손에 기댄 어리광인지도 모르겠다고 생각했다.

그 날 점심식사는 싱싱하고 부드러운 죽순이 만들어낸 풍성한 잔치였다. 게다가 노인이 한사코 빗속에서 뜯어온 민들레, 상치, 쑥갓, 씀바귀 등속으로 야채 쌈을 했다. 갖가지 야채가 제 맛을 뿜내는 밥상은 어느 귀한 상차림도 부럽지 않을 정도였다. 식사를 다하고 나자, 노인은 비가 더 오기 전에 가라고 채근을 하면서 막 딴 자두와 반찬거리를 챙겨주었다.

집을 나올 때쯤 비는 그쳐 있었다. 노인은 버스를 타는 면소 정류장까지 뒤따라 나왔다. 여자가 무사히 진흙길을 걸어갈 수 있도록 고무신을 내준 노인은 여자의 구두를 손에 들고 뒤따라오며 길 가장자리의 풀 더미를 가리키곤 했다. 여자는 노인이 짚어준 길만을 골라 발을 내디뎠다.

*

차가운 빗방울이 여자의 머리 위로 떨어진다. 그러자 여자의 머릿속에서 아련하게 떠돌던 추억들이 순식간에 달아난다. 노란 비닐을 쓴 노파가 죽순을 가리키며 여자에게 말한다.

많이 드릴팅게, 어여 사. 이거 첫물이랑게. 비도 온께 싸게 팔아버리고 갈라네.

여자는 노파에게서 죽순을 사들고 일어선다. 세상에는 노인을 닮은 사람이 너무나 많다. 노인은 어떻게 지내고 있는지. 노인을 생각할 때마다 명치끝이 아릿하다. 여자는 비닐봉지를 든 채 네온사인 불빛이 피어오르는 거리를 걸어간다.

아이는 잠들어 있다. 숙제를 하다 잠들었는지 방바닥에는 책이 펼쳐진 그대로다. 이부자리를 깔고 아이를 눕힌 다음, 다시 방을 나온다. 여자는 현관에 놓인 메추리 상자를 조심스럽게 열어본다.

순간, 여자는 엉덩방아를 찧듯 뒤로 물러앉고 만다. 메추리 한 마리가 죽어 있다. 살아남은 메추리는 옆에서 안절부절못한 채 떨고 있다. 멀건 눈을 하고 있는 메추리는 몇 가닥 남은 깃털들이 바늘처럼 추켜세운 채 떨고 있을 뿐이다. 털이 빠진 자리에 불그죽죽한 살가죽이 내다보인다. 여자는 떨리는 손으로 뚜껑을 닫는다. 비칠비칠 걸음을 옮기는 여자의 눈앞에는 공포로 가득 차 있던 메추리의 눈이 선명하게 찍혀 있다.

메추리의 생명을 되살려낼 자신이 없다. 그렇지만 시시각각으로 죽어가는 메추리를 그대로 지켜보고만 있을 수도 없지 않는가. 여자는 초조하게 서성인다. 아무 것도 모른 채 잠들어 있는 아이를 원망해보기도 한다.

생각다 못해 여자는 메추리 상자를 들고 현관을 나선다. 발끝으로 조심스럽게 현관문을 열고 나서자, 어깨 위로 굵은 빗방울이 떨어진다. 사위는 벌써 어둑어둑해져 있다. 골목 맨 끝에 심어진 측백나무 아래가 움푹하게 패어 있다. 그곳이라면 비가 들이치지 않을 성싶다. 여자는 메추리 상자를 가만히 나무 안쪽으로 밀어 넣은 다음, 뚜껑을 조금 벌려놓는다. 상자 앞에 쭈그리고 앉아 메추리를 향해 속삭인다.

어디든 가거라. 가고 싶은 곳으로.

뒤돌아선 여자는 도망치듯 걷는다. 철제대문이 닫히는 순간, 철커덕 잠금쇠 걸리는 소리가 난다.

여자는 방안을 서성인다. 잠든 아이를 한참 동안 들여다보다 스위치를 내린다. 방안이 동굴 속처럼 어두워진다. 아이 옆에 드러눕는다. 돌연 아이가 누운 뒤편 창문으로 화광이 번득인다. 이어 천둥소리. 연이어 터지는 번개에 아이가 뒤척인다.

엄마, 무서워!

아이가 여자의 품속으로 파고든다. 여자는 아이의 몸뚱어리를 껴안는다. 빗소리가 양동이를 때리는 듯 요란해진다. 빗물받이 양철통으로 빗물이 콸콸 쏟아진다. 여자는 이럴 때 남자가 있었더라면 좋았을까 생각해본다.

지나치게 많은 사람들을 만나느라 경황없이 바빴고, 또 지나치게 많은 술로 자신을 혹사시키면서도 앞가림을 하지 못했던 남자. 시간과 돈을 지나치게 투자했으면서도 결과는 늘 미래형이었던 남자는 지금 어디에 있나. 불꽃을 향해 날아오르다 자신의 몸마저 태워버린 남자, 그렇게 추락해버린 남자.

남자는 동창회와 정치권으로 만들어진 자신의 넓은 인맥을 주위 사람들에게 과시했고, 그들과의 인간적 교류를 믿어 의심치 않았다. 남자는 지나치게 믿었고, 지나치게 친절했다. 남자의 꿈 또한 지나치게 높았다.

그러나 꿈은 그저 꿈일 뿐이었다. 넓은 인맥에도 불구하고 사업은 부도로 마감되었고, 가정은 여자와의 이혼으로 종지부를 찍었다. 여자는 제게 다가오는 남자를 막지 못했듯, 떠나는 남자를 붙잡을 수 없었다. 육 개월 전의 일이었다.

남자가 떠나버린 처음 얼마 동안, 여자는 누군가 자신의 집 창문을 두드려대는 환청에 시달렸다. 누군가 서울역에서 노숙하는 모습을 봤다는 사람도 있었고, 깊숙한 산사 어디서 불목하니로 일하는 것을 봤다는 사람도 있었다.

여자는 어두운 빗속에서 막막함을 견디고 있을 노인을 떠올린다. 노인을 만난 때가 언제인지 생각해본다. 겨울과 봄이 모호하게 어우러져 있던 이월의 어느 날이었던가.

노인은 느티나무 아래에 앉아 마을 어귀에 들어서는 여자를 멀거니 바라보고 있었다. 여자는 둔덕 위에 망부석처럼 앉아 있던 노인을 올려다보느라 진흙이 신발 밑창에 들러붙는 것도 느끼지 못했다.

뭣허러 오냐. 너도 이제 니 살 궁리해야제.

여자는 말없이 노인 옆에 가만히 쭈그리고 앉았다. 망연히 허공에 시선을 놓고 있던 노인이 불쑥 호주머니에서 때 이른 봄 쑥을 꺼냈다. 느티나무 아래에 앉아 동구 밖을 내려다보다가 하릴없이 손으로 헤집어낸 모양이었다. 노인은 주머니 안에서 쪼글쪼글 시들고 말라버린 쑥을 건네며 쑥스러운 듯 중얼거렸다.

너 쑥버무리 좋아허잖여.

평소 노인의 호주머니에는 항상 뭔가가 들어 있었다. 마을 결혼식에 다녀올 때면 돌돌 만 수건 속에 생선 가시를 싸 오기도 했다. 남자가 인상을 잔뜩 구기며 타박을 하면, 노인은 겸연쩍게 웃으며 얼른 수건을 덮었다. 개 줄라고 그러제! 그럴 때마다 남자는 더욱 목소리를 높이며 짜증을 부렸다. 제발 그러지 좀 마씨요! 근천스럽게 왜 그러요? 버리믄 멋헌다냐! 누구라도 맥여 살찌우믄 좋제! 노인은 안 그러냐? 하는 얼굴로 여자를 돌아보았다. 여자는 그런 노인을 향해 가만히 웃어 줄 뿐이었다.

노인은 그사이 빠르게 늙어버린 얼굴과 몸피를 하고 있었다. 입술과 손은 나무껍질처럼 갈라졌고, 갈라진 자리에서는 피가 배어났다. 노인의 얼굴에 피로한 기색이 역력했다. 거무스름하게 말라붙은 얼굴에는 생기라곤 찾아볼 수 없었다.

무연한 노인의 눈빛에 할 말이 잃은 여자는 하릴없는 얼굴로 느티나무를 올려다보았다. 앙상한 가지만 남은 채 긴 겨울을 버텨오느라 거무스름하게 변해버린 느티나무에서는 을씨년스러움마저 묻어났다.

지난해 여름 이후, 무슨 병이 돌았는지 차츰 말라가더니 이파리들이 한꺼번에 우수수 떨어져 버렸다. 노인이 농약도 치며 정성으로 보살폈지만, 좀처럼 느티나무는 다시 살아날 기색을 보이지 않았다. 노인의 얼굴이 느티나무처럼 피폐해져 갔다.

날씨도 차가운데, 안으로 들어가시게요. 감기 걸리시겠어요.

여자는 노인을 부축해 일으키려고 했다. 노인의 몸이 고목나무의 등걸처럼 딱딱했다. 노인이 멀건 눈으로 허공을 응시하고 있다가 천천히 입을 떼었다.

그 눔이 에릴 적부텀 허황시런 구석이 있었시야. 결혼허면 좋아질 줄 알았등마는…….

앙다문 노인의 입술 언저리가 한층 일그러졌다.

자식 하나도 건사 못한 주제에, 니한테 먼 염치가 있것냐.

말을 채 마치지 못한 노인은 앉은걸음으로 엉금엉금 논두렁으로 기어 내려갔다. 그곳에는 푸릇푸릇 새순을 밀어올린 머위 잎사귀가 바람에 한들거리고 있었다. 둥글게 웅크린 노인의 등허리가 달팽이처럼 천천히 논두렁을 오르내렸다.

*

굵은 빗줄기가 창문을 후려치듯 사정없이 내리친다. 천둥과 번개와 장대비가 한꺼번에 몰아친 세상은 아비규환 속 같다. 여자는 어수선한 마음을 가라앉히지 못한 채 뒤척이고 있다. 지금쯤 메추리는 어떻게 되었을까. 어린 생명을 유기한 죄책감에 시달리던 여자는 잠과 현실의 모호한 경계 속에서 꿈을 꾼다. 날 세운 메추리의 깃털이 사정없이 여자를 찔러댄다. 여자의 몸 곳곳에서 피가 방울방울 배어난다. 핏방울은 점점 씨알 굵은 장대비가 되어 땅바닥을 뒤집어엎는다. 대지를 흥건하게 물들여가는 피. 여자는 핏물 속에서 허우적거린다. 손을 휘젓는다. 온몸을 적시는 피. 눈을 뜬다. 흥건한 땀. 비로소 아침이다.

여자는 날이 밝자마자 대문 밖으로 나간다. 숨을 죽인 채 측백나무 아래에 놓인 상자를 들여다본다. 메추리 두 마리가 나란히 죽어 있다. 흡, 여자는 숨을 멈춘다. 숨을 길게 토해낸 여자는 다시 상자를 안고 집으로 들어온다. 잠에서 깬 아이가 방을 나온다. 상자를 본 아이가 깜짝 놀란 얼굴로 여자를 쳐다본다. 아이의 눈이 점점 크게 벌어진다. 기어이 울음을 터트린다.

여자와 아이는 목련이 심어진 커다란 고무 함지 앞에 서 있다. 날씨가 화창하다. 언제 비가 왔었느냐고, 하늘이 말간 얼굴로 묻고 있다. 비바람에 떨어진 여러 장의 목련꽃 이파리가 지난밤을 증언하듯 땅에 뒹굴고 있다.

모종삽을 든 여자가 밑동 부분의 흙을 파내기 시작한다. 손바닥만 하게 구덩이를 파낸 여자는 상자에서 꺼낸 두 마리의 메추리를 구덩이 속에 누인다. 아이가 다시 울음을 터트리고, 여자가 흙을 덮는다. 자그맣게 봉분을 만들어준다. 땅 속에 묻힌 메추리는 소담스러운 목련 꽃봉오리를 피워내게 할 것이다. 목련의 꽃봉오리가 커질수록 아이의 키도 높아갈 것이다. 날개를 가지고도 날지 못했던 메추리를 대신하여 아이는 멀리 날아가는 꿈을 꾸게 될 것이다.

한 장 남은 목련꽃 이파리가 가만가만 흔들어대는 봄바람을 이기지 못한 채 기어이 떨어져 내린다. 이파리는 빙그르르 허공을 돌아 오르다 메추리 봉분 위로 살짝 내려앉는다.

봄도 가고, 메추리도 가고, 목련꽃도 떨어지는, 꽃 지는 아침이다. 아름다운 꽃잎이 한껏 피어오르다 화르륵 스러져가는 봄날 아침은 슬프다. 희망이 있다면, 꽃 진 자리마다 새 이파리들이 청신하게 돋아나는 그날을 기다리는 일 뿐이다.

불현듯 여자는 기다림이 일상이 되어버린 노인을 떠올린다. 그러자 이마에 서늘한 기운이 찾아든다. 오랫동안 노인을 혼자 내버려뒀다는 죄책감 때문이다.

여자는 기어이 노인을 찾아 길을 나선다. 밤새 내린 비 때문에 엉망이 된 고샅길 바닥에서 진흙이 삐죽삐죽 솟아오른다. 여자는 발등까지 덮는 진흙을 아랑곳하지 않은 채 걸음을 놓는다. 뛰다시피 발걸음을 내딛는 여자의 신발이 연이어 달라붙은 진흙을 이기지 못해 벗겨진다. 여자의 발이 진흙 구덩이 속에 경황없이 쑥 빠진다.

노인의 오두막에 도착한 여자는 문이란 문은 모두 열어 제치며 노인을 찾는다. 노인은 없다. 마당에도, 뒤란에도, 부엌 그 어디에도 노인의 모습은 보이지 않는다. 여자는 마루에 털썩 주저앉고 만다. 숨을 헉헉거린다. 숨을 채 고르지 못한 여자의 얼굴이 벌겋게 상기되어 있다.

울타리 밖으로 나온 여자는 느티나무를 향해 걸음을 놓기 시작한다. 급하게 내딛는 여자의 발부리에서 바슬바슬한 둔덕의 흙이 부서진다. 휘청, 여자의 몸이 기울어진다. 안간힘을 다해 둔덕을 잡고 올라선다.

거기에 노인이 있다. 마을 어귀를 바라보는 노인의 몸이 망부석처럼 붙박혀 있다. 오래 전부터 앉아 있었다는 듯 형체를 잃어가고 있는 중이다. 촛농이 녹아내리듯 윤곽을 잃어버린 노인의 몸이 땅속으로 깊이 스며들고 있다.

느티나무와 한 몸이 되어버린 듯 노인의 겨드랑이에서 새순이 돋아나고 있다. 지난밤 내린 밤비에 구령이라도 맞춘 듯 느티나무 가지마다 일제히 새움을 내밀기 시작한다.

어머니……!

여자가 노인의 어깨를 부여잡는다. 등걸처럼 딱딱해진 노인의 어깨는 움직이지 않는다. 여자의 눈물이 느티나무 뿌리 위로 뚝 떨어진다. 눈물은 마르지 않을 봄비가 되어 느티나무 발부리를 적시고 땅속 깊이깊이 스며든다. (2005)

마이 트윈스

손님이 들지 않는 가게는 적막하다. 의자에 앉아 하릴없이 신문을 뒤적이던 나는 호주머니에서 담배를 끄집어낸다. 무료하다 싶을 때 담배를 꺼내 무는 버릇이 요즘 들어 부쩍 늘었다. 담배에 불을 붙인 후, 쇼윈도 밖을 내다본다. 거리를 질주하던 자동차의 수가 점점 줄어들고 있다. 행인들의 발길이 뜸해진 거리는 짙어지는 어둠에 차분히 잠겨들고 있다. 나는 물속처럼 고요한 가게에 앉아 하릴없이 시간을 보내고 있다.

　일찌감치 가게 문을 닫을 생각도 했을 것이다. 그러나 소일거리 없이 긴 밤을 보낼 재간이 없는 나는, 쇼윈도 유리창으로 세상을 내다보며 무료한 시간을 때우고 있다. 속 모르는 사람들의 눈에는 하루 통틀어 얼마 되지 않는 매출액에 목을 걸고 있는 사람처럼 보이기도 할 것이다.

　담배를 신발 밑창에 비벼 끈다. 남자가 운영하는 가게라고 퀴퀴한 담배 냄새로 찌들게 할 수는 없다. 담배꽁초를 휴지통에 집어넣은 나는, 탁자 위에 놓여 있던 방향제를 허공에 뿌리기 시작한다.

전면 출입구를 중심으로 가게의 양쪽 벽면에는 유리판으로 만들어진 진열대가 책꽂이처럼 늘어서 있다. 그 위에는 사람의 신체 일부를 본떠 만든 순간조형물들이 다양한 포즈로 배치되어 있다. 손이나, 귀, 입술뿐만 아니라, 악수하는 남녀의 손, 가면 형상의 얼굴, 힘줄이 불끈거리는 종아리와 발목도 있다. 심지어는 여자의 가슴과 엉덩이도 있다. 그 외에도 여러 부분의 인체 모형들이 진열대 위에 세워져 있거나 액자에 붙박인 채 걸려 있다. 가게에 진열된 조형물들은 창업을 준비하는 동안에 실습생들끼리 서로의 몸을 본떠 만든 것들이다. 그러나 지금의 나는 태어난 지 얼마 되지 않는 어린아이의 인체 조형물을 주로 만들고 있다.

나는 수건을 들고 진열대 쪽으로 다가가 조심스럽게 유리판 위의 먼지를 닦기 시작한다. 그때 문득 뒷덜미에 닿는 누군가의 시선을 느낀다. 고개를 돌리자, 때마침 가게 안을 들여다보고 섰던 낯선 여자와 눈이 마주친다. 여자는 나를 보자마자 황급히 기둥 뒤로 몸을 감춘다. 누구지? 고개를 갸웃거린다. 오늘만이 아니다. 무심코 밖을 내다보다가, 작업실에서 나오다가, 진열대 물건이나 액자를 반듯하게 고쳐 세우다가, 어둠 속에서 고양이 눈처럼 빛나던 여자의 눈빛과 마주치곤 했다.

나는 심상한 표정을 지은 채 뒤편 작업실로 들어간다. 두 사람이 지나치기에도 빠듯한 너비의 작업실에는 공간의 반쯤을 차지하는 작업대가 있고, 그 위에는 여러 가지 공구들이 어지럽게 흩어져 있다. 실리콘 파우더, 석고 봉지와 조각도, 칼, 신나액, 갖가지의 색 가루통, 연필통에 꽂힌 색칠붓, 지점토, 크고 작은 종이컵, 나무젓가락 등이 제멋대로 널려 있다.

작업대 위에는 낮에 주문을 받고 만든 사내아이의 손과 발의 모형이 놓여 있다. 작고 토실한 아이의 손발이 하도 예뻐서 여분의 작품을 만들려던 참이다. 조각도로 다듬다가 가게 안에 손님이 든 것 같아서 놔두고 나갔던 모양 그대로다. 그때 손님은 이것저것 물어보다가 그냥 나가버렸다.

사실 하루 두세 개 주문이 들어오는 조형물만으로는 결코 앞이 보이질 않는다. 지금까지는 어찌어찌 버티어 왔지만, 이러다간 가게 월세를 제대로 댈 수 있을지 모르겠다. 산부인과나 백화점의 거래선을 뚫을 필요도 있지만, 마진이 적은 조형물 몇 개로 적지 않은 커미션을 감당할 엄두가 나질 않는다. 아무래도 액세서리 소품을 같이 취급하면 좀 낫긴 하겠지만, 유행 감각도 곁들여야 하는 일이라 그것마저 녹록치 않다.

작업대 위에 놓인 사포를 집어 든다. 발가락 사이를 꼼꼼하게 문지르다가 머리맡 선반에 있는 상자를 끌어내린다. 뚜껑을 연다. 그 속에는 아이들의 신체 부위를 절단해놓은 듯한 낱개의 조형물들이 가득 들어 있다. 손이나 발뿐만 아니라 어깨까지 이어지는 양쪽 팔뚝, 허벅지에 이르는 두 발목 등, 없는 부위가 없을 정도다. 토실토실한 살빛으로 색칠해진 어린아이의 조형물들은 진짜 신체의 일부처럼 보이기도 한다. 주로 돌을 갓 지낸 아이들의 모형이 대부분인데, 주문에 의해 떠놓은 거푸

집으로 물건을 완성해주고 난 뒤 여분의 작품을 만들어놓은 것들이다. 그중에 사내아이의 튼실한 가슴팍과 고추는 다시 보아도 실물처럼 느껴진다. 유일하게 없는 부위가 있다. 얼굴 모형이다. 어린아이의 얼굴 모형은 본을 뜨기가 좀처럼 수월치 않다. 얼굴에 비해 훨씬 쉬운 손, 발의 모형을 뜰 때에도 아이들은 도시 가만히 있질 못한다. 아이의 얼굴 모형을 뜨고자 하는 내 바람은 어쩌면 불가능에 가까운 건지도 모른다.

언제부터인지 모르지만 나는 어린아이들을 볼 때마다 맑고 투명한 눈망울 속으로 빨려 들어가는 것을 느낀다. 눈 쌓인 구릉(丘陵)을 연상하게 하는 토실한 엉덩이, 헐떡이며 우는 아이의 좁다란 새가슴, 붉은 조개 속 같은 입안, 폭포수처럼 청랑한 아이의 웃음소리는 언제 들어도 가슴이 환해진다. 아이의 목 언저리에서 맡아지던 젖냄새까지도 나를 매혹시킨다. 갓 태어난 아이처럼, 아무런 환상도 기억도 꿈도 없이 새로운 생을 시작하고 싶은 것일까.

그런 내게 아이들의 인체 모형을 만드는 일은 어떤 일보다 즐겁다. 작업 내내 행복하다. 마치 명령 하나로 하늘과 땅을 만들고 사람을 만들어냈던 창조주처럼, 나는 손가락 하나로 닮은 인간들을 창조해낸다. 신을 대신해 가장 순수한 피조물을 만들어내는 것이다. 지상에서 할 일이 남아 있는 사람들이 어떤 식으로든 살아가게 마련이라면, 아이들을 만들어내는 일은 내 유일의 존재 증명인 셈이다.

오늘 낮, 나는 아이의 조형물 세트를 주문 받았다. 손과 발의 모형을 주문한 아이 엄마는 벽에 부착된 조형물을 구경하면서 호들갑을 떨었다. 이제 막 돌 사진을 찍고 오는 길이에요. 사진과 함께 걸어 놓으려구요. 우리 아들을 얼마나 귀하게 얻었는지 댁은 모르실 거예요. 차라리 고추까지 세트로 해놓을까 부다. 여자는 게이샤처럼 짙게 화장한 얼굴로 깔깔댔다. 호호. 좀 남사스럽겠죠? 아이 고추까지 거실에 걸어놓는다는 게……. 유난스레 새살을 떨던 여자는 정작 가격 흥정에서는 깐깐하게 굴었다.

여자의 웃는 모습은 아내를 떠올리게 했다. 아내는 잘 웃었다. 그다지 예쁜 얼굴은 아니었으나, 웃을 때마다 귀여운 눈이 가늘게 감기며 눈꼬리가 둥글게 모아지곤 했다. 매혹적인 눈웃음이었다. 처음 만나는 순간, 결혼을 결정한 것도 그 때문이었다. 그러나 내 결정이 미숙했다는 것을 깨닫는 데는 많은 시간이 걸리지 않았다. 아내의 눈웃음은 나뿐만 아니라 모든 남자의 시선을 잡아채는 미끼와 같았다. 나는 아내의 헤픈 눈웃음을 점점 경계하기 시작했다. 남편이라는 권리를 내세워서라도 매혹적인 아내의 눈웃음을 전유하고 싶었다. 부부동반 모임에 아내와 함께 참석하는 일이 점점 줄어들었다. 아내를 좋아했던 친구들은 매번 그런 나를 탓하는 눈치였지만, 나는 아내를 누구에게도 내보이고 싶지 않았다.

작업 준비를 마친 나는 아이를 안아 소파에 앉혔다. 아이는 아름다웠다. 마치 남녀 어느 쪽이 될 것인지 결정을 내리지 못한 것처럼 부드럽고 환한 살빛을 가지고 있었다. 버둥거리는 아이를 잡아준 엄마의 도움으로 나는 어렵사리 손, 발의 모형을 뜰 수 있었다. 그러자 아이는 피곤한지 소파에 누운 채 금방 잠들어버렸다. 때마침 아이가 잠들기를 기다리기라도 했다는 듯이 아이 엄마가 내게 말했다. 주문한 물건이 완성될 때까지 옆집 보세 가게에서 옷 구경을 해도 되겠느냐면서, 잠든 아이를 그때까지만 봐달라고 했다. 내가 고개를 끄덕거리자, 아이 엄마는 가게를 나갔다. 아이는 소파에 깊이 잠들어 있었다.

나는 잠깐 동안 격심한 혼란을 느꼈다. 그러다가 빠른 손놀림으로 실리콘을 반죽하기 시작했다. 서둘러야 한다. 나는 아이의 얼굴에 반죽된 실리콘을 부었다. 주걱을 든 손끝이 경련을 일으키듯 떨려왔다. 이마와 볼에 덧씌워진 차가운 실리콘 감촉에 아이가 잠깐 꿈틀거렸지만, 금세 깊은 잠에 다시 빠져들었다. 나는 왼손으로 아이의 손을 지그시 누르고, 오른손으로는 뺨 언저리에서 귓불로 흘러내리는 실리콘을 주걱으로 바쁘게 걷어 올렸다. 아이의 눈 주변이 뭉치지 않도록 골고루 펴 주어야했다. 고난도의 작업이었다. 그런 다음 아이의 콧구멍을 찾아 뚫어주었다. 그렇지 않으면 질식사할 염려가 있기 때문이다. 잠깐 사이에 다시 아이가 버둥거렸다. 나는 잡아 쥔 아이의 손에 힘을 주었다. 긴장으로 굳어진 눈꺼풀이 날벌레처럼 파르르 떨었다. 주걱을 놓고 나는 아이의 두 손을 붙잡으며 마음속으로 바삐 숫자를 세기 시작했다. 얼른 굳기를……
불안하고 초조한 시간이 느리게 흘러갔다. 그때였다.

지금 뭐하시는 거예욧?

사금파리가 튀어 오르듯 높은 목소리가 허공을 찢었다. 고개를 돌렸다. 아이 엄마가 등 뒤에 서 있었다. 쇼윈도 창에서는 한꺼번에 햇빛이 쏟아져 들어오고 있었다. 반사된 빛으로 시야는 동굴처럼 캄캄했다. 여자는 거칠게 나를 밀쳐낸 뒤, 미친 듯 아이의 얼굴에 발린 실리콘을 걷어냈다. 잠에서 깬 아이가 자지러지게 울어대기 시작했다. 여자는 아이를 안아 올리며 눈물 그렁그렁한 눈으로 매섭게 나를 쏘아보았다. 푸르게 질린 얼굴이었다. 바닥에는 채 굳지 못한 실리콘 조각이 갈가리 찢긴 채 어지럽게 나뒹굴고 있었다. 죄송합니다. 나는 여자에게 연신 고개를 조아렸다. 눈물에 마스카라가 번진 여자의 얼굴이 피에로 같았다.

상자 속에 들어 있던 아이의 손을 꺼내 맞잡아본다. 부드러운 살빛의 질감이 진짜 악수를 하고 있는 것처럼 느껴진다. 가게에 진열된 물건들은 상자 속의 작품들과는 다르다. 모두 금빛이나 은빛 또는 구릿빛으로 색칠을 하기 때문에 실물처럼 보이진 않는다. 상자 속에 있는 실물 모양의 조형물들은 내 취향에 의해 만들었을 뿐이다.

아이의 손등을 사포로 문지르고 있던 나는 문득 가게 문이 열렸다 닫히는 소리를 듣는다. 가게 안쪽을 향해 고개를 길게 빼본다. 아무도 없다. 분명 문이 열리는 것 같았는데. 한꺼번에 쏟아져 들어오는 자동차 소리까지 들렸지 않은가. 나는 고개를 갸웃하며 손에 들고 있던 사포를 작업대 위에 놓고 가게 쪽으로 들어선다. 서너 걸음에 발을 멈춘 나는 그 자리에 우뚝 서고 만다.

그 여자다. 여자는 어느덧 가게 안쪽까지 들어와 벽에 걸린 액자 앞에 서성이고 있다. 내 기척에 놀란 듯 돌아보는 여자의 얼굴에 당황하는 빛이 역력하다.

뭘 찾으십니까?

나는 애써 부드러운 말투로 여자에게 말을 건넨다. 여자는 대답을 하지 못하고 허둥거린다. 키가 작고 마른 여자다. 게다가 다리가 턱없이 짧아 안짱다리처럼 보인다. 자줏빛 블라우스와 잔꽃 무늬의 스란치마를 입고 있는 여자는 키가 작고 마른 탓에 보자기를 뒤집어쓰고 있는 것처럼 보인다. 그늘이 엷은 기미처럼 퍼져 있는 얼굴. 창백하고 쓸쓸한 느낌의 여자를 보는 순간, 나는 문득 어디서 본 적이 있는 듯한 느낌을 받는다. 어디서 봤을까. 한쪽 손가락으로 다른 팔꿈치를 만지작거리며 서 있는 여자. 가을바람에 애처로이 흔들리는 들꽃 같은 저 여자를.

나는 대꾸도 하지 못한 채 당황하는 여자의 얼굴을 계속 바라볼 수 없어 벽 쪽으로 시선을 옮긴다. 조형물 액자를 바라보다가 간혹 여자를 향해 곁눈질한다. 벽 쪽에 바투 몸을 붙이고 선 여자의 눈동자는 여전히 내게로 향해 있다. 연약한 인상과는 달리 집요한 시선이다.

나는 가운데 놓인 탁자 의자를 끌어당기며 신문을 펼친다. 신문기사는 지구의 반대편에서 벌어지고 있는 전쟁 소식을 전해주고 있다. 기사의 아래편에는 움막 앞에서 애처로운 눈빛으로 빵을 향해 손을 벌리고 있는 이라크 어린이들의 사진이 덧대어져 있다. 나는 습관처럼 호주머니에서 담배를 꺼내 입에 문다. 거꾸로 물었던 담배를 다시 고쳐 물고 라이터를 켠다. 그때 혼잣말하듯 여자가 묻는다.

여기 물건들…… 직접 만드신 건가요?

처음에는 느릿하던 여자의 말투가 뒤쪽에서 빠르게 마무리된다.

그럼요, 누구든 만들 수 있습니다.

여자의 눈동자가 반짝 빛을 낸다. 이윽고 고개를 끄덕인다. 나는 여자에게 자리를 권한다. 여자는 맞은 편 의자에 주춤거리며 앉는다. 나는 뒤편 작업실로 들어가 몇 가지 재료를 챙겨온다. 여자는 그런 나를 뚫어지게 바라보고 있다. 앞뒤 모습, 걸음걸이, 어깨의 흔들림까지 놓치지 않겠다는 표정이다. 나는 재료들을 탁자에 올려놓으며 그때까지 내게 향해 있던 여자의 눈빛을 똑바로 바라보며 묻는다.

저를 아십니까?

여자의 눈빛이 심하게 흔들린다. 더듬거리듯 말한다.

아뇨, 아는 사람과 많이 닮아서…….

나는 고개를 끄덕인다. 그래, 때로는 모든 얼굴이 닮게 느껴질 때가 있지. 그런데도 똑같은 얼굴이 하나도 없질 않는가. 세월의 켜가 겹겹이 더께처럼 눌러앉으므로 어제의 내가 오늘의 내가 아닌 것처럼. 그래서 사람들은 '이 순간을 영원히'라고 노래하며 필름 회사의 광고 문안처럼 사진을 찍고 순간조형물을 만드는 것 아닌가. 한때의 아름다웠던 순간들을 영원히 잡아두기 위해서.

만드는 방법은 아주 간단해요. 우선 제가 열쇠고리를 하나 만들어 볼 테니까 그대로 따라 하시면 됩니다.

나는 필름통에 실리콘 파우더를 한 숟갈 넣은 다음, 같은 양의 물을 붓고 나무 막대로 휘저어 반죽을 한다. 여자는 금세 편안한 얼굴이 되어 그런 나를 물끄러미 바라보고 있다. 가게에 막 들어섰을 때와는 사뭇 달라진 표정이다. 무엇이 여자를 그토록 흔들리게 했을까. 수만 리 먼 길을 돌아 안착하게 된 여행자처럼 여자의 얼굴이 평안해졌다. 나른한 휴식의 기미마저 묻어난다. 나는 여자의 얼굴을 보면서 슬그머니 미소를 짓는다. 나는 여자에게 왜 며칠 동안 밖에서 서성거렸느냐고 물으려다 그만둔다.

손가락 하나를 여기에 넣으세요.

나는 필름통을 여자의 얼굴 앞에 들이민다. 여자는 부끄러운 듯 손을 뒤로 감춘다. 내가 괜찮다는 듯 고개를 끄덕이자, 여자는 머뭇머뭇 용기를 내어 검지를 실리콘 속에 꽂는다. 여자의 손가락은 마디마디마다 굵은 옹이가 박혀 있다. 굴곡진 삶의 흔적이다. 하지만 나무에게 옹이는 아름다운 무늬가 아닌가. 옹이가 없어 무늬가 없는 사람들이 난무하는 세상. 그들이 철없이 내뱉는 독화살 같은 언어들. 옹이는 그 속에서 입은 상처의 흔적이다. 세월의 야문 추위 속에 서성거려본 적이 있는 사람이 타인의 아픔을 감싸줄 수 있는 것이라면, 나는 여자의 두툼한 손마디를 쓸어주고 싶은 충동에 사로잡힌다.

희고 아름다운 여자의 손은 불온하다. 아내는 매혹적인 눈웃음만큼이나 희고 고운 손을 가지고 있었다. 너무나 아름다워 변하지 않는 장식물 같았다. 대학 선배의 소개로 아내를 만났던 나는, 만나자마자 결혼해 정확히 이 년을 함께 살았다. 웃을 때마다 꽃등불처럼 환해지던 아내의 눈웃음과 고운 손이 훼손되지 않기를 바랐던 나는, 회사에서 돌아오자마자 설거지를 하고 청소를 했다. 아름다운 손이 내 허리에 머물러 있도록 아내대신 시장바구니를 들었다. 아내가 화장을 하고 핸드크림으로 정성껏 손을 마사지하는 동안, 나는 세탁기에서 꺼낸 빨래를 건조대에 말렸다. 어렸을 때부터 손끝이 맵고 섬세해서 '여자 같다'는 말을 곧잘 듣곤 했지만, 이상하게도 나는 그 말이 싫지 않았다. 무엇보다도 자질구레한 설거지통 같은 생활 속에 아름다운 아내의 손을 집어넣게 하고 싶지는 않았다. 밤마다 아름다운 아내의 손끝이 쓸어주는 품속에서 깊이 잠들고 싶다는 소망뿐이었다. 그러나 매혹적인 눈웃음과 아름다운 손이 인간의 내면에 깊이 감추어둔 불온한 욕망을 끄집어낼 수도 있다는 것을 알았을 때, 이미 나는 벌을 받고 있었다. 밤마다 아내의 가슴을 차지했다고 믿었던 나는, 아내가 내 등 뒤로 불러오는 미혹을 미처 알아차리지 못했던 것이다.

실리콘 모형은 여자의 따뜻한 체온 때문에 금방 굳는다. 나는 여자의 손을 살짝 붙잡고 좌우로 흔들며 조심스레 빼낸다. 석고처럼 함몰된 덩어리 속에서 여자의 손가락이 거짓말처럼 말짱하게 뽑혀 나온다. 나는 액화플라스틱과 석고와 경화제를 잘 반죽하여 손가락 크기만큼 패인 필름통 속에 붓는다. 여자는 그런 나를 꿈꾸듯이 바라보고 있다.

이윽고 굳어진 재료가 거푸집 속에서 빠져나온다. 어머! 똑같네! 여자가 탄성을 내지른다. 맑고 투명한 눈이 초승달처럼 오므라들며 웃는다. 눈빛은 경이로움으로 반짝 빛난다. 나는 뽐내는 어린아이처럼 어깨에 힘을 주며 말한다.

어렵지 않습니다. 원하는 건 뭐든지 만들 수 있죠. 주먹이나 발, 또 가슴처럼 면이 넓거나 입체감이 있는 것들도 얼마든지 가능합니다. 석고

붕대를 이용해 감싸주면 모양이 일그러지지 않고 잘 나오거든요.

모형손가락을 손에 든 나는 조각도로 세심하게 다듬기 시작한다. 모형손가락이 점점 뜨거워진다. 경화제 때문이다. 나는 조형물을 받쳐 든 손에 면장갑을 끼고 다시 작업을 계속한다.

마르기 전에 다듬어주어야 합니다. 식으면 돌처럼 굳어지기 때문에 다듬기가 무척 어렵거든요.

조각도로 다듬다가 딱딱하게 굳어지면 사포로 문지른다. 부드러운 질감을 만들 수 있기 때문이다. 그런 다음 기포로 인해 사이사이에 생긴 빈 공간을 지점토로 메워 준다. 나는 다듬어진 모형 손가락의 가장자리에 나사못 형태의 고리를 끼워 넣는다. 이 또한 굳으면 작업이 이루어지지 않는다. 마지막 단계로 색칠하는 일이 남았다. 금, 은, 동, 레몬, 펄, 야광 등 원하는 대로 색가루를 덜어서 신나와 혼합한 후 붓으로 색칠하면 된다.

내게 물건을 주문한 사람들은 하나같이 아름답게 만들어지길 원한다. 실제보다 더 아름다워 자아도취에 빠질 수 있기를 바란다. 자신의 현재보다 더 부풀린 이미지를 증거하고 싶은 그들에게 잘 만들어진 인체 조형물은 하나의 징표가 된다. 제각각 잃어버린 것들을 품고 살아가는 사람들이 많은 세상에서 내가 하고 싶었던 일은, 그들의 빈 가슴에 실제의 추억을 끼워 넣는 것이다. 그래서 작업을 할 때마다 나는 잘린 인체의 일부를 복구하고 있는 듯한 성스런 느낌에 빠져들기도 한다.

나는 여자의 모형 손가락에 황금색 분을 골라 여러 번 덧칠을 한다. 손가락에 그어진 잔주름을 없애고 싶은 생각 때문이다. 주름은 과거의 아픈 흔적임에 틀림없지만, 더 이상 미래의 음울한 예언이 되어서는 안 된다. 나는 세심하게 붓질을 한 뒤 작업대 위에 올려놓는다. 마를 때까지 기다려야 한다. 마른 후에 열쇠고리를 끼우면 작품은 완성되는 것이다.

대충 마른 것을 확인한 나는 열쇠고리를 달기 위해 고리를 벌린다. 순간, 슬쩍 틀어진 가장자리 꼬투리에 손톱 밑을 찔리고 만다. 금세 핏방울이 배어난다. 여자의 눈동자가 커진다. 이를 어쩨! 안절부절못하는 여자. 나는 그런 여자를 향해 싱긋 웃어주며 바지자락에 손가락을 쓱 문지른다. 거칠고 마른 여자의 가장자리 입매에 보조개가 팬다. 여자의 손에 완성된 열쇠고리를 들려준다. 토막 난 손가락이 달랑달랑 흔들린다. 열쇠고리를 보는 여자의 미간이 어둡게 좁아 든다.

액세서리일 뿐, 진짜 손가락이 아닙니다.

나는 여자를 안심시킨다.

이제 직접 만들어 보시겠어요?

나를 유심히 바라보던 여자의 눈빛이 잠깐 흔들리는가 싶더니, 금세 깊고 서늘한 기운이 고여 든다. 슬프고도 아련한 그리움을 담은 눈빛. 그리움의 물은 고여 있어도 온몸으로 흐른다고 했던가. 앙다문 입술. 실핏줄이 내다보이는 여자의 볼이 긴장하듯 딱딱하게 굳어진다. 망설이는 듯한 여자의 눈빛이 내 얼굴에 머물러 있을 무렵, 어디선가 화르륵 셔터 내리는 소리가 요란하게 들려온다. 이윽고 여자가 고개를 끄덕인다.

나는 벽에 걸린 작업용 앞치마를 여자에게 건넨다. 검정색 앞치마를 블라우스 위에 두른 여자가 팔을 걷어 부치며 씩씩하게 다가선다. 당돌하게도 여자는 제일 먼저 내 손의 모형을 뜨고 싶다고 말한다. 하긴, 어차피 서툰 상태에서 실습하려면 누군가 대상이 필요하다.

여자 앞으로 손을 내민다. 살점이라곤 전혀 찾아볼 수 없는 길고 메마른 손이다. 새삼 나의 헐벗은 정체를 확인하는 것 같아 무람해진다. 여자가 그랬듯 손을 감추고 싶어진다. 여자는 주먹을 쥐듯 살짝 오므린 내 손등을 들여다본다. 손가락 사이사이에 난 잔털까지 세심하게 쓸어내리기도 한다.

손도 참 많이 닮았어요…….

마디마다 옹이진 여자의 손가락은 의외로 부드럽다. 나는 여자에게 손을 저당 잡힌 채 작업의 순서를 일일이 일러준다. 여자는 내 지시에 따라 선생님 말을 잘 듣는 견습생처럼 실리콘 파우더를 물에 개어 손등 위에 붓는다. 파우더 양보다 물이 많은 탓에 묽게 반죽된 실리콘 액은 자꾸만 아래로 흘러내린다. 여자는 주걱으로 바쁘게 걷어 올린다. 실리콘 액이 굳자, 여자는 다시 석고붕대를 물에 적신 후 손등에 겹쳐 바르기 시작한다. 손가락 끝으로 세심하게 구석구석을 발라내고 있는 여자의 이마에 엷은 땀방울이 배어든다. 여자의 고른 숨결이 코끝에 어른거린다. 이윽고 석고 모형이 굳는다. 여자는 내 손을 붙잡고 조심스럽게 천천히 빼낸다.

이왕 본을 뜬 김에 다른 부위 하나를 더 하시죠. 나머지는 한꺼번에 다듬거나 색칠해도 되니까요.

거푸집을 이리저리 들여다보고 있던 여자가 내 말에 고개를 든다. 생각에 잠긴 얼굴로 나를 바라보던 여자가 낮게 중얼거린다.

미안하지만, 발도 좀 빌려주시겠어요?

나는 여자의 생급스러운 요구에 눈을 크게 뜨고 바라본다. 여자는 점점 고요하게 가라앉는 거리를 등지고 서 있다. 문 닫을 시간이 이미 지났으므로 더 이상 손님은 들지 않을 것이다. 나는 기꺼운 마음으로 여자의 말에 따르기로 한다. 오히려 내가 말 잘 듣는 유치원생이 된 기분이다. 나는 셔터를 내린 후, 판자를 가져다놓고 그 위에 맨발로 올라선다. 그 사이 여자는 다시 실리콘을 반죽하고 있다. 두 발로 판자를 딛고 있는 사이, 여자는 반죽된 실리콘을 발등에 쏟아 붓는다. 이번엔 반죽된 양이 많았는지 여자는 흘러내린 실리콘 액을 발목의 복숭아뼈 위까지 바쁘게 걷어 올린다. 졸지에 나는 장화 속에 빠진 고양이가 되고 만다. 두 다리가 강력 접착제를 바른 것처럼 땅에 붙어버린 느낌이다.

아폴론의 쫓김을 당한 다프네가 월계수로 몸이 화했을 때도 이랬을까. 손가락 끝에서 새 이파리가 돋아나고, 가지마다 피어나던 이파리의 슬픈 언어가 향연처럼 느껴지는 오늘 밤. 여자는 아폴론의 집요한 눈빛이 되어 한사코 주걱으로 실리콘 액을 걷어낸다. 이윽고 물에 적신 석고를 바른다. 이제 여자가 어떤 식으로 내게 공격해 온다하더라도 나는 그 자리에 뿌리내린 한 그루의 월계수에 지나지 않을 것이다. 여자의 부드러운 손길에 나는 오랜만에 고즈넉하고 편안한 느낌을 맛본다. 여자의 머리에 싱그러운 잎으로 만든 월계관을 씌우면 어떨까 생각한다. 나는 허리춤 아래에 고개를 들이밀고 작업에 열중하는 여자를 와락 끌어안고 싶은 충동을 느낀다. 어지러운 환영을 억제하느라 입술을 지그시 깨물고 선 채 눈을 감는다. 어질머리가 인다.

삶은 얼마나 어지러운 일의 연속인가. 우연한 기회에 인생이 달라질 수 있다는 것은 또 얼마나 허망한 일인가. 둥글게 둘러앉은 사람들의 등 뒤에 슬쩍 놓고 간 손수건처럼, 운명은 어지럼증 속에서 예기치 않게 다가온다는 것을 나는 미처 알지 못했던 것이다.

사타구니에 헛헛하고 따끔따끔한 통증이 느껴지던 어느 날, 나는 집 근처에서 병원을 운영하고 있던 고향친구를 찾았다. 친구는 대수롭지 않는 표정으로 말했다. 요도염이야. 네 아내도 같이 치료받아야 해. 전염되거든. 친구는 흔연스런 얼굴로 말했지만, 아내가 남편 친구에게 치료받으러 올 것 같지 않았다. 하긴 그렇지, 다른 데서라도 꼭 치료받으라고 해. 그때 우리는 초등학생처럼 톤 높은 목소리를 주고받았다.

근데, 너 아직도 소식이 없니? 뭘? 아이 말이야. 이 년이나 됐잖아. 글쎄……. 나는 말꼬리를 흐렸다. 이만 가볼게. 원장실을 나왔다. 긴 복도를 지나며 내가 물었다. 여긴 뭐 하는 데야? 정액채취실. 친구는 웃으면서 짧게 말했다. 그래? 너, 환자도 많지 않는데 이왕 왔으니까 검사 한 번 받아볼래? 어렵지 않아. 비디오 한 편 보는 거니까. 물론 다른 방법도 있지만. 그럴까? 그때 장난처럼 던진 말 한 마디가 미늘처럼 내 생의 아가미를 꿰뚫어버리리라고는 생각지 못했다. 몇 가지 사항을 일러준 친구는 환자를 만나러 밖으로 나갔다. 나는 장난감을 가지고 놀듯 사정한 정액을 담아 친구에게 내밀었다.

이제 떼어내도 되겠죠?

여자의 말은 생각으로 가득 찬 내 우물 속에 두레박처럼 풍덩 떨어진다. 생각이 동그란 파문이 되어 점점이 흩어진다. 나는 허둥지둥 석고 속에 담긴 발을 끄집어낸다. 여자는 어리숙한 나의 몸놀림을 보며 슬그머니 웃는다.

나는 두 개의 거푸집을 작업실로 가져온다. 길게 이어진 작업실 오른쪽에는 판자로 만든 침상이 비좁은 공간 속에 놓여 있고, 침상 밑으론 간단하게 해결할 수 있는 취사도구가 어지럽게 널려 있다. 작업실은 턱없이 짧은 동선으로 이루어진 나의 주거 공간인 것이다.

나는 두 개의 거푸집에 액화플라스틱과 석고와 경화제를 섞어 반죽한 내용물을 채워 넣는다. 이어 발 모양의 거푸집을 손바닥에 올려놓고 이리저리 기울여 가며 탁탁 친다. 발가락의 형태까지 잘 살리려면 내용물이 구석구석까지 잘 스며들게 해야 한다. 여자는 주먹을 본뜬 거푸집을 들고 서 있다. 거푸집에서 모형을 빼낸 나는 조각도를 들고 다듬기 시작한다. 잘 벼려진 조각도 칼날에 금방이라도 손마디를 베일 것만 같다. 모형이 점점 뜨거워진다. 나는 작업대 아래에서 면 장갑을 꺼내 여자에게 건넨다. 여자는 주먹 모형을, 나는 발 모형을 손에 든 채 세심하게 다듬기 시작한다. 뜨거운 모형을 손바닥에 올려놓고 다듬는 여자와 나의 이마에선 땀방울이 떨어진다. 나는 벽에 부착된 환풍기를 틀고, 뒤편 골목으로 난 창문까지 열어놓는다. 쌀쌀해진 기운에 금세 몸이 식는다. 귀

뚜라미 울음소리도 지쳐버린 지금은 스멀스멀 찬이슬이 내려앉을 시각이다. 설악산엔 벌써 서리가 내렸다던가.

다음 날 병원에 갔을 때, 친구의 얼굴이 잔뜩 굳어 있었다. 영문을 모른 채 나는 몇 가지 검사를 더 받았다. 무정자증이야. 정관이 막혀 있는 건 아니고, 정자 생성에 문제가 있는 것 같아. 친구의 말이 해독할 수 없는 모스부호처럼 느껴졌다.

박제된 육체는 정신까지 박제시켜 놓는 모양이었다. 아내에겐 말할 엄두도 내지 못한 채 하루하루를 보내고 있던 어느 날, 나는 사무실에서 아내의 임신 소식을 전화로 통보 받았다. 그때 나는 세상의 모든 문이 한순간에 닫혀버리는 것을 느꼈다.

기름진 땅에 파종을 할 수 없었던 나는, 아내가 원하는 모든 조건을 들어주고 헤어졌다. 내 결핍을 드러내고 싶지 않기도 했지만, 아내의 아름다움이 내 앞에서 깨뜨려지는 것도 보고 싶지 않았다. 아무 것도 묻지 마. 제발 이혼해 달라고 애원하고 싶은 심정이었다. 이미 금 가버린 물독 같은 아내의 가슴에 밤마다 얼굴을 묻고 잠들 것 같지 않았다. 십여 년 근무한 직장의 퇴직금이 과거와 깨끗이 결별할 수 있도록 도와주었다. 포장만 그럴 듯했던 아내의 가슴에 기대어 잠들었던 지난 시간을 떠올릴 때마다 내 마음속에는 쉬지 않고 비가 내렸다. 굵은 장대비가 종일토록 땅바닥을 뒤집는 날이 계속되었다. 술에 의지하지 않고서는 잠들 수 없었다.

대충 작업을 마친 나는 창문 아래쪽에 놓인 의자에 앉는다. 호주머니에서 담배를 꺼내 입에 문다. 지점토로 구멍을 메우고 있는 여자를 바라보다가, 라이터를 집어 든다. 그때 여자가 중얼거리듯 혼잣말을 한다.

오래 전부터⋯⋯ 당신을 지켜봤어요.

여자의 말에 내 몸이 굳어진다. 정적 속에서 내 숨소리가 거칠게 느껴진다. 숨을 멈춰본다. 사각사각, 여자가 다듬는 조각도 소리가 들려온다. 참았던 숨을 천천히 내쉰다. 숨소리가 더 크게 느껴진다.

제가 사랑했던 사람이 당신과 똑같았거든요.

담배에 불을 붙인다. 라이터엔 불이 들지 않는다. 땀에 젖은 손이 자꾸 미끌거린다. 칙, 칙, 몇 번 소리를 낸 후에야 일회용 라이터에 불이 붙는다. 나는 담뱃불에 얼굴을 가까이 댄다. 숨을 길게 빨아들인다. 담배에 빨간 불꽃이 피어난다.

잘 생긴 얼굴은 아니었지만, 마음이 따뜻한 사람이었어요. 그는 택배 회사의 배달 일을 했는데, 나는 아침마다 검정 선글라스에 헬멧을 쓴 그가 오토바이를 타고 출근하는 모습을 훔쳐보곤 했어요. 우린 한 동네에 살았거든요. 나는 그의 눈에 띄고 싶어 주변을 맴돌았고요.

인생에 가슴 설레는 순간만큼 아름다운 일이 또 있을까. 더구나 나를 닮았다니⋯⋯. 여자의 이야기에 고즈넉한 기분이 된 나는 안도의 숨을 길게 토해낸다.

그를 볼 수 없는 날이 며칠째 계속되었어요. 조바심이 나서 참을 수 없어진 내가 그의 집을 찾아갔지요. 다세대 3층 방에 혼자 살던 그가 온 몸에 불덩이가 된 채 신음하고 있었어요. 아무도 돌봐줄 사람이 없는 그를 본 순간, 눈물이 핑 돌았어요. 수건을 물에 적셔 얼굴과 입술을 닦아 준 후, 청소를 하고 죽을 끓였어요. 며칠 동안 말이에요. 그가 회복했을 때는 정말 행복했어요. 그와 함께 있는 시간이 점점 늘어났지요.

나직나직하게 말을 이어가는 여자의 얼굴이 작업대 불빛 아래에서 홍조를 띤다. 옹골지게 작업을 해낸, 혈색이 도는 여자의 얼굴은 안으로 꼭꼭 차 오른 과육처럼 뽀얗다.

사실, 그 사람은 남장(男裝)이 잘 어울리는 사람이었거든요.

순간, 나는 담배를 떨어뜨리고 만다. 여자였던가, 나를 닮은 여자라니……. 서늘한 기운이 등줄기를 훑고 지나간다. 나는 망연한 얼굴로 작업에 열중하고 있던 여자의 굽은 등을 바라본다. 그러나 여자의 몸놀림에는 아무런 동요가 느껴지지 않는다.

심상치 않은 낌새를 눈치 챈 가족들이 나를 방에 가뒀어요. 그가 찾아왔지만 만날 수 없었어요. 오랫동안 서성거리던 그의 발자국 소리가 복도에서 멀어지는 것을 느끼며 나는 죽음을 떠올렸어요.

낮게 중얼거리는 여자의 목소리는 마치 남의 이야기를 전하듯 담담하다. 나는 몸을 구부려 땅에 떨어진 담배를 집어 든다. 불꽃이 수그러들고 있다. 나는 불씨를 되살리듯 담배 연기를 깊숙이 빨아들인다.

그날 밤, 우리는 같은 생각을 하고 있었던 거예요. 그가 죽었거든요. 오토바이 전복 사고였어요.

불현듯 나는 사레들린 사람처럼 연거푸 잔기침을 토해내기 시작한다. 그 바람에 말을 멈춘 여자가 나를 돌아본다. 내 얼굴이 벌겋게 달아올라 있다. 몇 번 더 쿨럭거린 후에야 기침은 가까스로 진정이 된다. 괜찮아요? 여자의 얼굴이 그렇게 묻고 있다. 나는 여자에게 응답하듯 고개를 끄덕인다. 여자는 이내 안도하는 표정이 되어 작업을 계속한다. 나는 의자에 앉은 채 창틀에 담배를 비벼 끈다. 여자의 말은 꿈결처럼 이어진다.

그는 아무도 돌아보지 않았던 작고 마른 내 몸을 따뜻하게 어루만져준 사람이에요. 그때 나는 처음으로 내 몸 안에 불을 밝히는 불씨들이 있다는 것을 믿게 되었어요. 투박한 손으로 몸을 어루만질 때마다 그는 내게 사랑한다고 말해줬어요. 나는 열에 들떠 그의 아이를 가지고 싶다고 말했어요. 그의 사랑에 보답하고 싶었거든요.

심상한 얼굴로 손, 발을 다듬어놓은 여자가 이번에는 내 얼굴 모형을 뜨고 싶다고 말한다. 무람없는 여자의 요구에도 불구하고 나는 자장(磁場)과도 같은 친화력에 이끌려 선선히 고개를 끄덕인다. 나는 얼굴이 놓일 침상 바닥에 신문지를 깔고 눕는다.

콧구멍을 막지 마세요. 나중에 지점토로 막으면 되니까요.

실리콘이 입술에 덧씌워지는 순간, 내 말이 뚝 잘린다. 실리콘은 귀언저리까지 흘러내린다. 눈감은 시야가 창호지를 바른 새벽 문창살처럼 희부옇다.

차례차례 내 몸이 복제된다. 흉상까지 만든 여자는 마지막으로 내 성기를 본뜨고 싶다고 말한다. 나는 선뜻 대답을 하지 못한다. 여자는 간절한 눈빛이 되어 나를 바라본다. 그를 완성시켜 주고 싶어요. 복화술을 하는 사람처럼 여자의 입술이 달그락거린다. 육신의 껍데기를 가진 내가 뜨거운 영혼을 가진 여자의 그를 만나면 완성될 수 있을까. 그것이 미완으로 끝나버린 그들의 사랑을 완성시키는 일이라면, 기꺼이 들어주고 싶은 마음이 된다.

나는 속옷을 벗은 몸으로 침상에 눕는다. 여자는 잘 반죽한 실리콘을 성기 위에 쏟아 붓는다. 여자의 붉어진 얼굴을 보지 않기 위해 나는 눈을 감는다. 자꾸 흘러내리는 실리콘을 주걱으로 걷어 올리는 여자의 손길이 애무하듯 부드럽게 느껴진다. 실리콘에 감싸인 내 존재의 중심 부위가 서서히 잔물결처럼 출렁이기 시작한다. 점점 딱딱해진다. 실리콘 속에서 터질 듯이 부풀어 오르는 욕망. 이윽고 여자가 굳어진 거푸집을 걷어낸다. 순간, 나는 아프도록 눈을 질끈 감는다. 아! 여자에게서 낮은 비명이 터진다. 잠깐 사이 적멸의 시간이 흐른다. 눈을 뜬다. 여자는 한 손에 거푸집을 든 채 미동 없이 앉아 있다. 점점 뜨거워지는 여자의 숨결만이 숨죽인 밤의 정적 속으로 스며든다. 어느덧 불그스름해진 여자의 눈에서 눈물이 방울방울 흘러내린다. 조붓한 어깨가 물결처럼 들썩인다. 여자를 감싸 안고 싶다고 생각하는 순간, 여자는 내 가슴 위로 무너져 내린다.

나는 여자의 가슴을 힘주어 껴안는다. 따뜻한 체온을 전하고 싶다. 가슴에 시린 멍울이 있다면 녹여주고 싶다. 과거는 죽음 뒤에 남는 뼈와 같은 것. 아직 육탈되지 않는 우리에게 중요한 것은 과거로의 회귀가 아니다. 따뜻하게 주어진 현재일 뿐이다. 나 또한 따뜻한 체온을 만나 단단한 씨알을 만들 수만 있다면, 나는 여자의 깊숙한 곳에 뿌리를 내릴

수 있으리라.

울음이 잦아든 여자의 어깨가 차츰 고요해진다. 토닥이듯 등허리를 쓸어내리며 여자의 울음이 그치기를 기다린 나는, 따뜻한 물에 유영하는 물고기처럼 천천히 여자의 가슴속으로 파고든다. 블라우스를 젖히자, 꼭꼭 숨겨진 하얗고 탐스러운 젖가슴이 드러난다. 나는 알맞은 크기로 손안에 감겨오는 여자의 젖가슴에 입술을 댄다. 전율하듯 여자의 가슴이 움찔한다. 어느덧 여자의 손가락이 내 머리칼 속으로 파고든다. 여자에게선 잘 마른 들풀 냄새가 난다. 시골집 마당에 만발한 봉숭아꽃. 줄기마다 터질 듯 영글었던 씨앗 주머니가 금방이라도 터질 듯 팽팽하다. 현기증이 인다. 나는 여자의 허리를 힘껏 끌어당긴다. 빨판처럼 감겨오는 여자의 몸속으로 빠져드는 순간, 터질 듯 팽팽한 봉숭아 씨알들이 좌르르 지천으로 쏟아진다.

얼마나 지났을까. 나는 잠에서 깬다. 열어놓은 창문으로 스며든 찬 기운 때문이다. 여자는 잔뜩 웅크린 채 고른 숨소리를 내며 깊이 잠들어 있다. 나는 밖으로 드러난 여자의 어깨를 이불로 덮어준다.

가만가만 작업대 앞으로 온 나는, 여자가 떠놓은 모형을 들고 작업을 시작한다. 데스마스크처럼 굳어버린 얼굴모형을 꼼꼼하게 다듬는다. 모형의 귀에 대고 속삭이기도 한다. 이제 넌 튼튼하게 발아될 굵은 씨알을 갖게 될 거야. 입술과 흉상을 마무리한 나는 성기를 집어 든다. 이제 막 고개를 들기 시작한 성기는 변성기를 막 지낸 소년의 그것처럼 수줍다. 조각도와 지점토, 마지막 사포 작업을 끝내고 색칠을 한다. 생기가 살아

있는, 불끈한 생명력으로 충만한 역동적인 몸을 만들어내고 싶다.

색칠까지의 모든 작업을 마치자, 쪽창엔 희부연한 박명이 안개처럼 배어든다. 완성된 작품들을 작업대 한쪽으로 정리해놓은 후, 뒷마당으로 난 쪽문을 통해 오줌을 누고 들어온다. 으슬으슬한 한기가 몸에 달라붙는다. 간단없이 턱이 떨린다. 나는 당나귀처럼 투르르 몸을 흔들어 달라붙은 한기를 털어낸다. 여자가 누워 있는 이불 속으로 파고든다. 그 서슬에 여자가 돌아눕는다. 나는 여자의 목덜미까지 이불을 끌어올려 꼭꼭 여며준다. 다시 여자의 가슴팍으로 파고든다. 체온을 나눌 수 있다면 누군가와 같이 살아도 좋을 일이다. 나는 편안한 마음으로 늪지에 이끌리듯 여자의 체온 속으로 빠져든다.

얼마나 잤던 것일까. 눈을 뜬다. 쪽창으로 새어든 햇살이 눈언저리에 머물러 있다. 나는 몇 번 눈을 깜빡거린 다음 주위를 휘둘러본다. 꿈결처럼 어젯밤 일이 뇌리에 스친다. 지난밤에 여자가 누워 있던 자리를 본다. 비어 있다. 작업대 위에 올려놓았던 완성된 작품들도 모두 사라지고 없다. 쪽문이 빠꼼하게 열려 있다. 몸을 일으킨다. 몸이 허깨비처럼 느껴진다.

나와 닮았다던 그는 완성되었을까. 여자의 옆에 복제된 내가 놓여 있을까. 그리웠던 사람을 만나듯 여자는 입맞춤을 하고 가슴을 쓸어내릴까. 이불 속에 나란히 누운 여자는 모형의 귀에 대고 '당신의 영혼까지 복제하고 싶어요'라고 속삭이게 될까.

나는 선반에 놓인 조형물 상자를 작업대 위에 쏟아놓는다. 조각을 하나하나 제 자리에 맞추고, 부위별로 접착제를 붙여 잇기 시작한다. 가슴을 중심으로 양쪽 팔을 붙이고 두 다리를 붙인 다음, 사타구니 사이에 아이의 고추를 붙인다. 남은 조각 모두를 붙였지만, 목 위에 붙일 얼굴이 없다. 두상이 존재하지 않는 어린아이의 몸통은 기묘한 느낌을 준다. 나는 목 잘린 조형물을 오랫동안 들여다본다.

불현듯 시선을 돌린 나는 지난밤에 여자가 만들어놓은 내 얼굴 모형의 거푸집을 발견한다. 그곳에 내용물을 채워 넣는다. 경화제가 마르기를 기다릴 수 없을 만큼 초조해진다. 마른세수를 하듯 얼굴을 쓸어내린다. 얼굴에 단 손바닥이 화톳불처럼 뜨겁다. 이윽고 마른 것을 확인한 나는 조형물을 꺼내어 조각도로 다듬기 시작한다.

실리콘에 찍혀진 내 입술이 일그러져 있다. 아무리 다듬어도 일그러진 입술 모양은 달라지지 않는다. 웃는 것 같기도 하고, 우는 것 같은 표정이다. 둥글게 말아 올린 입 꼬리를 사포로 문질러본다. 역시 달라지지 않는다. 나는 가면 같은 얼굴 모형을 몸통에 갖다 붙인다. 조그만 몸체의 아이가 어른의 얼굴을 하고 나를 올려다본다. 나는 두 손바닥으로 모형을 감싸 쥔다. 얼굴을 디민다. 똑같은 형상 두 개가 맞닿은 눈언저리에서 습습한 물기가 배어나오고 있다. (2005)

푸르른 기억
— 앵무새

아이는 좀처럼 잠들지 않았다. 자장가를 부르면서 아이의 가슴을 토닥이고 있던 여자는 자리에서 일어나 형광등 스위치를 눌러버렸다. 방안 가득 어둠이 차올랐다. 아이가 큰 소리로 울어대기 시작했다. 아이의 울음소리는 늦은 밤 복도를 지나가는 구둣발 소리에 어지럽게 섞여 들었다.

어둠 속은 망망한 바다와 같았다. 아이는 깊이를 가늠할 수 없는 물속에서 허우적거리고 있는 것처럼 보였다. 여자는 두 손을 맞비빈 다음, 아이의 속옷을 헤치고 등마루를 쓸어주기 시작했다. 부드러운 살갗이 습기로 촉촉해져 있었다. 여자의 손을 받는 동안, 아이의 울음소리는 차츰 잦아들었다. 아이는 구두 소리에 귀를 기울이듯 바닥에 비스듬히 누워 눈을 감았다.

가끔 복도를 지나가는 구두 소리가 다시 들려오곤 했다. 소리는 아이와 함께 누워 있던 여자의 등 언저리를 두드리며 멀어져 갔다. 여자는 자신의 몸이 행인의 발부리 아래 누워 있는 것 같은 착각에 빠지기도 했다. 그러다 행여 술 취한 행인의 발길이 웅크린 모녀의 얼굴을 짓이길까 봐 몸서리를 치기도 했다.

늘 그랬다. 구두 소리는 꿈속까지 따라와 여자의 잠을 빼앗아가기 일쑤였다. 마치 미행하듯 계속되는 구두 소리는, 발뒤꿈치부터 꾹꾹 힘주어 딛는 남편의 구둣발 소리 같기도 했다.

남편의 귀가는 몸을 드러내기 전, 구두 소리로 여자에게 먼저 전달되었다. 엘리베이터가 있는 복도의 끝에서부터 들려오는 소리를 헤아릴 때마다 여자는 남편의 구두 소리를 알아맞히지 못한 적은 한 번도 없었다. 소리가 점점 가까워지면 여자는 몸을 일으켜 현관문 앞에 서 있었고, 잠금 고리를 풀고 기다렸다. 남편은 먼저 문을 열고 맞이하는 아내에게 무뚝뚝한 어조로 말했다.

기다리지 말래도.

남편은 늘 술에 취해 있거나 피곤에 절어 있었다. 남편은 일주일 중 며칠은 대학원 야간 수업을 했고, 나머지는 동창들을 만나거나 국회의원 또는 시, 구의회 의원이거나 자신이 속해 있는 정당의 당원들을 만나는 일로 채웠다. 남편의 시간표는 언제나 꽉 짜여 있었다.

남편은 대학원 야간 수업에 특히 비중을 두었다. 인맥 넓히기나 사교 모임의 성격으로 이루어진 그의 수강생들은 대부분 각각의 직장 대표들이었기 때문에 정치외교학과 교수인 남편보다 더 나이가 많았고, 사업을 하는 수강생답게 돈 씀씀이도 호탕한 남편의 성격에 잘 맞았다.

여자는 남편의 월급이 얼마나 되는지 분명하게 알지 못했다. 대부분 교제비로 들어가거나 정당 활동에 쏟아 붓는 눈치였다. 여자는 생활비의 대부분을 시어머니를 통해서 건네받았을 뿐이었다.

어쩌다 여자가 볼일이 있어 남편에게 전화를 걸었을 때에도, 여자는 마음 놓고 통화를 할 수 없었다. 남편은 자신의 아내와 통화를 하면서도 끊임없이 다른 일에 관여를 했다. 여자는 전화 도중 남편이 다른 전화를 받거나, 다른 사람과 이야기를 할 때에는 수화기를 든 채 기다려야 했다. 그저 망연히 전화선 너머로 들려오는 낯선 소리들을 생경하게 스쳐 보냈다.

오래지 않아 여자는 더 이상 남편에게 전화를 걸지 않게 되었다. 그러자 남편이 시도 때도 없이 전화를 걸어오기 시작했다. 별다른 용건 없이 걸었다가 끊기도 했다. 남편이 걸어오는 전화벨 소리는 늘 여자를 긴장하게 했다. 그나마 다행이라면 아이의 취침 시간 이후에는 전화벨 소리가 들리지 않는다는 점이었다. 그것은 여자가 남편에게 완곡하게 요청한 사항이기도 했다.

전화벨 소리에 놀라 아이가 깊은 잠을 이루지 못해요.

남편은 자신의 전화 때문에 아이가 깊은 잠을 이루지 못한다는 여자의 말을 심각하게 받아들였다. 남편은 늦은 시간에는 전화를 하지 않겠다는 약속을 해주었고, 또한 약속을 잘 지켰다. 물론 여자는 남편의 전화가 아니라 하더라도 아이가 잠드는 시간 이후에는 아예 수화기를 내려놓곤 했다. 그것은 아이를 위해서이기도 했고, 또 여자의 의도적인 행동이기도 했다.

또 다시 한 무리의 구두가 지나갔다. 여자는 아이처럼 방바닥에 귀를 기울였다. 구두 소리에 섞여 아무렇게 내딛는, 칙칙한 운동화의 질질 끌리는 소리가 들리는 것 같았다. 둔탁한 발소리를 가늠해 내고자 더욱 바짝 귀를 대는 여자의 눈동자는 어둠 속에서 반짝 빛났다. 여자의 심장이 두서없이 뛰기 시작했다. 얼굴이 금세 달아올랐다. 여자는 몸을 뒤척였다. 아이는 곤하게 잠이 들었는지 더 이상 움직이지 않았다.

시계의 째깍거리는 소리가 방 안의 공기를 흔들고 있었다. 시계소리는 잠시 들뜨기 시작했던 여자의 의식을 제자리에 돌려놓았다. 목욕탕의 수도꼭지에서 간헐적으로 똑똑 떨어지는 물방울 소리와 공기를 가르며 들려오는 시계의 초침 소리가 잘 직조된 어둠 속에서 날줄과 씨줄로 얽혀 여자를 다시 조이고 있었다.

여자는 째깍거리는 소리를 따라가듯, 탁자 위에 놓인 삼각형의 시계로 시선을 옮겼다. 투명 플라스틱 안쪽으로 장난감 오리 두 마리가 호수의 푸른 물 위를 헤엄쳐 가는 모양의 시계였다. 자석으로 된 시계 바늘이 엄마 오리의 발목에 붙어 있었고, 그 발목에는 눈으로 쉽게 판별하기 어려울 정도의 미세한 끈이 새끼 오리의 발목으로 이어져 있었다. 그들은 바늘의 움직임만큼 한 발 한 발 힘겹게 움직였다. 아이는 시계에 눈을 들이댄 채 오랫동안 오리들의 행렬을 바라보곤 했다.

여자는 아이의 자는 얼굴에 볼을 대보았다. 아이는 고른 숨소리를 냈다. 여자는 발꿈치를 들고 조심조심 아이의 방을 나왔다. 이어 얼굴을 씻고, 화장을 하고, 꽃무늬 원피스로 갈아입었다. 여자는 마지막으로 거실을 둘러본 다음, 벽에 붙은 전화 수화기를 가만히 내려놓았다. 거실의 불은 켜둔 채, 모둠발로 걸어 슬그머니 현관문을 밀었다.

여자가 바삐 신발을 신느라 서두른 나머지, 신발장 위에 놓여 있던 풍란이 하마터면 팔꿈치에 밀려 바닥으로 떨어질 뻔 했다. 가장자리에 놓여 가까스로 위기를 모면한 풍란을 보며 여자는 가슴을 쓸어내렸다. 여자는 현관문을 닫고 서서 잠금장치가 자동으로 돌아가는 소리를 들었다. 휘리릭! 유난히 소리가 크게 느껴졌다.

여자가 몸을 돌리려는 순간, 어디선가 고양이 울음소리가 날카롭게 들려 왔다. 잠에서 깬 아이의 울음소리 같기도 했다. 여자는 고개를 갸웃거리며 다시 문을 열고 집 안으로 들어갔다. 아이의 방문에 귀를 대보았다. 아무 소리도 들리지 않았다. 신발들이 놓인 현관과 거실, 주방까지 꼼꼼하게 둘러보았지만, 달라진 것은 없었다. 다시 현관문을 닫고 돌아선 여자는 복도를 한 번 휘 둘러보기도 했다.

문을 잡아 당겨 단단히 잠겨 있음을 거듭 확인한 여자는 발걸음을 죽이며 복도의 끝까지 걸어갔다. 여자는 엘리베이터 앞에 서서 버튼을 눌렀다. 바람이 가슴속에서 빠르게 소용돌이치기 시작했다. 엘리베이터 안에 들어선 여자는 무심코 거울을 바라보았다. 낯선 얼굴 하나가 웃고 있었다. 여태껏 미라처럼 굳어 있던 여자의 얼굴에 어울리지 않는 어색한 웃음이었다. 여자의 얼굴은 거울 속에서 점점 부풀어 올랐다. 참을 수 없어 터질 듯한 웃음을 애써 감추느라 여자의 얼굴이 일그러지기까지 했다.

여자는 그때까지 틀어 올리고 있던 긴 머리채를 풀어 내렸다. 머리칼은 형광등 불빛을 받아 반짝 윤을 내며 등허리까지 쏟아져 내렸다. 우우……. 바람은 더욱 세찬 소리를 내지르며 여자의 가슴을 흔들어 놓았다. 여자는 지그시 눈을 감았다. 얼굴에 부드럽게 스치던 미풍, 머리칼을 애무하듯 움켜쥐는 바람은 억센 누군가의 손길 같았다. 가슴이 뛰었다. 엘리베이터의 문이 열리자마자 뛰듯이 달려 나온 여자의 발걸음이 점차 빨라졌다.

아파트 출입구에는 잘 다듬어진 화분이 백화점 안내원처럼 고개를 숙인 채 도열해 있었다. 양쪽 화분 사이를 빠르게 스치면서 문득 여자는 조금 전의 위기일발의 풍란을 생각했다. 만약 풍란이 그대로 신발장 아래로 떨어져 깨져 버렸다면, 남편은 어떤 표정을 지을까? 여자의 미간이 일그러지듯 좁혀졌다.

풍란은 남편의 제자가 가져다 준 학위 심사 답례품이었다. 남편이 풍란을 집으로 가져왔을 때, 여자는 하마터면 비명을 지를 뻔 했다. 손바닥 크기의 바위 위에 심겨진 풍란은 맨 뿌리 세 개로 죽을힘을 다해 들러붙어 있었다. 민둥한 돌에는 물이 고일 곳이 없었다. 여자가 풍란 주변을 돌며 물뿌리개로 정성껏 물을 주었지만, 물은 금세 흘러내리곤 했다. 그런 물줄기를 잡느라 안간힘을 쓰고 있는 메마른 뿌리를 볼 때마다 여자는 늘 숨이 찼다.

남편은 여자의 질린 얼굴을 넌지시 바라보며 말했다.

봐 둬! 인생에서 적당한 긴장은 소금이야.

며칠 후, 보다 못한 여자가 화분을 통째 물에 담가 놓았을 때, 남편은 여자를 향해 화를 냈다.

물 많이 주지 마. 그러면 뿌리가 썩어!

여자는 틈만 나면 화분에 물을 주었다. 적게 주어도 안 되고, 너무 많이 주어도 안 된다는 풍란은 여자의 옥죄어진 마음을 비웃듯 시들해져 갔다. 너무 물을 많이 준 탓일까? 노랗게 물들어 버린 잎은 금방이라도 떨어질 듯 위태롭게 매달려 있었다.

여자는 늘어뜨린 머리칼로 얼굴을 가린 채 경비실 앞을 벗어났다. 머리가 희끗한 경비원은 TV를 켜놓은 채 의자 위에서 졸고 있었다. 여자는 가로등 불빛을 차례로 지나며 주차장 귀퉁이에 세워둔 자신의 자동차로 다가갔다. 어서 오라는 듯 하얀 갈기를 바람에 날리며 기다리던 백마처럼, 여자의 자동차는 가로등 불빛을 받아 반짝 윤을 냈다. 여자는 차에 올라 시동을 걸었다. 전조등을 켜지도 않은 채 아파트 주차장을 급히 빠져나오던 여자는 희끄무레한 물체가 눈앞에 스쳐가는 것을 느꼈다. 끼익!

고양이 한 마리가 길을 가로질러 빠르게 달아나고 있었다. 급정거를 하느라 여자의 몸이 한바탕 요동을 쳤다. 갑자기 출현한 자동차에 놀란 고양이의 울음소리도 높게 튀어 올랐다. 여자는 고양이가 사라진 어둠 속을 훑겨보며 다시 한 번 가슴을 쓸어내렸다.

여자가 아파트 입구를 벗어나 도로로 나왔을 때, 거리는 드문드문 지나가는 차량들만 있을 뿐 한적하기 짝이 없었다. 깊은 밤이었다. 여자는 붉은 신호등 앞에 정지한 후, 허리를 폈다. 그런 다음 오디오에 CD를 집어넣었다. 볼륨을 한껏 높이자 Berlin의 애조 띤 목소리가 흘러 나왔다.

'Take my breath away……'

나의 모든 것을 가져가 줘. 나의 숨결마저도…….

여자는 무엇인가 자신을 끌어당기고 있다고 느꼈다. 그럴 때마다 가슴 안에 따뜻한 기운이 몽글몽글 솟아올랐다. 어디선가 엷게 불어오는 바람 같기도 하고, 강 위에 하얗게 떠가는 안개 같기도 했다. 바람에 흔들리는 나뭇가지들이 온몸을 흔들어대며 자신을 향해 손짓하고 있다고 느꼈다. 어둠 속에서 명징하게 빛을 내던 유리창의 불빛은 여자에겐 거절할 수 없는 강렬한 유혹이었다. 그것은 바로 어젯밤이기도 했고, 어제의 하루 전날이기도 했고, 그날의 또 하루 전날이기도 했다. 여자는 마치 발정 난 암고양이처럼 아이가 잠들기만을 기다렸다.

신호가 바뀌자 자동차는 그동안 반복된 여자의 일상을 하나하나 확인시키듯 여러 가게들을 지나쳐 갔다. 꽃가게 새가게 빵가게 옷가게 통닭집 사진관 등, 셔터를 굳게 내린 가게에는 불 꺼진 네온들만이 희미한 윤곽을 드러낸 채 잠들어 있었다. 정물화 같은 풍경들이었다.

여자가 아이를 피아노 학원으로 바래다 줄 때마다 반드시 거쳐 가야 했던 곳이었다. 피아노 학원의 로고가 새겨진 가방을 달랑거리며 앞서 걸어가던 아이는 늘 새가게 앞에 멈춰 섰다. 그럴 때마다 여자는 한참 동안 아이를 기다려야 했다. 아이는 오랫동안 움직이지 않은 채 유리창에 얼굴을 대고 새가게 안을 들여다보았다. 길가의 보도블록 위에 내놓은 여러 가지 동물들은 아이의 시선을 잡아 두기에 충분했다. 그곳에는 새뿐만 아니라 다람쥐, 햄스터, 도마뱀, 심지어는 전혀 새를 닮지 않은 닭도 팔았다. 여자와 아이는 쭈그리고 앉아 그것들을 보느라 횡단보도의 신호등을 자주 놓쳤다.

엄마, 이것 좀 봐. 다람쥐가 바구니를 막 돌려.

다람쥐가 쳇바퀴를 돌리는 모습을 바라보며 아이는 신기하다는 듯 소리를 질러댔다. 그러다가 아이는 여자의 손을 이끌고 새 가게 안으로 들어서기도 했다. 새의 지저귐 소리가 현란한 가게 안으로 들어선 여자는 단박에 코를 싸쥐었다. 지독한 악취였다. 화려한 깃털과 아름다운 목소리에 감추어진 악취는 여자로 하여금 아이의 손을 잡아끌고 뒷걸음질 치게 했다.

아이는 아쉬운 듯 그 자리를 떠났다. 손을 흔들며 피아노 학원으로 들어가는 아이를 바라보다 돌아선 여자는 다섯 블록쯤 떨어진 곳에 살고 있는 시어머니의 집으로 자동차를 몰았다. 자동차는 여자가 시어머니의 집안일을 해주기 위한 조건으로 장만해준 남편의 선물이었다. 자동차를 사준다는 남편의 제의에 쉽게 마음을 굳힌 여자는 시어머니의 살림을 도맡아 해주는 것을 당연하게 받아들였다.

네 시어머니는 진짜 멋쟁이야. 시내 중심가에서 귀금속가게를 운영한다니 능력 있겠다, 할 일 있겠다, 자식 앞에서 또 얼마나 떳떳하겠어? 애, 생각해 봐. 같이 산다는 게 얼마나 구질구질한 일이 많은 줄 아니? 그래, 그건 네 시어머니가 잘 생각한 거라구. 드난살이하는 것도 아니고. 야, 너는 좋겠다.

드난살이. 여자는 친구의 말을 들으며 명치끝이 꽉 막혀 오는 것을 느꼈다. 친구는 병치레하는 시부모를 모시고 힘들게 살아가는 다른 친구들의 이야기를 덧붙였지만, 여자는 한참이나 계속될 친구의 수다를 감당할 수 없어 힘없이 수화기를 내려놓았다. 조금만 더 수화기를 들고 있을 힘이 있었다면 여자는 분명 친구에게 이렇게 말했을 것이다. 드난살이가 따로 있는 게 아니라고. 일한 대가만큼 생활비를 받는다면 그게 드난살이인 거라고. 공짜로 받는 게 아닌 데도 엎드려 손 벌리는 것 같은 느낌을 네가 아느냐고.

사실이었다. 시어머니는 생활비를 건네줄 때마다 움츠린 여자의 어깨 위에 꼭 몇 마디씩은 더 얹어 주었다.

내가 너희들과 따로 사는 것은 다 너희들을 위해서야. 집안일도 내가 시킨 적 없다. 네 스스로 한다고 했잖냐. 내 친구들은 너를 딴 집 사는 시어머니 살림을 도맡아 하는 착한 며느리로 알고 있다. 기대에 어긋나게 하지 마라.

네 남편은 크게 될 사람이야. 남편 귀한 줄을 알아야 해. 나는 평생 혼자 자식을 키웠지만, 네 남편 손끝에 물 한 방울 묻힌 적 없다. 안에서 대접받는 남자가 밖에서도 대우받는 법이야.

남자에겐 집이 휴식처다. 집안일로 일일이 잔소리하지 마라. 내조란
게 별거냐. 마음을 편하게 해 주는 게 내조지.

너는 뭔 복이 옆구리 터지게 많아서 남편이 벌어다 준 돈을 그렇게 편
히 앉아 쓴단 말이냐. 내 평생 하루도 그렇게 못 살아봤다. 네 팔자야말
로 상팔자가 아니냐.

시어머니는 꼭 '상팔자'의 '사앙……'에 힘주어 발음하곤 했다. 그러
면서도 시어머니는 집안에 정물처럼 박혀있는 여자를 한심한 듯 바라보
며 혀를 찼다.

아이가 피아노 학원으로 가서 레슨을 받을 동안에 여자는 시어머니
집에서 청소를 했고, 두 손을 맞비벼 일일이 손빨래를 했다. 또 설거지
를 했으며, 수족관의 물을 갈아 주었고, 무릎을 꿇고 방과 거실을 닦았
다. 기름을 묻힌 헝겊으로 장롱을 닦았고, 시어머니의 시폰 블라우스에
다림질을 했고, 장식대 위에 올려진 도자기를 닦으면서 아이의 끝날 시
간에 맞추느라 시계를 홀끔거렸다.

혼자 사는 시어머니의 집은 날마다 빨랫감으로 나오는 수건과 속옷을
비롯해 청소와 설거지 등 하루라도 손을 비울 수 없을 정도였다. 시어머
니는 수건을 두 번 쓰지 않는 습관과 컵에 두 번 입을 대지 않는 결벽증
을 가지고 있었다. 시어머니가 없는 빈집에서 집안 청소와 반찬 만들기
가 끝나갈 무렵, 남편은 그곳으로 전화를 했고, 통화를 끝낸 여자는 피
아노 학원으로 가서 아이를 데려왔다. 남편은 시어머니의 집으로 전화
를 걸어 여자의 목소리를 들었고, 집으로 전화를 해 아이의 목소리를 들

었다.

금방 엄마랑 집으로 왔어요. 지금 엄마는 빨래를 널고 있고요. 오후에는 엄마랑 집에서 숫자 공부를 할 거예요. 엄마는요. 엄마는…….

전화 통화를 하는 아이의 목소리에 귀를 내맡기고 있던 여자는 빨래를 널다가 남편의 셔츠를 놓치고 말았다. 베란다에 쌓인 미세한 먼지가 셔츠의 어깨 부분에 묻어났다. 여자는 다시 새 물을 받아 오래도록 남편의 셔츠를 문질러 댔다. 양손의 엄지손가락이 불그스름하게 부풀어 올랐다.

오래 전 여름, 대학의 구내 은행에서 창구를 보던 여자는 통장이 담긴 플라스틱 접시를 집어 들었다. 여자가 비닐 케이스에 든 통장을 펴들자 청구서 전표 뒷장에 메모지가 꽂혀 있었다.

오후 7시, 정외과 교수 연구실 513호.

여자는 고개를 들었다. 앳된 여자 아이가 서 있었다. 여자는 메모 용지를 빼고 청구서대로 통장에 지폐를 넣었다. 여자의 손길이 미세하게 떨리고 있었다. 사환아이는 가져온 그대로 비닐 케이스 안에 통장을 담고 자리를 떴다. 여자는 아이가 나간 출입문을 오랫동안 바라보았다.

여자는 그를 알고 있었다. 퇴근길의 여자가 구내 은행 앞에 줄지어 핀 봉숭아 꽃잎을 따고 있을 때, 등 너머에서 오랫동안 자신을 바라보며 서 있던 남자였다. 그 기척에 놀란 여자가 몸을 일으켰고, 마치 훔친 짓을 하다가 들킨 사람처럼 얼굴이 붉어져 바삐 그 자리를 빠져 나온 뒤에도 그는 여전히 여자를 바라보고 있었다.

그 후 여자는 열에 들뜬 눈으로 자신의 손톱에 물든 봉숭아 꽃물을 바라보았다. 해가 저물 때까지 창구에 앉아 사회대 교수 연구동에 켜지는 불빛을 지켜보기도 했다. 여자의 가슴이 봉숭아 꽃물처럼 붉게 물들기 시작했다. 어디든 따라붙는 것 같은 남자의 시선 안에서 여자는 포충망에 잡혀든 날벌레처럼 허우적거렸다.

내게는 당신 같은 여자가 필요해.

무표정한 얼굴이 오히려 흡반처럼 빨려들게 만드는, 이상한 마력을 가진 남자였다. 여자는 알 수 없는 열기에 사로잡힌 채 버둥거렸다. 그날, 오랜 역사를 가진 사회대학 교수 연구동 513호에서 여자는 자신이 남자의 덫에 갇혀 버렸음을 알았다.

……내 어머니는 혼자의 몸으로 나를 위해 평생 바깥일을 해 오신 분이야. 하지만 나는 아무도 없는 집안의 정적이 싫었지. 내겐 가정이라는 편안한 휴식처가 필요해. 앞으로의 내 삶에도 내조가 필요하구. 당신이 벌지 않아도 충분히 살아갈 수 있을 테니까.

여자는 손톱 끝에 남아 있는 봉숭아 꽃물을 들여다보며 손톱이 더 자라기 전에 어서 첫눈이 왔으면 좋겠다고 생각했다. 봉숭아 꽃물이 곱게 남은 손끝으로 고운 삶을 새로 시작할 수 있으리라는 설렘에 온몸이 떨렸다.

엄마!

아이가 큰 소리로 여자를 불렀다.

이것 봐. 이것이 도돌이표래.

아이는 학원에서 가져온 음악책을 여자에게 펼쳐 보이며 말했다. 그때 여자는 아이와 대화를 나누었을 남편의 목소리를 기억해 내느라 멍하게 선 채 앞 산자락에 시선을 주고 있었다. 거듭 채근하는 아이의 목소리에 정신을 차린 여자가 책을 들여다보자, 아이가 자랑스럽게 말했다.

계속 반복하라는 뜻이야.

여자는 아이의 책을 덮었다. 여자에게 도돌이표는 산기슭으로 굴러 떨어지는 두 개의 커다란 바위 덩어리처럼 보였다. 온 힘을 다하여 올려 놓았음에도 또다시 흘러내리기를 반복하는 바위 덩어리. 여자의 하루는 두 개의 바위 덩어리를 힘들여 올려놓는 일에 온 힘을 쏟아 붓는 일로 채워졌다.

자동차는 여자가 살고 있는 아파트로부터 차차 멀어져 갔다. 외곽 지 대의 고속도로에 접어든 여자는 오디오의 볼륨을 있는 대로 켜놓고 질 주를 하기 시작했다. 속도계는 여자의 자동차가 낼 수 있는 가장 높은 숫자를 향하여 치닫기 시작했다. 자동차는 휙휙 바람을 가르며 쏜살같 이 달려 나갔다. 창문을 열었다. 바람이 무법자처럼 파고 들어왔다. 여 자의 머리카락은 바람에 어지럽게 흩날렸다.

자동차는 충직한 하인처럼 여자의 뜻에 잘 맞았다. 커다란 붓으로 가 로획을 그어놓은 것처럼 휙휙 스쳐가는 바람 속에, 자동차가 터져 버릴 듯한 굉음의 노래 속에, 자신을 내맡긴 여자는 세포 구멍마다 올올히 터 져 나가는 유쾌한 함성 소리를 들었다. 음악의 박자에 따라 고개와 몸을 요란하게 흔들며 괴성을 질러대기도 했다. 가슴이 뻥 뚫리는 듯 후련해졌다.

그때였다. 불현듯 날카로운 고양이 울음소리가 또다시 음악 속으로 섞여 들었다. 여자는 고양이가 자신의 자동차에 뛰어들기라도 한 듯 자신도 모르게 급브레이크를 밟았다. 키이익! 소리와 함께 여자의 몸이 쿨렁 앞으로 요동을 쳤다. 길가에 자동차를 세운 여자가 밖으로 나와 바퀴 아래를 살폈다. 바퀴를 따라 스키드마크가 길게 그어져 있었을 뿐 고양이의 흔적은 없었다. 여자는 이마를 잔뜩 찌푸렸다. 찌를 듯한 목소리로 울려왔던 고양이 울음소리를 떠올리자 여자의 팔에 오소소 소름이 돋았다. 아파트 입구에서 차를 피해 필사적으로 달아나던, 고양이의 울음소리 그대로였다.

다시 차에 올라탄 여자는 고양이가 뒷좌석에 타 있기라도 한 것처럼 룸미러를 몇 번이고 들여다보았다. 고양이 소리를 묻어버리기라도 할 듯 여자는 오디오의 볼륨을 최고조로 올려놓았다. 다시 음악이 시작되었다.

이윽고 여자는 핸들을 꺾어 지방도로로 접어들었다. 곧이어 비포장도로가 이어지고 울퉁불퉁한 길이 나타났다. 두 대의 차가 비껴나기에도 좁은 길이었지만, 이미 여자에게는 익숙해진 길이었다.

한식 때였다. 남편과 함께 시아버지의 묘소에 다녀오던 길이었다. 도시 진입로는 묘소 참배객과 상춘객들로 노상 주차장이 되어 버렸다. 참을성이 없어진 남편은 비포장도로로 접어들더니 기세 좋게 달리기 시작했다. 길은 하루 전에 내린 봄비가 아직 마르지 않아 곳곳에 물웅덩이를 이루고 있었다. 몸체가 심하게 요동을 치면서 자동차는 자주 흙탕물을 퍼 올렸다.

얼마 가지 않아 결국 그들의 차는 진흙 구덩이 속으로 깊숙하게 처박혀 버렸다. 남편은 벌건 얼굴로 액셀러레이터를 밟아댔지만, 기름 타는 냄새만 심하게 날 뿐 차는 전혀 움직일 기세를 보이지 않았다. 답답해진 여자는 자동차 문을 열고 밖으로 나왔다.

그러자 널찍한 호수가 여자의 시야 속으로 파고들었다. 사방이 연초록의 숲으로 둘러싸인 호수는 산 그림자를 그려내며 은은하게 잔물결을 돋우고 있었다. 물은 맑았다. 자동차를 움직일 수 없게 된 남편이 답답한 표정을 하고 밖으로 나오며 주위를 두리번거렸다.

다행히 멀지 않은 곳에 조립식 건물 하나가 서 있었다. 남편은 그곳으로 가서 남자 한 사람을 데리고 왔다. 댐 관리원인 듯싶은 사내였다. 이제 막 오후의 질펀한 잠에서 깬 듯, 남자의 머리칼과 옷차림은 심하게 흐트러져 있었다. 반팔 차림으로 허리춤을 추스르며 남편을 따라온 사내는 혼자 서 있는 여자를 흘끗 쳐다보았다. 남자의 시선에 무연해진 여자는 몸을 잔뜩 움츠렸다.

남편은 차 안으로 들어가 액셀러레이터를 밟았다. 사내는 느글느글 웃으며 푸른 연기에 헛바퀴만 돌리고 있는 자동차를 한동안 지켜보고만 있었다. 그러다가 사내는 주위를 두리번거리더니 커다란 돌 몇 개를 들어다 뒷바퀴 아래에 단단히 받쳐 놓았다. 손에 침을 퉤, 뱉은 사내는 뒤꽁무니에 기대어 차를 밀기 시작했다. 남편은 차 안에서 다시 액셀러레이터를 밟았고, 여자도 사내를 따라서 밀기 시작했다.

서서히 차가 움직였다. 힘을 가하느라 사내의 목과 팔에 굵은 힘줄이 도드라졌다. 황갈색으로 태워진 그의 팔뚝에 여자의 팔이 언뜻 스치기도 했다. 단단함. 여자는 순간순간 전신을 훑고 내려가는 전율감에 몸을 떨었다. 사내의 굵은 팔뚝을 한 번 만져 보고 싶었다. 손끝으로 눌러도 누른 흔적이 나지 않을 것 같은 저 탱탱함. 부드럽고 여린 여자의 손이 자꾸만 사내의 손등 위로 올려질 것만 같은 예감에 여자의 가슴이 떨려왔다.

마침내 자동차는 안전한 지대로 올려졌다. 차를 올려놓은 사내는 손을 털면서 여자를 다시 한 번 바라보았다. 목 언저리를 훑듯 바라보는 남자의 시선을 받으며 여자의 얼굴이 화끈 달아올랐다.

남편의 창백한 손끝에서 지폐가 흘러 나왔다. 사내는 여자의 얼굴에서 시선을 뗀 후, 지폐를 받아든 손을 아랫주머니에 푹 질러 넣은 채 뒤돌아섰다. 맨발 차림으로 끄는 낡은 운동화 소리가 점점 멀어졌다. 사내의 셔츠가 바람에 공처럼 빵빵하게 부풀어 올랐다.

여자의 차는 미끄러지듯 천천히 앞으로 나아갔다. 점점 호수가 가까워졌다. 발밑을 잡아끄는 듯 몽글몽글 솟아오르는 안개는 신비스러웠다. 안개는 자동차의 속도에 따라 서서히 퍼져 나갔다가 밀려들기를 반복했다. 잔잔한 물결 같은 흐름을 헤치고 여자의 자동차는 천천히 안개 속으로 스며들었다. 길가의 나무들은 안개에 머리를 적시듯 가지를 늘어뜨린 채 바람에 유연하게 몸을 흔들어 댔다. 오디오에서는 여가수의 맑은 목소리가 나직하게 흘러나왔다.

'나는 당신의 여자이고, 그대는 나의 남자이기 때문에, 당신이 내게 가까이 올 때마다, 내가 할 수 있는 모든 것을 하리라.'

달뜬 열정이 인간의 이성을 마비시키는 마약이라는 것을 알기까지에는 그리 오래 걸리지 않았다. 여자는 불같은 열병에 휩쓸린 사람처럼 정외과 513호 교수의 제의를 받아들였다. 사표를 던지고 결혼식을 마치던 그날, 여자의 어머니와 동생들은 신데렐라 같은 여자의 새로운 출발을 기뻐하기보다는 왠지 불안해하는 눈치였다. 여자는 손톱 끝에 그때까지 남아 있던 봉숭아 씨알 같은 흔적들을 보여주며 환하게 웃어 보였다.

신혼여행의 첫날밤이었다. 호텔방에 들어서자마자 안절부절 못하는 여자를 보며 남편은 웃옷을 옷장 속에 걸어 넣은 후, 냉장고에서 위스키를 꺼냈다. 술을 마실 줄 모르는 여자에겐 아예 권하지도 않은 채, 남편은 연거푸 여러 잔을 비워냈다. 불그스레해진 얼굴의 남편은 침대 머리맡에 놓인 화장지를 뽑아 여자의 입술에 묻어 있던 붉은 립스틱을 닦아냈다. 그런 다음 남편은 여자의 입술 위에 차가운 자신의 입술을 얹었다.

남편의 입술로부터 전해오는 냉기는 여자의 온몸을 굳어 버리게 했다. 그래, 그때도 그랬다. 513호 연구실. 남편은 자신의 수건으로 여자의 립스틱을 닦아 냈었다. 그때 여자는 미안해 어쩔 줄 몰라 남자의 수건을 자신의 핸드백에 담았다.

빨아 드릴게요.

자신의 입술로 더럽혀진 남자의 손수건을 깨끗이 빤 여자는 다림질까지 마친 뒤 곱게 접어 전해 주었다.

　여자의 눈시울이 달아오르기 시작했다. 모든 사물이 뿌옇게 흐려지고 있을 때, 남편은 여자를 향해 거칠게 밀고 들어왔다. 여자는 남편이 하는 대로 온 몸을 내맡긴 채 아프게 입술만 깨물었을 뿐이었다. 하지만 오래 걸리지는 않았다. 남편은 엉터리 같은 섹스를 끝내놓고 침대 시트에 묻은 혈흔에 만족해하며 화장실로 들어갔다. 샤워를 마친 남편은 침대에 누워 금방 잠들어버렸다. 모로 누운 남편의 등허리가 까마득한 절벽처럼 느껴졌다. 자리에서 일어나 화장실로 들어간 여자는 샤워기 아래에 몸을 내맡긴 채 흐르는 눈물을 오래오래 씻어냈다.

　여자의 결혼 생활은 그렇게 시작되었다. 조루 증세를 보이는 남편과의 섹스 때마다 여자는 최선을 다했다. 입가에 새어 나가는 가벼운 탄성까지 노력해서 만들어 놓은 여자는 그것이야말로 남편에 대한 최대한의 예의라고 생각했다. 남편의 남성성을 북돋아 주는 일이야말로 아내로서의 당연한 의무로 여겼다. 그렇게 함으로써 남성성의 복원을 가져올지도 모른다고 기대하기도 했다.

　자신의 몸 위에서 헉헉거리다 떨어져 나가 쉽게 잠들어 버리는 남편의 등 뒤에서, 여자는 조심스럽게 자위를 했다. 절정으로 치솟아 오르는 순간, 여자는 스스로에게 되뇌었다. 우리에겐 채우지 못할 욕망 따위는 없는 것이라고. 나는 행복하다, 고. 스스로 '행복'하다고 믿는 자신의 결혼 생활에 '그늘'은 여자 스스로에게도 용납될 수 없는 것이었다. 수시로 여자는 자신에게 다짐을 주었다. 행복이란 별거냐고, 누구에게나 삶의 어려움은 존재하는 거라고, 자신이 느끼는 약간의 어려움 따위는 앞으로 충분히 해결해갈 만한 것이라고 믿었다.

길은 점점 더 좁아들었다. 이윽고 안개 속에서 희미하게 빛나던 불빛 하나가 시야에 들어왔다. 여자의 가슴은 방망이질을 하듯 뛰기 시작했다. 안개로 인해 뿌예진 불빛은 따뜻한 분위기를 자아냈다. 지금껏 멀찍이서 바라보기만 했던 지난밤들과는 달리, 여자는 따뜻한 불빛에 이끌리듯 더욱 깊숙이 차를 밀어 넣었다. 호숫가에 만들어진 조립식 건물. 찰랑거리는 호수의 가장자리까지 다가간 여자는 차에서 내렸다. 축축하게 젖은 땅과 물 위에서 피어오르는 안개는 여자의 몸을 비단처럼 휘감았다. 여자는 산뜻하고도 부드러운 감각이 몸 전체에 퍼지는 것을 느꼈다. 여자는 지나쳐왔던 여러 날들처럼 건물의 창으로 내보이는 따뜻한 불빛을 오랫동안 바라보았다.

한동안 그렇게 서 있던 여자는 자갈들의 맞부딪치는 소리들을 들으며 물가로 가까이 다가갔다. 여자의 기척에 놀랐는지 바로 가까이에서 새 한 마리가 푸드덕 날아올랐다. 깃털의 팔락거리는 소리까지 선명하게 들렸다. 여자는 새가 날아간 어둠을 향해 한참 동안 바라보았다.

여자는 그동안 잘 살아왔다고 생각했다. 누구에게든 자신은 행복하다, 고 말하곤 했다. 남편은 여자가 들어가 안락하게 살 수 있는 새장을 마련해 주었고, 시어머니는 철조망으로 엮인 남편의 새장에 금칠을 입혀 주었다. 여자는 새장 바닥에 노랗게 피어나는 금잔화를 심었고, 알을 낳아 부화할 수 있는 금으로 된 철조망 둥지도 엮었다. 여자는 자신의 깃털을 바라보며 노랗고 빨간 깃털을 빗기는데 많은 시간을 보냈다. 남편은 철조망 바깥으로 나 있는 창문에 빗장을 지른 후, 안에 든 여자를 향하여 말을 가르쳤다.

나는 행복해. 나는 행복해. 행복해.

철조망 속의 여자가 할 수 있는 말이란 이 한마디뿐이었다. 여자는 아침 햇살에 찬란히 빛나는, 금으로 된 철조망의 아름다움에 감탄을 했다. 여자는 모든 것에 감사해야 한다고 생각했다. 어차피 삶이란 특별할 것도 대단할 것도 없는 것 아닌가.

앵무새. 여자에게 푸르른 기억은 아득히도 멀었다. 인조 잔디 위에서만 뒤뚱뒤뚱 걸어야 했던 앵무새는 이미 나는 법을 잊어 버렸는지도 모른다. 퇴화되어 버린 날개. 광활한 들판을 잊어버린 개가 주인의 손바닥을 달콤하게 핥아대며 옆구리 속으로 파고드는 것처럼.

안개를 머금은 바람이 호수의 저편 어둠 속에서 불어 왔다. 길게 늘어뜨려진 여자의 머리칼이 바람결에 맞추어 가닥가닥 춤을 추었다. 바람은 뜨거운 입김을 불어넣듯 여자를 향해 달려왔고, 그 바람에 여자는 교태를 떨듯 이리저리 몸을 뒤척이기도 했다.

여자는 부드러운 바람의 손길에 온몸을 내맡긴 채 눈을 감았다. 애무하듯 여자의 얼굴을 어루만지던 바람이 여자의 귓불에 대고 간질이듯 속삭였다. 우리는 과거에 서로 무엇이었지? 서로를 스쳐가야만 했던 사랑이었나. 순간, 바람이 여자의 치맛자락을 나붓이 들어 올렸다. 훗, 미처 가릴 틈도 주지 않는 성급한 연인처럼 바람은 여자의 허벅지 깊숙한 곳까지 손을 밀어 넣었다. 저릿해진 여자의 몸이 한 마리의 짐승처럼 버둥거렸다. 여자의 얼굴은 금세 달아올랐고, 숨이 가빠졌다.

여자는 신발을 벗었다. 편편한 자갈 위에 앉아 물속에 발을 밀어 넣었다. 호수의 물은 옥죄인 여자의 발을 씻겨 주는 자상한 연인 같았다. 여자는 자상한 손길에 그대로 발을 내맡긴 채 몸을 누였다. 축축한 습기가 등마루 쪽에서 느껴졌다. 발끝에서 찰랑찰랑하게 어루만지던 호수의 물결이 여자의 발목까지 와 닿았다가 밀려갔다. 발바닥을 간질이는 부드러운 물결을 받으며 여자는 하늘을 바라보았다. 잘게 부수어진 유리 조각들이 햇빛을 받아 반짝이듯 별들이 지천으로 깔려 있었다.

언제였던가. 여자는 이와 똑같은 느낌을 주던 때가 있었던 것 같았다. 마치 전생처럼, 지금 이 순간과 너무도 흡사한, 그래서 바로 어제쯤으로 여겨지는 때가 분명히 있었다고 느꼈다. 그때와 지금이 만나고 있는 아주 익숙한 풍경 속에 자신이 놓여 있다는 생각을 하면서, 여자는 가슴에 따뜻하게 퍼져 나가는 물살을 느꼈다.

바람이 깔깔대듯 여자의 얼굴과 어깨를 밀쳐내며 지나갔다. 여자는 발과 발 사이에 파문을 일며 다가오는 물결의 간지러움과 바람의 웃음소리를 들으며 한동안 하늘의 별에 시선을 모둔 채 누워 있었다.

거기 누구야?

순간, 자갈 부딪히는 소리가 어지럽게 들려왔다. 손전등 불빛이 칼날처럼 여자를 헤집었다. 소리는 점점 가까이 다가오고, 불빛은 더 환해졌다. 질질 끄는 운동화와 자갈이 섞여든 발자국 소리가 여자 앞에서 멈추었다. 여자가 몸을 일으켰다. 자갈 부딪히는 소리가 어지럽게 흩어졌다. 사내였다. 창으로 넘겨다보곤 했던 사내가 여자 앞에 서 있었다. 그때 여자는 다시 고양이의 울음소리를 들었다. 고양이가 어지럽고 날카롭게 울부짖으며 여자의 곁을 스쳐 지나가는 것 같았다.

사내가 여자를 향해 다가왔다. 여자는 뒤로 물러섰다. 자갈 부딪히는 소리가 크게 났다. 여자 앞에 가까이 선 사내가 손전등 불빛을 여자의 얼굴에 쏟아 부었다. 여자는 손으로 눈을 가리고 찡그리듯 눈을 감았다. 사내가 여자 쪽을 향해 고개를 들이 밀었다. 여자를 알아보았던 것일까?

사내는 여자를 향해 점점 가까이 다가왔다. 여자는 물러섰다. 여자가 물러설 때마다 자갈 부딪히는 소리가 고양이 울음소리에 섞여 여자의 귀를 때렸다. 사내는 점점 가까이 다가와 여자의 얼굴에 턱을 들이댔다. 사내의 입에서는 군내가 심하게 났다. 여자의 몸에 오소소 소름이 돋아 올랐다. 순간, 사내가 여자를 덮쳐눌렀다. 여자가 버둥거릴수록 사내의 완력은 더욱 거칠어졌다. 사내의 입술이 여자의 입술에 닿았다. 사내의 뜨거운 혀가 데일 듯이 여자의 입 안을 헤치고 들어왔다. 고양이 울음소리가 어지럽게 여자의 귓속으로 파고들기 시작했다. 바닥을 긁어대는 듯한 소리가 여자의 머리채를 잡아챘다. 여자의 머릿속은 고양이 울음소리로 가득 차 버렸다. 아비규환처럼 들끓는 소리. 여자의 가슴이 파헤쳐지고 치마가 벗겨져 나갔다. 속옷이 벗겨져 나가는 동안, 여자의 귓속에는 자갈을 긁는 듯한 고양이의 발톱 소리가 울음소리와 함께 끊임없이 파고들었다. 야옹, 야옹, 야옹! 고양이 울음소리는 바람과 안개와 물결 찰랑이는 소리에 어우러진 여자의 내면을 물그림자처럼 흔들어 놓았다.

여자는 베란다에 나와 어둠을 응시하고 서 있었다. 뒤축을 꾹꾹 눌러 딛는 남편의 구두 소리와, 샤워하는 남편의 물소리와, 헉헉대던 남편의 신음 소리가 순간처럼 짧았다. 여자의 가슴 안에 퀭하게 뚫려 버린 구멍 속으로 아무런 흔적도 없이 스러졌을 뿐이다. 주차장의 가로등 하나가 눈동자처럼 명명하게 여자의 가슴을 밝히고 있었을 뿐. (2005)

꽃

불

시장통 앞에 그를 내려놓은 릭샤는 인파 속으로 쏜살같이 사라진다. 릭샤의 꽁무니를 바라보고 섰던 그는, 지나가는 사내를 붙들고 버닝 가트(burning ghat)로 가는 길을 묻는다. 검고 마른 얼굴의 사내는 큰 눈을 두리번거리며 가게들이 밀집해 있는 한쪽 구석을 가리킨다. 그는 사내가 가리킨 방향을 향해 걷기 시작한다.

이윽고 골목으로 들어선다. 미로가 시작된다. 지나치는 두 사람의 어깨가 스칠 만큼 좁은 골목의 양쪽에는 높은 건물들이 빽빽하게 들어서 있다. 금방이라도 덮쳐누를 듯 내려다보고 서있는 양편 건물들 사이로 미로가 실핏줄처럼 이어진다.

골목은 순례자와 걸인, 상인, 아이들로 가득하다. 구정물이 오줌 줄기처럼 흘러가는 땅바닥은 지저분하기 짝이 없다. 아무렇게나 뒹구는 쓰레기, 곳곳에 배설된 소나 돼지의 분뇨로 더럽혀진 골목길을 사람들은 맨발로 걷는다.

골목 양쪽에는 장신구나 잡화를 진열해 놓은 가게와 전화방, 환전소, 여관 건물 등이 죽 이어져 있다. 가게 문턱에 앉아 지나가는 사람들을 쳐다보는 남자가 있고, 사리를 걸친 채 눈을 내리깔고 걸어가는 여자가 있다. 가끔 소들이 어슬렁거리며 지나가기도 한다. 그럴 때마다 사람들은 담벼락에 바짝 붙어서 소가 지나가기를 기다린다. 좁고 어두운 미로 속에서 사람들은 느릿느릿 물처럼 흘러간다.

걸어가는 내내 그는 주저앉을 듯한 피로를 느낀다. 먼지를 뒤집어 쓴 낡은 구두는 찌그러진 채 볼품없이 주저앉았다. 메말라 터질 것 같은 입술을 악문 채, 그는 늘어선 가게 앞을 지난다. 좀처럼 길은 끝나지 않는다. 버닝 가트는 어디에 있는 걸까.

길을 찾지 못해 망연히 서 있는 사이, 리어카에 파파야를 늘어놓고 파는 상인 한 명이 그를 바라보고 있다. 무심코 사내와 눈길이 마주친다. 사내의 커다란 눈동자가 검고 마른 얼굴 속에서 도드라진다. 그는 사내에게 다가가 버닝 가트로 가는 길을 묻는다. 사내는 꿰뚫는 듯한 눈동자로 그의 지친 몰골을 한참 동안 들여다본다. 영혼이라도 집어내겠다는 듯 강렬한 눈빛이다. 좀체 시선을 돌리지 않는 사내의 시선에 당황하며 그는 황급히 발걸음을 돌린다. 그때 사내의 목소리가 그의 뒷덜미를 낚아챈다. 알로우!

사내는 그에게 파파야 한 조각을 내밀며 말한다. 당신은 길을 잃었군요. 망연히 서 있는 그를 바라보며 사내가 덧붙인다. 이곳 바라나시의 모든 길은 강가로 통하지요. 엉켜 있을 뿐, 끊긴 것은 아닙니다.

그는 고개를 주억거리며 사내에게서 파파야 조각을 받아든다. 주홍색으로 잘 익은 파파야 속살을 입안으로 밀어 넣자, 달큼한 향기가 입안에 가득 퍼진다. 파파야를 입안에 넣은 그가 호주머니를 뒤적여 동전을 꺼낸다. 그러자 사내가 고개를 흔들며 손사래를 친다.

오후의 햇살을 받은 건물들이 긴 그림자를 만들며 드러눕기 시작한다. 그는 파파야 사내의 말을 되뇌며 걷는다. 서두르지 말 것, 모든 길은 강가로 통한다지 않는가. 발가락이 부어올라 제대로 걷기가 힘들지만, 서두르지 않기로 마음먹는다.

몇 걸음 더 걸어가던 그는 기어이 건물 앞 돌부리에 주저앉고 만다. 사람들이 그의 앞을 지나쳐간다. 그때마다 그는 다리를 움츠려 길을 내준다. 담배를 꺼내 문다. 담배 연기는 텅 빈 뱃속 구석구석까지 침투한다. 현기증이 인다. 시야 전체가 물그림자처럼 흔들린다. 긴 한숨을 내쉬듯 담배 연기를 토해낸다.

나마스테! 어디선가 어린아이의 목소리가 들려온다. 스러지는 연기 사이로 여자아이의 얼굴이 파고든다. 아이는 맞은 편 건물의 돌계단에 앉아 고개를 까딱이며 그에게 축복의 인사를 건네고 있다. 그때 아이가 앉은 뒤편 건물에서 무슬림 모자를 쓴 사내가 문을 열고 나온다. 하루 일과를 끝낸 사내가 문에 열쇠를 채운다. 창고처럼 낡은 건물의 이마엔 뜻밖에도 우체국의 표지가 붙어 있다.

무슬림 사내가 사라지고 난 뒤에도 아이는 여전히 그를 쳐다보고 있다. 오래 전부터 그 자리에 앉아 그를 기다리고 있었다는 듯한 표정이다. 예닐곱쯤 되었을까? 태어나 한 번도 씻지 않은 듯 거무스름한 얼굴. 그 속에 박힌 커다란 눈동자가 그의 얼굴에서 비켜날 줄 모른다. 해맑은 눈빛이다. 아이의 머리 위에 얹힌 빨간 리본이 눈에 들어온다. 리본은 잡풀 속에 핀 장미처럼 선명하다.

아빠! 불현듯 딸아이의 맑은 목소리가 들리는 것만 같다. 갈래머리를 찰랑이며 나비처럼 폴짝이던 아이. 딸아이의 커다란 눈동자는 늘 무엇인가에 놀란 사람처럼 보이게 했다. 눈이 크면 슬픔이 많다던데. 자신 또한 아이의 눈망울에 슬픔을 보태고 말았다는 생각을 한다. 순한 아내의 눈망울을 빼닮은 탓이리라. 아내의 여린 얼굴을 떠올릴 때마다 그는 속죄하는 마음이 된다. 아내의 얼굴이 마른 가랑잎처럼 피폐해지는 동안, 따뜻한 위로의 말 한마디도 건네지 못했다.

담뱃재가 발치에 떨어진다. 아이가 그를 향해 손을 내민다. 알로우! 시멘트 계단에 앉아 손을 내밀고 있는 아이는 때에 전 맨발을 달랑달랑 흔들어대고 있다. 불현듯 그는 아이의 손발을 씻겨주고 싶은 충동을 느낀다. 따뜻한 물속에서 발가락 사이를 헤집을 때의 부드러운 촉감을 느끼고 싶어진다.

딸아이는 간지러움을 잘 탔다. 거뭇한 수염으로 볼을 비빌 때나, 수건으로 목덜미의 물기를 훔쳐낼 때마다 딸아이는 잘 익은 석류 알 같은 이를 드러내며 까르르 웃었다. 아이의 웃음소리는 봄날의 햇살처럼 따뜻하고 맑았다. 하지만 지금 딸아이는 너무도 먼 곳에 있다.

담배를 돌부리에 비벼 끈다. 그는 주머니에서 동전을 꺼내 아이의 손에 쥐여 준다. 더럽고 누추한 아이의 손은 차다. 문득 자신의 아이도 골목 어귀에 앉아 자신을 기다리고 있을 지도 모른다는 생각을 한다. 차가운 바람 속에 몸을 움츠리며 앉아 있을 딸아이가 그의 가슴을 아프게 한다. 동전을 받아 쥔 아이가 그를 향해 싱긋 웃는다. 하얀 이가 가지런하다. 아이를 품안에 끌어안고 싶은 충동이 인다. 대신 그는 자신의 목도리를 풀어 아이의 목에 감아준다. 찬바람이 새어들지 않도록 목덜미를 꼭꼭 여며준다.

그는 우체국에서 멀지 않은 곳에 위치한 게스트 하우스로 찾아든다. 구레나룻이 거무스름한 청년이 프런트에 앉아 있다가 반색을 하며 외친다. 오, 해피 뉴 이어! 크리스마스의 흔적인지 프런트 벽면 전체가 꼬마전구로 장식되어 있다. 출입구 양쪽에도 오리 모양을 한, 커다란 풍선 두 개가 흔들리고 있다.

그는 청년이 내민 숙박부에 인적사항을 대충 기재한 후, 청년을 따라나선다. 좁고도 급한 경사가 계단을 따라 끝없이 계속된다. 중앙 홀이 훤히 내려다보이도록 트인 장방형 구조의 복도 오른편으로 객실들이 나란히 배열되어 있다. 7층으로 올라선 청년은 객실 앞에 걸음을 멈춘다. 704호. 청년은 문을 열어 보이며 마음에 드느냐고 묻는다. 그는 고개를 끄덕인다.

청년은 되돌아 내려가고 그는 객실 안으로 들어선다. 페인트 자국이 너덜너덜 떨어져 나간 벽면은 침침한 조명과 함께 자못 을씨년스럽다. 온기라곤 전혀 느껴지지 않는 차디찬 공간에 나무 침상 하나가 덩그러니 놓여 있을 뿐이다. 그는 몸을 움츠리며 창가로 다가간다. 사개가 맞지 않은 창문에서 찬바람이 새어들고 있다. 창문에 얼굴을 들이대고 밖을 내다본다. 주변의 건물이 자욱한 안개 속에서 포복한 병사처럼 엎드려 있다.

온갖 움직임이 정지된 듯한 고요 속에서 그는 생각한다. 왜 나는 여기에 있는가. 죽은 사람의 영혼으로 가득 차 있다는 이곳으로, 발목에 쇠사슬을 매단 얼굴로, 완전히 소진되기로 작정한 듯 찾아온 나는 누구인가.

히말라야의 물이 시바신의 이마에 걸린 초승달 모양으로 구부러져 흐른다는 이곳 갠지스 강. 그 성스러운 물에서 목욕을 하면 모든 죄가 씻긴다고 했던가. 화장한 재를 강가로 흘러 보내면 윤회로부터 해탈을 얻는다고 했던가. 그럴 수만 있다면 원죄로 무거워진 몸을 이곳 화장터의 장작불에 얹고 싶다. 강물 위에 뿌려진 재가 되어 흔적 없이 사라지고 싶다.

아찔한 급경사의 계단을 돌고 돌아 1층 홀로 내려선다. 그때까지 프런트를 지키고 섰던 구레나룻의 청년이 묻는다. 식사하러 가시게요? 옥상에 식당이 있어요. 이 근방에선 음식이 제일 나아요. 종류도 많구요. 그는 청년의 말에 고개를 끄덕이며 버닝 가트로 가는 길을 묻는다. 청년은 그럴 줄 알았다는 듯이 종이를 꺼내 주변 골목을 그리기 시작한다. 여행자들은 이곳의 미로가 정말 지독하다고 말해요. 좁고 구불구불한 길이 복잡하게 얽혀 있거든요. 돌아오실 때에도 이 종이를 보면서 찾아오셔야 할 거예요. 그러니까 절대 잃으시면 안돼요. 아셨죠? 다짐까지 받아내는 청년의 얼굴을 향해 그는 고개를 끄덕인다. 청년이 내준 종이를 받아들고 숙소를 빠져 나온다.

문을 나서자마자 뒤를 돌아본다. 우체국 앞에 앉아 있던 여자아이는 보이지 않는다. 가슴이 텅 빈 듯 허전하다. 안아주었더라면 좋았을 것이다. 딸아이와 똑같은 무게와 부피를 가진 아이를 품에 안았더라면, 딸아이의 부드러운 감촉과 살 냄새를 느낄 수 있었을까. 허허로워진 가슴을 싸안듯, 그는 재킷을 촘촘히 여미며 발을 내딛기 시작한다. 내리막길이 시작되고 있다.

허방을 딛듯 내리막길을 걸으며 그는 자신의 내리막길을 생각한다. 나락으로 떨어져 내리듯 시작되었던 생의 내리막길. 언제부터였을까. 사법고시의 열망에 부풀어 법대에 입학하던 때부터였을까? 아니면 대학을 졸업하던 해에 미끼처럼 주어진 1차 합격? 될 듯 될 듯한 유혹을 뿌리치지 못해 매달렸던 이후의 세월들? 그것도 아니라면 대학 정문 귀퉁이 가게에서 법전 복사를 해주던, 백지처럼 핏기 없는 여자의 얼굴에 연민을 느꼈던 그 순간부터였을까?

정신을 차려보니 그는 한 아이의 아버지가 되어 있었다. 할인매장 파트타임의 일자리를 전전하던 아내 또한 불황의 위협을 견뎌내지 못하고 해고되었다. 포도 알 같은 아이의 눈망울. 조개 속 같은 입안을 내보이며 까르르 터트리는 아이의 웃음소리를 들을 때마다 그의 등에 매번 식은땀이 돋았다. 어떤 식으로든 결단을 내려야 한다고 생각했다. 한 생애의 열망을 포기한다는 것은 두려운 일이었지만, 불안한 미래 속에 가족들을 저당 잡힐 수는 없는 일이었다. 초조와 불안감은 시시때때로 그의 어깨를 흔들어댔다. 시립도서관을 향해 걸어가던 그의 얼굴이 매양 구겨진 종이처럼 일그러졌다. 도서관 벤치에 앉아 먼지 낀 맨발을 들여다보던 어느 가을 날, 마침내 그는 책을 덮었다.

들것을 맨 한 떼의 무리들이 구호를 외치며 골목을 내려오고 있다. 스리 람 샷다 헤이, 스리 람 샷다 헤이. 성스러운 라마, 라마, 그는 모든 것이 옳다, 헤이. 그들은 노래하듯 발맞추어 구호를 외친다. 슬픈 기색이라곤 찾아볼 수 없다. 그는 벽에 기댄 채 행렬이 지나가기를 기다린다. 들것을 덮은 천 사이로 나무토막 같은 발가락이 내다보인다. 화장터로 옮겨지는 시체다. 구호 소리는 어둡고 음습한 골목에 가득 찬다.

나마스테! 해피 뉴 이어! 들것이 지나자마자 또다시 아이들이 모습을 드러낸다. 행인의 소맷자락을 자신의 가게 쪽으로 끌어가려는 소년들의 맑은 음성이, 어둠이 찾아드는 골목 여기저기에서 튀어 오른다. 삶과 죽음이 공존하는 이곳 바라나시의 미로 속에서, 그는 골목보다 더 어두워진 얼굴로 걷는다.

무거운 담요를 어깨에 걸친 순례자, 골목 모퉁이에 앉아 지나가는 행인을 쳐다보는 남자들, 코끝과 귓불에 링을 여러 개씩 박아 넣은 얼굴로 머리에 짐을 이고 가는 맨발의 여자들, 쓰레기에 얼굴을 들이밀고 있는 소와 개, 돼지들로 좁은 골목은 끝없이 이어진다. 생이 다 가도록 끝나지 않을 것 같은 미로 속을 걷다가 드디어 그는 버닝 가트에 이른다.

어둠이 안개처럼 자욱하게 밀려오는 강가에서 그가 맨 처음 본 것은 무수한 연의 무리다. 방패연, 가오리연, 족제비연, 나비연, 홍어연 등 하늘을 까맣게 채우고 있는 무채색의 연들은 흡사 시체 냄새를 맡고 몰려든 한 떼의 까마귀들처럼 보인다.

살아 있는 모든 것들이 본래의 자리로 되돌아가는 저녁 시간. 모든 것이 더 낮고 더 고요하게 가라앉고 있는 어두운 강가에서 오직 연들만이 더 높이 떠오르고 있는 중이다. 지상을 떠난 영혼들이 머물러 있다는 중음의 공간인 이곳 강가에서, 바람에 갈기를 휘날리고 있는 연들은 이제 막 육체를 빠져 나온 영혼들인지도 모른다. 그는 강으로 내려가는 계단에 주저앉아 끊어질 듯 위태롭게 날고 있는 연들을 바라본다. 날고 싶은 열망을 포기할 수 없어 웅크린 채 입술을 짓씹던 어둠 저편의 한 사내를 떠올린다.

고시를 포기한 그는 또다시 고시 공부를 하듯 취업에 매달렸다. 학원과 서점, 인터넷 사이트를 통해 취업 정보를 수집하고 입사원서를 보냈다. 회신을 기다리며 시간을 보내는 동안, 말라터진 그의 입술에서 매번 핏방울이 배어났다. 자신의 구직 실패가 나이 제한 때문이라는 것을 알았을 때, 그는 앙다문 이빨에 베인 입안의 핏물을 오래오래 뱉어냈다.

그즈음 고시원 선배를 만난 것은 참으로 우연한 일이었다. 이태 전, 공부를 그만둔 뒤 자동차 회사에 취직했다는 선배의 넓은 이마가 기름을 칠한 듯 번들거렸다. 선배는 인사부 말단 직원에 불과하다고 자신을 소개했지만, 눈매는 예전보다 훨씬 날렵해져 있었다. 생산직도 괜찮아? 그는 고개를 끄덕였다. 말이 생산직이지 하늘에 별 따기야. 선배는 그가 원한다면 어떻게든 자리를 만들어 보겠노라고 말했다. 나이든 고학력자는 기피 1순위라던 선배는 은근한 목소리로 덧붙였다. 그냥은 안 되는 거, 알지?

솟구쳐 오르는 연처럼 삶에의 열망으로 마냥 부풀어 올랐던 시간들. 선배에게 가방을 건네고 돌아 나오던 순간의 떨림. 나는 지금 무슨 짓을 한 것인가. 이런 식으로 희망을 가져도 좋은가. 알 수 없는 불안과 희망이 어지럽게 교차하듯 다리를 절뚝였다.

정식 사원으로 출근을 하게 된 그는 삶의 밑그림이 비로소 밝고 화사한 색깔로 채색되고 있음에 벅찬 감동을 느꼈다. 그때 아내의 미소를 볼 수 있어 행복했던가. 그 순간은 얼마나 짧았던가. 어딘가에 소속되어 있다는 안도감, 보금자리를 잃고 싶지 않은 과도한 욕망이 스스로를 벼랑 끝으로 몰고 갔던 것일까. 그는 비로소 불운은 우연히 오는 게 아니라, 자신이 열었던 그 문을 통해 들어온다는 것을 깨닫는다.

회사 내 취업 브로커였던 선배의 신임을 받아 그의 오른팔이 되기까지, 아내는 얼마나 불안하게 그를 지켜봤던 것일까? 새로운 인생에 대한 설렘. 그 뒤에 감추어진 야망. 희망이라는 교묘한 미끼에 꿰어, 호가호위의 달콤함까지 곁들여진 유혹이 그의 아가미를 뚫어버린 것일까. 그것도 아니라면 무엇이 그로 하여금 자금 전달책이 되게 했나.

세상에는 가방을 든 사람들이 상시 대기하고 있다는 것을, 가방의 부피로 모든 일이 결정된다는 것을 그제야 알게 된 그는 얼마나 세상사에 미혹했던 것일까. 사람들은 은밀한 얼굴로 그에게 돈이 든 가방을 건넸고, 그는 과제를 잘 해낸 초등학생처럼 가방을 선배에게 전달했다.

뭔가 잘못되고 있다는 생각을 했을 때에는 되돌리기엔 이미 늦어버린 후였다. 도마뱀은 몸통을 보호하기 위해 불법 커넥션의 꼬리를 잘라냈고, 돈을 주고도 채 임용되지 못한 사람들은 그를 사기 혐의로 고소했다. 자신을 조종했던 선배는 그림자처럼 사라져버렸고, 잘린 꼬리에 불과했던 그는 배임수재와 횡령으로 수배되었다. 한편 자신들의 수수행위를 드러낼 수 없는 사람들은 조직원들을 동원해 현금 반환을 요구했고, 급기야 신체절단의 위협까지 해대기 시작했다. 주변 어디든 검은 그림자가 어른거렸다. 견딜 수 없어진 그는 몇 번의 대출금으로 현금 반환을 시도해 봤지만, 설상가상 월급 차압과 경매 위협까지 가세되었을 뿐이었다. 그는 도망자 신세가 되고 말았다.

불꽃들은 보이지 않는다. 잿더미가 된 가트에선 실낱같은 연기 한 가닥만 혼령처럼 피어오를 뿐이다. 강가 주변의 건물은 연기에 그을린 듯 하나같이 잿빛이다. 그는 음습하고 우울한 풍경 속에 정물처럼 들어앉아 담배를 피운다. 어슬렁거리며 지나가는 개, 중얼중얼 만트라를 외우며 기도하고 있는 순례자, 사람들의 발끝에 채일 듯 계단 위에 웅크리고 있는 노인, 모든 풍경들이 흑백 필름의 한 토막처럼 정지되어 있다.

그는 옆에서 들려오는 기도 소리를 듣는다. 낡은 터번을 둘러쓴 남자가 늙은 노파를 껴안고 있다. 장작 값일까. 노파의 발목에 은발찌가 걸려 있다. 자신의 삶을 마무리하는데 필요한 장작 값을 마련하기 위해 노파는 맨발에 굳은살이 박히도록 살아온 것일까. 노파는 머지않아 화장터의 불길 속으로 사라져 갈 것이다.

노파가 운다. 눈물은 나지 않고 꺽꺽대는 소리만 들린다. 아들은 젖먹이 아이를 달래듯 노파를 가만가만 흔든다. 뼈만 남은 어머니. 인간의 한 생애는 얼마나 가벼운가. 강물을 바라보던 그의 어깨가 작게 흔들린다. 아들은 노파를 안고 강물 속으로 걸어간다. 물에 여러 번 노파를 담근다. 아들의 입에서 웅얼거리는 기도문이 그에게까지 들리는 듯하다. 그의 눈가에 비짓비짓 눈물이 배어난다.

어머니, 당신은 청상의 몸으로 아들 하나를 키우기 위해 평생 땅강아지처럼 들녘에 엎드려 살았지요. 겨울의 긴긴 밤을 눈물로 가닥가닥 풀어내실 당신은 생사도 알지 못한 아들을 기다리느라 고샅 머리에 귀를 열고 지샌다지요? 어머니, 나는 당신의 뼛골을 파먹고 자라난 염낭거미였나 봅니다. 그러고도 모자라 아내의 등뼈에 흡혈관을 꽂았구요.

문득 뒤편 어딘가에서 사원의 종소리가 들려온다. 또다시 주변이 어수선해진다. 사원의 입구 쪽에서 들것을 맨 사람들이 구호를 외치며 좁은 골목을 달려 내려오고 있다. 대나무 두 개가 맞대어진 들것엔 색색의 천으로 덮인 시체가 놓여 있고, 시체 위에는 화환 모양의 노란 꽃목걸이가 놓여 있다.

낯선 풍경 속에 선 그는 자신이 저승사자처럼 느껴진다. 죽고 난 이후의 풍경을 보고 있는 듯한 기분이다. 들것을 맨 사람들이 입을 맞춰 노래한다. 어디로 가는가, 사람들아. 아무리 도망치려 해도 우린 결국 이 길을 간다네. 그들은 들것을 물가에 내려놓는다. 성지의 강물에 몸을 축이는 일은, 이승의 묵은 때를 씻어내고 가는 마지막 절차다.

가트를 중심으로 사람들의 움직임이 빨라지고 있다. 짚불을 준비하는 사람, 커다란 저울에 장작의 무게를 재는 사람, 장작을 날라 우물 정자로 쌓는 사람들로 가트는 한결 분주해진다. 그가 앉아 있는 메인 가트를 중심으로 크고 작은 장작더미가 만들어지고 있는 중이다.

잠시 후, 강가에 놓인 들것을 가트에 옮겨놓는다. 인부 중 한 사람이 시체 위에 덮여 있던 천을 벗겨낸다. 마른 장작처럼 굳어버린 시체가 몸을 드러낸다. 그의 입에서 끄응, 하는 신음 소리가 새어나온다. 앉은 채로 뒷걸음질을 친다. 그러나 몸은 뿌리내린 나무처럼 꼼짝도 하지 않는다.

들것의 양 끝에 두 사람이 마주보고 서서 머리와 다리를 잡고 시체를 장작 위에 올려놓는다. 머리에 터번을 씌운 시크교인도 있고, 가르마에 붉은 인주 칠을 한 힌두교인도 있다. 그는 다시 호주머니의 담배를 꺼내 문다. 눈을 감는다. 장작개비 같은 육체 하나 남기고 떠나갈 인생. 돌덩이 같은 회한이 자신을 짓누르고 있다.

그는 돌덩이를 끌듯 힘겹게 발걸음을 놓던 아내를 떠올린다. 좁고 어두운 쪽방에 숨어 박제된 표본처럼 하루하루를 견디고 있던 어느 날, 아내가 그를 찾아왔다. 지치고 파리한 얼굴이었다. 아내는 준비해온 도시락을 그의 앞에 내밀고 보자기를 풀었다. 매듭진 보자기는 쉽게 풀리지 않았다. 아내의 마른 손목이 매듭을 풀지 못해 끙끙대고 있는 것을 보는 순간, 그의 목구멍 속으로 뜨거운 울혈이 치받고 올라왔다.

그는 도시락을 아내 앞으로 거칠게 밀어내며 소리쳤다. 이런 거 필요 없으니, 어서 가! 다시는 찾아오지 말란 말이여! 엉겁결에 물러앉은 아내가 놀란 눈으로 그를 바라보았다. 계단이 쑥 꺼져버린 듯 텅 빈 눈이었다. 금세 아내의 눈이 눈물로 가득 찼다. 아내가 보자기를 들고 일어섰다. 눈물을 감추려는 듯 등을 돌린 아내는 어두워지는 골목을 휘청거리며 걸었다. 금이 간 유리창으로 내다본 아내의 몸이 조각조각 나뉘어 있었다. 그는 둥글게 움츠러든 아내의 등이 눈물 속에서 아롱거리다 스러져가는 모습을 오래오래 내다보았다.

검고 뚱뚱한 화부(火夫)가 장작더미 주변을 맴돌며 짚불을 들이밀기 시작한다. 땀에 젖은 화부의 이마에 불끈 솟은 혈관이 불빛을 받아 검게 도드라진다. 짚불은 점점 장작에 옮겨 붙는다. 불꽃이 타오르고 연기가 메케하게 오르기 시작한다. 장작이 후드득거리며 몸을 떤다. 활활 타오르기 시작한 시체에서 머리에 감은 터번이 먼저 떨어져 나간다. 얼굴과 다리가 화염에 휩싸인다. 살을 태우는 누릿한 냄새가 바늘이 되어 코 속으로 파고든다.

바람이 그가 앉은 쪽으로 불었던 것일까. 기침이 발작적으로 쏟아진다. 눈물이 흘러내린다. 성지의 강가에서 영혼의 껍질을 태우는 사람들, 죽어서 행복한 이들 앞에 이 무슨 삿된 행동인가. 우는 사람은 아무도 없다.

일렁이는 장작불 속에 검고 메마른 다리가 꺾이고 있다. 발바닥이 불 꽃 속으로 힘없이 사위어간다. 생계를 잇기 위하여, 또는 욕망을 실현하기 위하여 걷고 뛰었던 삶의 증거를 이력(履歷)이라고 한다면, 생애가 고스란히 기록된 그 발바닥이 불에 타 없어지고 있는 것이다. 맨발로 살았던 사람들. 일생을 마소처럼 일하던 생의 증거가 소멸하고 나면, 그들의 몸은 대지의 물과 바람에 섞여 흔적 없이 흩어지리라. 사원의 종소리에 묻혀 소리 없이 떠나가리라.

여기 와서 다시 생각한다. 죽음을 겁내는 것이야말로 얼마나 초라하고 남루한 일인가를. 이미 거세되어버린 세상에서 발버둥치는 일이야말로 무슨 의미가 있을까? 독수리의 날카로운 부리가 미간을 쪼아대는 세상에서 하루도 버텨낼 재간이 없다면, 희망도 기대도 남아 있지 않는 얼굴로 아침에 눈을 떠야 한다면, 이미 생은 죽어버린 것이다. 날이 밝는 대로 우체국 문이 열리길 기다려 품에 든 편지를 부쳐야 한다. 몰락의 전후사를 유서처럼 쓴 편지다. 아내가 그것을 받아보는 순간이면, 아마 그의 육체는 지상을 떠나고 없을지도 모른다.

긴 막대기를 든 화부가 타버린 시체 가까이 다가간다. 시체는 검은 숯으로 변해 있다. 화부가 막대로 시체를 몇 번 내려치자, 시체는 금세 바스러지며 숯가루로 변한다. 잿더미 속에서 아직 채 사위지 못한 종아리가 삐죽 모습을 드러낸다. 가트 근처에 어슬렁거리던 검은 개들이 일시에 달려들어 타다만 다리를 물고 사라진다.

늦은 밤, 그는 불쏘시개처럼 그을린 얼굴이 되어 숙소로 돌아온다. 저녁식사를 했냐고 묻는 청년을 뒤로한 채 계단을 오른다. 청년이 그의 등에 대고 무어라고 외친다. 청년의 말소리가 어지러울 뿐, 제대로 알아들을 수 없다. 한 단 한 단 계단을 올라설 때마다 다리가 그대로 꺾일 것만 같다.

방으로 돌아온 그는 차디찬 나무 침상 위에 몸을 내던진다. 눈에 이글거리는 열기 때문인지 보이는 사물마다 불구덩이가 되어 활활 타오르고 있다. 방안이 거대한 관 같다. 장작불 속에 타들어 가던 검고 마른 다리가 가시처럼 명치끝에 걸려 있다. 그는 꿈 없는 잠 속으로 빠지듯 죽음에 이를 수 있기를 바라며 눈을 감는다. 깊은 어둠 속에서 들려오는 사원의 종소리가 환청처럼 귓속으로 파고든다. 처음에는 간헐적으로 이어지다가 나중에는 더 빠르고 강한 울림으로 들려온다.

소리는 점점 커진다. 어디선가 와아, 하는 함성도 이어진다. 그때마다 창문 쪽이 반짝 빛을 낸다. 한층 요란해진 함성이 왁자한 음악과 함께 이어진다. 펑, 펑, 펑, 와아! 그는 침상에서 일어나 창 쪽으로 몸을 기댄다. 폭죽이다. 어둠 속에서 연속적으로 터지는 폭죽이 하늘을 화려하게 수놓고 있다. 반대편 화장터에서는 미처 사위지 못한 연기가 있는지 폭죽의 섬광 속에서 검은 혼령처럼 피어오르고 있다.

옥상에서 파티가 벌어지는 모양이다. 방으로 올라올 때 보았던 프런트 청년의 상기된 얼굴을 떠올린다. 청년의 말이 이제야 확연하게 머릿속으로 파고든다. 옥상으로 올라오세요, 오늘이 올해의 마지막 날이잖아요. 곧바로 파티가 있을 거예요. 그랬구나. 흥겨운 음악과 술이 한데 어우러지고, 왁자지껄한 이국 사람들의 언어가 소요 속에 섞이는 파티. 하지만 그런 옥상의 풍경은 그에게 딴 세상처럼 느껴질 뿐이다. 카운트 다운의 함성이 이어진다. 파이브! 포! 쓰리! 투! 원! 제로! 와아! 오! 해피 뉴 이어!

요란하게 박수 소리가 터져 나온다. 방금 열두시가 지난 모양이다. 새해 처음으로 마주한 사람들끼리 축복을 나누는 소리로 한동안 귀가 먹먹할 지경이다. 화장터에는 죽어서 행복한 사람들이 누워 있는데, 이곳 옥상에선 살아서 행복한 사람들이 축복을 나누고 있다. 삶과 죽음이 공존하는 이곳에서 그는 어느 쪽으로 섞이지 못한 채, 그저 가슴속으로 젖어드는 신열을 주체할 수 없어 침상에 얼굴을 묻고 있다. 누군가 저승사자처럼 자신을 내려다보는 것 같은 낯선 방안의 풍경. 남의 일인 양 선명하게 느껴지는 수묵화의 어둠 속에서 그는 시체처럼 누워 있을 뿐이다.

점점 소음은 사위어 간다. 눈을 감는다. 그리운 얼굴들이 물웅덩이에 떨어진 꽃잎처럼 뱅그르르 머릿속에 맴돌다 사라진다. 어머니와 아내, 아이의 얼굴이 물속으로 자맥질하듯 곤두박질친다. 그들은 어떻게 살아가게 될까. 내 인생의 창에 어른거렸던 사람들. 그 창밖의 풍경에 울고 웃었던 지난 시절들. 세상의 흐린 날씨에도 그들은 내일 아침의 맑은 날씨를 꿈꾸며 살아가게 될까.

어지러운 환영 속을 헤매다 겨우 잠이 들었던 걸까. 차가운 기운이 침상 발치에서 새어나오고 있다. 스산한 기운에 놀라 눈을 뜬다. 그때 검은 옷을 입은 사내가 침상 가장자리에 앉은 자세로 그를 쳐다보고 있다.

가까이 다가와 그의 코밑에 손을 댄 사내는 낮고 음울한 목소리로 중얼거린다. 죽었군. 그러자 갑자기 머리 위에서 하얀빛이 쏟아지기 시작한다. 몸이 빛 속으로 빨려 들어가는 것 같다. 눈앞에는 그가 그때까지 살았던 이승의 모든 상황이 필름을 되감듯 좌르르 펼쳐진다.

그의 몸은 필름의 마지막 장면에 아슬아슬하게 걸쳐져 있다. 이글이글 타오르는 장작불 위에 그의 몸이 놓여 있다. 부지깽이를 든 화부가 그에게 다가오며 말한다. 드디어 왔구나. 네가 그토록 원했던 일이니 후회는 없으렷다! 남자는 벌겋게 달아오른 화로를 어깨 위로 쳐들어 올린다. 그 순간 천둥 같은 외침이 그의 귓등을 때린다. 안 돼! 어머니와 아내, 아이가 장작더미 주변에 서서 울부짖고 있다. 안 돼! 그들의 눈물이 장작 위에 누운 그의 몸 위로 소나기처럼 쏟아진다. 장작불이 꺼진다. 그의 몸이 우물 정자로 쌓아올린 장작더미 속으로 가뭇없이 떨어져 내린다.

비명을 지르며 눈을 뜬다. 온몸이 땀으로 흥건하다. 장작에 불을 지피던 사내의 얼굴이 선명하게 떠올라 몸서리를 친다. 눈을 감을 때마다 기억은 더욱 또렷해진다. 잠을 이루지 못한 채 계속 뒤척거린다. 이윽고 먹빛 창문이 점차 푸르스름해진다. 그는 잠자리에서 일어나 재킷을 걸쳐 입는다.

숙소를 나온다. 습관처럼 우체국을 향해 눈을 돌린다. 이른 시각이어서 그런지 아직 문이 닫힌 상태다. 어제 본 여자아이도 없다. 그는 강가를 향해 걸음을 옮긴다. 이른 아침의 강가는 자욱한 안개로 인해 한 치앞도 볼 수 없다. 촉촉한 습기가 온몸에 깊숙이 젖어든다.

연기가 다 사위어 버린 가트 계단에 앉는다. 안개 때문일까? 어젯밤의 악몽 때문일까? 옷 속 깊이 한기가 파고드는 것 같다. 그는 몸을 떨며 담배 하나를 꺼내 문다.

그때 청년 하나가 그에게 다가온다. 이제 막 강가에서 목욕을 마친 듯 청년의 머리카락이 젖어 있다. 청년은 그에게 강가에 세워 둔 보트를 가리키며 탈것인가 묻는다. 그는 무심코 고개를 끄덕이며 청년을 따라 내려간다. 청년은 젖은 머리를 털며 정박해놓은 쪽배 하나를 익숙한 몸짓으로 밀어낸다. 그의 손을 잡아 배 안으로 끌어들인다. 두 사람은 배를 타고 자욱한 안개 속으로 길을 떠난다.

이른 새벽, 낯선 도시 바라나시에서 그는 쪽배를 타고 어디로 흘러가는 것일까. 세월이 강물과도 같은 것이라면, 자신의 생은 어디만큼 흘러온 것인가를 생각한다. 강 위에 뿌려진 잿빛 영혼들은 자꾸 강 아래로 흐르다 어디에 이르는 것일까. 바다에 이르면 긴 윤회를 마감하게 될까.

가트 주변에는 이른 새벽부터 강가에 나와 목욕하는 사람들로 자못 부산하다. 세수하는 사람, 빨래하는 사람, 강물을 떠먹는 사람들이 여기저기에 늘어서 있다.

물결 위로 뭉텅이진 머리카락이 떠내려 오고 있다. 이곳에서 죽으면 내 영혼도 저 머리카락처럼 떠돌게 되리라. 그가 머리카락에서 눈을 떼지 못하자, 청년은 타다 남은 시체가 그대로 강물에 던져지기도 한다고 말한다. 장작 값이 부족했기 때문이라며, 화장하지 않고 그냥 버린 아이의 시체도 강물 위에 떠다닌다고 말한다.

타다만 아이의 시체라니! 그는 벌떡 자리에서 일어서고 만다. 그러자 배가 심하게 요동을 친다. 선두에 서서 노를 젓던 청년이 빳빳하게 굳어진 얼굴로 주저앉는다. 바닥에 버텨 앉은 청년이 어지럽게 손사래를 치며 소리를 지른다. 겁에 질린 그가 당황해하며 허둥거리는 사이 배가 기우뚱, 기울어진다. 그러자 그의 몸이 강물 속으로 처박히고 만다. 청년의 외마디 소리가 뚝, 잘린다.

어둠도 없고 밝음도 없는 세상이다. 그저 먹먹할 뿐, 강물 속에는 소리도 형상도 없다. 먼데서 들려오는 듯한 귀 울음 소리. 눈을 뜬 것인지, 감은 것인지조차도 알 수 없다. 귀 울음 소리는 짐승의 울부짖는 소리처럼 들리기도 하고, 끊어질 듯 이어지는 바람 소리 같기도 하다. 발버둥을 치며 손을 휘저어보지만 잡히는 것이라곤 아무 것도 없다. 빈손. 두려움. 또다시 귀 울음. 고개를 흔든다. 숨이 가빠진다. 온몸을 쥐어짜듯 엄습해오는 공포. 죽는다는 것. 이렇게, 허우적거리다가, 강물에, 떠밀려, 흘러가다가, 물고기의 밥이 되는 것인가. 누군가 발목을 잡아 내리는 것만 같다. 놔! 놓으란 말야! 그는 사납게 발길질을 하며 온몸을 뒤틀어댄다. 살려줘! 발버둥치는 그의 입과 콧속으로 갠지스 강의 강물이 한 움큼씩 빨려 들어간다.

그때 매서운 손길이 그의 머리칼을 낚아챈다. 손끝에 닿는 단단한 어깨. 그는 필사적으로 그 어깨에 달라붙는다. 이윽고 억센 손이 이끄는 대로 그의 몸이 서서히 끌려나온다. 물 위로 솟아오른다.

배 안으로 끌어올려진 그는 한참 동안 가슴을 헐떡이며 숨을 고른다. 머리에서 얼굴에서 옷에서 물이 뚝뚝 떨어지고 있다. 지척에서 들려오는 격한 숨소리. 고개를 든다. 청년도 숨을 고르느라 입을 벌린 채 가슴을 헐떡이고 있다. 청년의 몸이 온통 물에 젖어 있다.

큰, 일, 날, 뻔, 했, 어, 요!

청년이 그를 향해 소리친다. 그는 미안한 듯 부끄러운 듯 겸연쩍은 얼굴로 고개를 끄덕인다. 그러나 강물은 그 사이 무슨 일이 있었냐는 듯 무심한 얼굴로 흐르고 있다. 설사 일이 있었다고 한들 그게 별일이겠느냐고 말하고 있는 듯하다. 강물에 머리카락이 떠가고, 타다 만 시체 토막이 떠간다 한들 대수로운 일이겠느냐고, 해가 뜨고 바람이 불고 비가 오는 것만큼이나 일상적인 일이 아니겠느냐고 말하는 듯하다.

불현듯 그는 지금껏 자신을 짓누르고 있던 슬픔과 번뇌가 강물에 뜬 한 가닥의 검불이었는지도 모른다고 생각한다. 강물 위에 뜬 한 올의 머리카락에 묶여 숨쉬기조차 힘들어했던 지난 시간들이 까마득하게 느껴진다.

그때 안개 속에서 쪽배 하나가 그를 향해 천천히 모습을 드러낸다. 배 위에는 가녀린 몇 올의 불빛이 연기처럼 아른거린다. 어린아이 두엇이 촛불을 켜든 채 그가 탄 배를 향해 다가오고 있다. 청년이 큰 소리로 말한다. 꽃불을 파는 배예요. 이곳 강가의 시바신에게 바치는 꽃불이에요. 꽃불에 기도하시면 소원이 이루어지거든요.

배가 점점 더 가까이 다가온다. 소년이 노를 젓고 있고, 어린 여자아이가 꽃에 불을 붙이고 있다. 바나나 이파리로 만든 접시 모양의 작은 그릇에 노란 꽃 이파리가 깔려 있다. 그 사이 놓인 작은 양초의 불빛이 꽃술처럼 환하다.

여자아이가 그에게 꽃불을 내민다. 무심코 꽃불을 받으려다 그는 아이와 눈이 마주친다. 어제 우체국 앞에서 만난 여자아이다. 머리에는 빨간 리본을 꽂고, 목에는 그가 둘러준 목도리를 걸치고 있다. 아이도 그를 알아보았는지 눈빛이 금세 부드러워진다. 나마스테! 아이는 맑은 음성으로 소리치며 그에게 꽃불을 건넨다. 아이에게서 꽃불을 받아든다. 꽃불을 건넨 아이의 배가 점점 멀어져간다. 아이가 손을 흔들며 외친다. 나마스테!

문득 환청처럼 들려오는 딸아이의 소리를 듣는다. 아빠! 그는 아이의 배가 사라진 안개 속을 오랫동안 지켜보고 있다. 손 안에 든 꽃불의 온기가 몸을 데운 탓일까. 따뜻한 피가 온몸을 휘도는 느낌이다. 손 안에 든 꽃불을 바라보다가 강물 위에 가만히 내려놓는다. 꽃불은 물 위에서 뱅그르르 한 바퀴 돌다가 강물을 따라 천천히 흘러간다.

꽃불을 가만가만 흔들며 건너온 바람이 그의 귓전에 속삭인다. 죽음에 대한 열망 또한 삶에 소속되고자 했던 증거가 아니었겠느냐고, 미로속에 살면서도 엉켜있을 뿐 끊긴 것은 아니라고 믿는 사람들처럼, 당신 또한 가슴 안에 켜든 꽃불을 따라 강물처럼 흘러가지 않겠느냐며, 그러다 보면 실타래처럼 엉킨 당신의 삶도 한 올씩 풀어갈 수 있지 않겠느냐며 나직나직 말을 건네고 있다. 그는 화답이라도 하듯 고개를 끄덕인다.

이윽고 그는 품안에 든 편지를 끄집어낸다. 물에 젖은 편지는 들러붙어 있어 잘 펴지지 않는다. 종이의 결을 따라 가닥가닥 찢어내기 시작한다. 그는 잘게 찢은 편지를 강물 위에 띄운다. 편지 조각들은 그의 과거를 조상(弔喪)하듯 가닥가닥 풀어헤쳐진 흰 꽃이 되어 배 주변을 맴돌다 멀어진다. 그는 아련하게 사라지는 흰 꽃들을 향해 손을 흔들어준다.

갠지스 강 수면 위로 해가 떠오르기 시작한다. 강물 위로 힘차게 솟구쳐 오르는 아침 해가 핏덩이처럼 붉다. 새해 아침이다. (2005)

봄

날

여자가 살고 있는 지하의 단칸방에는 햇볕이 들지 않는다. 천장과 벽을 잇는 구석에는 곰팡이 얼룩이 피어 있고, 방안을 가로지르는 빨랫줄에는 눅눅한 속옷이 널려 있다. 창고를 개조해 만든 방의 한쪽 구석에는 시멘트로 바른 수돗가가 있고, 그 옆에는 개수대용 싱크대가 한 칸 놓여 있다. 입춘을 지나 우수와 경칩을 훌쩍 넘은 지금까지도 여자의 방은 차디찬 겨울이다.

　여자는 지금 빨래를 하고 있다. 수돗가에 웅크리고 앉아 비누칠을 하는 여자의 뒷모습은 둥근 모양의 자벌레를 닮았다. 등 전체를 덮은 여자의 숱 까만 머리카락 속에는 달처럼 둥근 공 하나가 감추어져 있다. 전생의 업보처럼 얹힌 혹덩이. 여자는 곱사등이다.

　이윽고 몸을 일으킨 여자가 헹궈낸 빨래를 들고 방 가운데로 걸어간다. 여자는 둥근 박이 방바닥을 구르듯 천천히 걷는다. 여자는 빨랫줄에 널려있던 덜 마른 속옷을 가장자리로 밀쳐낸 후 그 자리에 젖은 빨래를 넌다. 그러다가 불현듯 고개를 갸웃이 기울인다. 꿈꾸는 듯 몽롱한 표정이 된다. 여자는 빨래 하나를 손에 든 채 생각 속으로 빠져든다.

여자는 요즘 자신의 뒷덜미를 당기고 있는 뭔가에 사로잡혀 있다. 어쩌면 이 집으로 옮겨 오면서 생긴 증상인지도 모르겠다. 가진 돈에 맞추어 방을 얻다보니 어쩔 도리가 없긴 했지만, 이사한 지 한 달이 넘은 지금까지도 이곳은 여전히 남의 집처럼 낯설다. 그래서일까. 여자의 의식이 자꾸만 예전에 살던 집을 향해 뒷걸음질치고 있다. 그 집에 뭔가를 놓고 왔다는 생각이 든다. 한동안 그러다 말겠지 생각하기도 했다. 유일한 재산이었던 집을 팔아버렸기 때문인지도 모른다. 집을 지키지 못한 회한이 때늦은 집착으로 바뀌는 건 옳지 않다고 자신을 다독였다. 여자는 자꾸만 달라붙는 생각들을 털어 내듯 고개를 흔들어보지만, 머릿속은 좀처럼 개운해지지 않는다. 여자는 길게 한숨을 내쉰다. 어머니는 죽었고, 집은 팔았다. 세상에 홀홀 단신으로 남겨진 자신을 새삼스럽게 붙들어 맬 인연이 무엇이겠는가. 여자는 다시 고개를 젓는다.

며칠 뒤, 여자는 잡동사니 그릇을 뒤적이다가 지갑 하나를 발견한다. 색동천으로 만들어진 어머니의 때 묻은 동전 지갑이다. 지갑 속에는 얼마 전까지 어머니와 자신이 살았던 집의 열쇠가 들어있다. 거동을 멈춰버린 어머니에게도 열쇠가 있었던가. 어머니는 열쇠주머니를 놓듯, 목숨도 놓아버리게 될 줄을 알고 있었을까.

불현듯 여자는 열쇠가 아직도 유효한지 확인해보고 싶은 충동에 사로잡힌다. 자물쇠가 바뀌지 않았다면 가능할지도 모른다. 과연 그 집에 놓고 온 것이 있다면, 그것이 무엇인지 확인해볼 수 있을 것이다. 유혹은 점차 강렬해진다. 조바심마저 느껴진다. 여자는 열쇠를 허공으로 추켜올린다. 열쇠가 놓인 방향에 따라 결정하기로 한다. 허공의 열쇠가 손바닥 중앙으로 떨어진다. 열쇠는 유리창 쪽으로 돌아눕는다. 여자는 고개를 끄덕인다. 가보겠다고. 서울에서 내려온 남자가 혼자 살고 있는 자신의 옛 집으로.

다음 날 아침, 여자는 집을 나선다. 지하의 계단을 밟고 올라선 여자는 구두끈이 풀려있음을 발견한다. 끈을 매기 위해 허리를 굽힌다. 그러자 땅 표면에 붙은 쪽창 하나가 여자의 시야 속으로 파고든다. 여자가 살고 있는 방 천장에 붙은 창이다. 빗물을 받아들여 천장에 곰팡이를 피워내게 만드는 주범이다. 가까이 다가가 쪽창에 얼굴을 들이민다. 어둡고 칙칙한 방이 동굴처럼 펼쳐진다. 그곳에 웅크린 채 느릿느릿 살아가는 자신이 달팽이처럼 느껴진다.

구두끈을 매고 일어선 여자는 화창하게 내리쬐는 봄 햇살에 얼굴을 찡그린다. 검은색 원피스를 입은 탓인지 얼굴이 음지식물처럼 창백하다. 품 넓은 항아리형 원피스 아래로 바짝 달라붙은 여자의 다리가 새의 그것처럼 가늘다. 게다가 오랜만에 신은 구두 때문인지 발목이 허방을 딛듯 자꾸만 헛디뎌진다. 그때 얼핏 불어온 바람이 여자의 치맛자락을 들추며 달아난다. 엉겁결에 치마를 찍어 누르는 여자의 얼굴이 진달래

꽃처럼 붉어진다. 바람은 짓궂은 웃음을 낄낄거리며 도망치는 사내아이를 닮았다. 바람 속에는 봄기운이 스며들어 있다.

여자는 시내버스를 탄다. 자신이 살던 외곽까지는 10여분이면 도착할 것이다. 출근 시간이 지난 탓인지 거리는 한산하다. 메마른 가로수마다 이제 막 벌어지기 시작한 새싹들이 분주히 얼굴을 내밀고 있다. 친숙한 풍경들이 차창 밖으로 이어진다. 여자의 몸은 버스의 움직임에 따라 기분 좋게 흔들린다. 버스는 금방 도착한다. 버스에서 내려선 여자는 봄햇살에 눈이 부신 듯 자신의 이마에 손차양을 만들어 붙인다. 달라진 것은 없다.

곧이어 오르막길이 이어진다. 여자는 유통기한이 지난 과자들이 먼지를 뒤집어쓰고 있는 구멍가게와 그 옆에 나란히 붙은 국밥집, 휘발유와 세제 냄새가 뒤섞여 풍겨나는 세탁소, 유리창 코팅지가 너덜거리는 복덕방을 지날 때까지 고개를 숙인 채 걷는다. 자신을 알아볼 사람들과 마주치고 싶지 않기 때문이다. 가게가 늘어선 길목을 지나자 채마밭이 모습을 드러낸다. 분뇨냄새 가득한 채마밭 언덕 끝에는 여자가 살던 연립 주택이 늙은 고양이처럼 엎드려 있다. 3층 건물인 연립 주택은 지은 지 오래된 탓에 외벽 페인트칠이 거의 벗겨진 상태다. 멀리서도 바라보이는 세 개의 출입구가 이 빠진 고양이의 아가리처럼 벌어져 있다. 그곳에는 모두 열여섯 가구가 살고 있다.

여자는 연립 주택의 출입구로 들어선다. 여자가 살던 집은 맨 위 3층에 있다. 계단 벽은 붙였다 떼어낸 광고 스티커들로 몹시 지저분하다.

복도 유리창으로 새어든 햇살 속에는 먼지들이 어지럽게 떠돌고 있다. 계단을 올라선 여자는 걸음을 멈춘다. 306호. 푯말은 새로 바뀐 하인처럼 무표정하다. 여자는 손으로 명치를 누른 채 천천히 숨을 들이마신다. 눈까풀이 파르르 경련을 일으킨다. 시야가 물그림자처럼 흔들린다. 길게 숨을 토해낸 여자는 호주머니를 더듬으며 열쇠를 찾는다. 움츠려진 양쪽 어깨가 단단하게 굳어진다. 긴장한 탓인지 여자의 손가락이 딱딱하다. 열쇠를 꺼내 구멍에 들이민다. 온 몸이 후끈하게 달아오른다. 딸깍! 쇳소리를 내며 열쇠가 돌아간다. 여자는 가만히 문을 잡아당겨 본다. 문이 소리 없이 열린다.

여자는 집 안으로 들어선다. 남자가 없는 집 안은 적막하다. 자신의 예상이 틀리지 않았음을 확인한 여자의 얼굴에 회심의 미소가 어린다. 거실이 아침 햇살을 받아 환하다. 새로운 주인을 만나 말끔히 수리된 집 안은 자신이 살던 때와는 너무나 달라졌다. 커튼이나 블라인드가 쳐져 있지 않아서 그런 것일까. 행여 찬바람이 새어들까 틈새 구석구석까지 여미며 살았던 예전의 모습은 찾아볼 수 없다. 밀폐된 통조림처럼 집안에 틀어박혀 살았던 여자의 흔적은 씻은 듯 사라지고 없다.

여자는 햇살이 금가루처럼 쏟아지고 있는 창가로 다가간다. 텅 빈 베란다 난간에 작은 화분 하나가 덩그러니 놓여 있다. 황토로 빚어진 싸구려 화분을 보는 순간, 여자는 어딘지 눈에 익다는 생각을 한다. 어쩌면 물 한번 제때 줘본 적이 없는, 떨어져버린 이파리를 끝으로 구석에 처박아버린 히아신스 화분이 아닌가 싶다. 죽은 줄만 알았던 그 히아신스가 어느덧 따뜻한 봄 햇살 아래 부푼 꽃망울을 쳐들고 있다. 새 주인을 만나 히아신스는 이파리도 없이 꽃대부터 쑥 밀어 올려버린 것이다. 한 손을 허리에 받치고 선 여자는 난간 위의 화분을 올려다본다. 한참 동안 눈을 떼지 못한다. 푸른 하늘을 배경으로 서 있는 연초록색 꽃대가 눈에 부셔서다.

이 작은 존재가 그토록 자신을 잡아끌었던 것일까. 히아신스는 자신의 화려한 변신을 보여주고 싶어 여자를 향해 손짓을 했던 것일까. 아니면 버려진 자신의 꿋꿋한 삶을 드러내 보임으로써 불모지 같은 여자의 게으름을 마음껏 조롱하고 싶었던 것일까. 병든 어머니마저 떠나보낸, 생명을 지켜낼 줄 모르는 여자를 꾸짖고 싶었던 것일까. 여자는 고개를 흔든다. 누군가에 의해 자신이 버려졌듯, 자신 또한 무언가를 내팽개칠 수 있다는 것을 보여 주고 싶었는지도 모른다고 생각한다.

여자는 화분을 들고 거실로 들어온다. 걸음을 멈춘 여자는 스스로에게 되묻는다. 꽃망울을 마저 틔워낼 수 있을까. 아무래도 자신이 없다. 한 생명을 이토록 기적적으로 회생시킨 사람이라면, 주인 남자는 따뜻한 손길을 가진 사람임에 틀림없을 것이다. 그렇다면 화분의 주인은 이 집 남자여야 마땅하다. 여자는 자신 또한 이 남자의 손길을 받으면 히아신스처럼 꽃피울 수 있을까 생각해 본다. 여자는 코웃음을 치며 고개를 젓는다. 어쩌면 화분은 남자가 키워낸 것이 아닐지도 모른다. 집 안에 지천으로 널린 이만한 봄기운이 어딘가! 충만한 봄기운이 살려냈을 테지. 불현듯 허공을 응시하는 여자의 눈빛이 아득해진다. 베란다 창으로 파고든 햇살이 눈을 찔렀는지 여자의 눈언저리에 습습한 기운이 배어난다. 여자는 화분을 베란다 난간에 다시 올려놓으며 속삭인다. 안녕, 우린 또 만나게 될 거야.

거실로 들어온 여자는 창 옆에 놓인 둥근 공의자에 엉덩이를 올려놓는다. 장식이나 집기가 전혀 없는 거실에 오직 공의자 하나만이 적막한 집안을 지키고 있다. 여자는 점점 공의자 깊숙이 파고든다. 편안하다. 몸이 공처럼 둥글게 말리는 기분이다. 태초에 인간의 모습이 이랬을까. 어머니의 자궁 안에 있던 어린 여자는 무슨 천형을 받았기에 웅크린 모습 그대로 굳어져버렸단 말인가. 여자는 공의자를 만지작거리며 자신에게도 이런 공의자가 하나만 있었더라도 이 집을 팔지 않았을지 모른다고 생각한다. 지겹도록 어머니와 싸우면서 정작 가지고 싶었던 게 고작 공의자 하나였단 말인가. 여자는 쓸쓸하게 웃는다.

거실은 포식한 동물의 낮잠처럼 나른하게 가라앉아 있다. 여자는 공의자에 앉은 채 이대로 잠들어 버릴 것만 같다. 따뜻한 물속에 잠겨 있는 듯 편안한 느낌이다. 거실 창으로 들어온 햇볕은 자신의 몸을 어루만지는 연인의 손길처럼 자상하다. 여자는 눈을 감은 채 햇볕에 전신을 내맡기고 있다. 누군가 옆에 있으면 좋겠다고 생각한다. 마땅히 생각나는 사람은 없다. 불현듯 집주인 남자를 떠올린다.

집을 매매하는 과정에서 두어 번 만난 적이 있는 남자였다. 30대 초반쯤의 남자는 몹시 음울해 보였는데, 얼굴은 희다 못해 창백하게 느껴질 정도였다. 등 굽은 여자와 마주앉은 남자의 눈이 잠깐 놀라는 듯 했지만 그것으로 그만이었다. 계약서를 작성하고 잔금을 치르는 동안에도 남자는 별다른 말을 하지 않았다. 오히려 남자의 침묵에 어색해진 중개인이 몇 마디의 말을 농담처럼 걸었을 때에야 마지못해 고개만 끄덕였을 뿐이다.

여자는 그런 남자가 왠지 마음에 들었다. 호기심에 가득 찬 시선으로 자신을 힐끗거리는 여느 사람들과는 달랐다. 낮게 가라앉은 눈동자 속에는 누구도 짐작 못할 삶의 비의가 숨겨져 있을 것 같았다. 계약서를 내밀던 남자의 손가락이 자신의 손등에 닿았을 때, 여자는 흠칫 놀랐다. 얼음처럼 차가운 기운이 여자의 몸속으로 전해져 왔기 때문이었다. 순간 여자는 남자의 손에 온기를 전해주고 싶다는 생각을 했다. 당황한 여자는 남자가 사용했던 볼펜을 재빨리 집어 들어 자신의 이름에 서명을 했다. 땀으로 축축해진 볼펜이 자신의 손아귀에서 자꾸 빠져나가려고 했다. 여자는 감싸고 싶었던 남자의 손대신 볼펜만 힘껏 그러쥐고 있는 자신이 우습게 느껴졌다.

그는 알고 있을까? 자신의 집에 숨어든 여자가 품에 안기듯 공의자 속에 파묻혀 있다는 것을. 체온처럼 따뜻한 햇살 속에서 자신의 몸을 어루만지는 환영에 빠져있는 여자가 있다는 것을. 졸음에 겨운 여자의 눈이 서서히 감긴다. 사물이 형체를 잃고 하나 둘 스러진다. 감은 눈 속으로 부연 빛이 가득 차오른다.

빛 속으로 남자가 걸어오고 있다. 무표정한 얼굴의 남자가 여자를 향해 점점 가까이 다가든다. 여자 앞에 걸음을 멈춘 남자는 공의자에 앉아 있는 여자를 내려다본다. 이윽고 여자 앞에 무릎을 꿇고 앉는다. 남자의 숨소리가 점점 거칠어진다. 남자는 여자의 사타구니에 얼굴을 묻는다. 신음 소리가 사방에서 터져 나온다. 다리가 움찔거린다. 여자는 깜짝 놀라 눈을 뜬다. 신음 소리는 자신의 입에서 새어나오고 있다. 황급히 자리에서 일어선 여자는 쫓기듯 현관으로 내달린다. 현관문을 열기 전, 뒤돌아서서 거실을 둘러보지만, 들어오던 때와 달라진 것은 아무 것도 없다. 여자는 안도의 숨을 길게 내쉰다.

여자는 날마다 그 집으로 간다. 히아신스 꽃은 언제쯤 피게 될까? 조바심이 인다. 메마른 화분처럼 푸석했던 여자의 일상에 꽃대 하나가 쑥 밀고 올라온 느낌이다. 휘어짐 없이 곧게 뻗은 여자의 꽃대는 푸른 하늘과 상큼한 봄바람 속에서 하늘거린다. 봄비를 맞은 새순처럼 부풀어 오르고 있다.

남자의 집에 들어설 때마다 여자는 베란다 유리창부터 활짝 연다. 여자는 두 팔을 벌린 채 따사로운 햇살과 바람과 하늘을 마음껏 담는다. 봄기운은 여자의 폐부 깊숙이 파고든다. 여자는 히아신스에게 인사를 건넨다. 안녕? 웅크린 꽃잎들이 부푼 꽃망울 사이로 막 고개를 내밀고 있다. 마치 초경을 치른 소녀의 수줍은 얼굴을 닮았다. 여자는 손끝으로 조심스레 꽃망울을 쓰다듬는다.

거실로 돌아온 여자는 다시 공의자에 앉는다. 햇볕이 여자의 발끝에서 너울너울 춤을 춘다. 여자의 눈이 졸음에 겨운 듯 반쯤 감긴다. 여자의 발 언저리에서 도마뱀처럼 재재거리던 햇살이 점점 여자의 발등을 타고 올라온다. 작은 벌레가 발등 위에서 꼼지락거리는 것 같다. 간지럽다. 햇살은 점점 발등을 지나 종아리 위까지 넘실댄다. 봄 햇살이 따뜻한 물결처럼 거실 가득히 밀려든다.

뭔가 생각이 났다는 듯 여자가 황급히 몸을 일으킨다. 자신이 가져온 보자기를 끌어당겨 펼치기 시작한다. 단정하게 접혀진 기모노 한 벌이 모습을 드러낸다. 분홍색 비단에 촘촘히 수놓아진 자잘한 벚꽃 무늬가 튀밥처럼 흩어져 있다. 오래 전 일본 전통물품 가게에서 구입해놓은 옷이다. 여자는 기모노를 손바닥으로 부드럽게 쓸어본다. 언젠가 한번은 꼭 입어보고 싶었던 옷이다. 옷을 거실 바닥에 펼쳐놓는다. 햇살이 결 고운 비단위로 은가루처럼 쏟아진다.

여자는 거실에 서서 원피스를 벗는다. 여자가 평소에 입었던 옷은 대체로 검은색이다. 신체의 음영을 최대한 드러내지 않는 색이라고 생각한 탓이다. 검은색 옷과 숱 많은 칠흑의 머리칼이 한데 모여 이루어내는 기묘한 분위기가 마음에 드는 것은 아니지만, 오래 입어오는 동안 가장 편한 차림이 되어 버렸다. 속옷까지 벗어 내리자 여자는 금세 알몸이 된다. 뭉툭한 가슴과 등뼈 아래로 살이 붙지 않는 여자의 엉덩이가 불거진 닭 뼈처럼 앙상하다. 앞집 주택에 살던 사내가 망원경으로 자신을 들여다보던 사실을 떠올린다. 변태! 여자는 혼잣말로 중얼거린다. 그러나 기분이 나쁘진 않았다. 오히려 옷을 갈아입을 때마다 일부러 거실을 택했고, 빨아놓은 속옷을 보란 듯이 베란다 빨랫줄에 널어놓곤 했다. 지금도 그 사내는 앞집에 살고 있을까.

여자는 먼저 가슴 아래쪽의 오목한 부분을 타월로 덧대며 몸을 보정한다. 기모노가 굴곡 많은 체형보다는 완만한 몸에 더 잘 어울리기 때문이다. 이어 기모노로 몸을 감싼 후 안쪽 끈을 묶어 고정시킨다. 그런 다음 바닥에 놓여 있던 오비를 집어 든다. 오비는 고름이나 단추를 채우는 대신 허리 부분에서 옷을 여며주는 폭이 넓은 끈이다. 입는 법이 까다롭기로 소문난 기모노이지만, 제대로 된 격식을 알지 못하는 여자로서는 군청색 오비를 몸에 달라붙게 묶으면 그만이다. 옷을 입은 여자는 길게 늘어뜨린 머리카락을 틀어 올려 커다란 핀 속으로 몰아넣는다. 거울 앞에 선다. 몸통에 옴죽하게 들러붙은 여자의 얼굴이, 배불뚝이 술통 위에 뚜껑처럼 붙어 있다. 분홍색 비단이 여자의 얼굴을 발그스름하게 물들이고 있다. 만족스러운 듯 여자가 미소 짓는다.

여자는 오른손으로 옷섶 부분을 가볍게 잡고 아장아장 걸어본다. 치마폭이 좁아서 그런지 보폭은 한 뼘 이상을 벗어나지 못한다. 거실을 걸어 다니는 여자의 이마에 땀방울이 맺힌다. 이윽고 피곤한 듯 다시 공의 자에 주저앉는다. 두 손을 무릎 위에 얌전히 올려놓는다.

거실 바닥에서는 먼지 하나 묻어나지 않는다. 오늘도 어제와 달라진 것은 없다. 과연 남자는 이 집에 살고 있기나 한 것일까. 집안을 둘러보던 여자는 텔레비전 위에 시선을 멈춘다. 백지가 놓여 있다. 가까이 다가가 들여다본다. 백지 위에는 긴 머리카락이 한 올 놓여 있다. 여자는 문득 외국 영화의 포스터를 떠올린다. 흐르는 강물처럼 자연스레 휘어져 있던 머리카락은, 허공을 힘차게 가르던 낚싯줄의 선명한 궤적을 닮았다.

여자는 이맛살을 찌푸린다. 남자는 어떤 여자와 밤을 보낸 것일까. 서울에 산다던 그의 아내가 다녀간 것일까. 그의 아내는 어떤 사람일까. 한 번도 본 적이 없는 남자의 아내를 향해 불쑥 질투심이 솟는다. 한참 동안 머리카락을 들여다보고 있던 여자는 자신의 머리카락을 한 올 뽑아낸다. 머리카락을 백지 위에 올려놓는다. 두 가닥의 머리카락이 같은 방향으로 눕는다. 여자는 머리카락이 든 종이를 구겨 쓰레기통에 넣어 버린다.

거실은 여자가 살던 예전보다 훨씬 커 보인다. 살림살이가 별로 없는 탓인지 사람살이의 훈김이 느껴지지 않는다. 거실 안에 가득 찬 봄볕만으로는 채워지지 않는 허전함이 있다. 여자는 피부에 달라붙는 냉기를 떨쳐내려는 듯 몸을 움츠린 채 중얼거린다. 하긴, 남자 혼자 사는 게 변변할 리 없지. 여자의 목소리가 떠도는 먼지처럼 흩어진다.

홀애비 삼 년이면 이(蝨)가 서 말이라지……. 어디선가 어머니의 목소리가 들리는 것 같다. 치매에 걸린 어머니가 불안한 눈동자를 굴리며 횡설수설하는 목소리다. 앞뒤가 이어지지 않는 어머니의 말은 귓가에서 윙윙거리는 느낌만 줄뿐, 무슨 말인지 알아들을 수가 없었다. 아주 짧은 순간 맨 정신으로 돌아올 때가 있었는데, 그때마다 어머니는 짱짱한 목소리로 어깃장을 놓곤 했다. 개도 안 물어갈 이놈의 팔자! 알코올 중독자인 아버지의 폭력으로 멍이 가실 날이 없었던 어머니의 얼굴은 아버지의 죽음 이후에도 좀처럼 펴지지 않았다. 어머니는 여자의 등에 붙은 흑덩이를 바라보면서 자신에겐지 여자에겐지 알 수 없는 소리로 울먹이곤 했다. 전생에 죄가 많아서……. 한 번 시작된 어머니의 팔자타령은 끝이 없었다. 가래가 끼인 듯한 어머니의 목소리를 듣고 있을 때마다, 여자는 목구멍에 걸려 있을 그 놈의 가래를 칵, 긁어내 버렸으면 좋겠다는 생각만 했을 뿐이었다. 그만 해, 지긋지긋해! 여자는 어머니를 향해 바락바락 소리를 질러댔다.

지긋지긋해……. 혼자 중얼거리던 여자는 깜짝 놀라며 출입문 쪽으로 고개를 돌린다. 벨소리가 울리고 있다. 머리채를 잡아채듯 울려대는 벨소리는 그물로 포획하듯 여자의 몸을 결박지어버릴 것처럼 요란하다. 여자는 허둥지둥 숨을 곳을 찾아 구석으로 내달린다. 금방이라도 현관문이 열릴 것만 같다.

그런데 가만, 이게 뭔가. 초인종이 아니라 전화벨 소리가 아닌가. 그때서야 여자는 안도의 숨을 내쉬며 가슴을 쓸어내린다. 전화벨 소리는 계속된다. 벨 소리가 끊기자 낯선 여자의 목소리가 이어진다.

회사에 전화해서야 알았어. 당신이 그곳으로 자원해 내려갔다는 거. 다시는 돌아오지 않을 거라는 것도…….

뚜우. 뚜우. 메시지가 더 이상 이어지지 않는다. 여자는 무릎걸음을 걸어 전화기 곁으로 다가간다. 숨을 한 번 길게 내쉰다. 몸이 까닭 없이 움츠러진다. 전화기를 내려다본다. 수신된 메시지가 들어 있다. 떨리는 손으로 다음 버튼을 누른다. 역시 똑같은 목소리다.

그래, 당신의 아이가 아니라는 거, 사실이야. 당신이 그토록 아꼈던 아들인데. 한 때의 실수라고 말하지는 않겠어. 미안해, 나는 나쁜 년이야……

목소리가 점점 잦아든다. 긴 한숨 소리에 이어 딸깍, 소리가 난다. 여자는 마지막 버튼을 누른다.

미안해. 당신을 처음부터 사랑하지 않았어. 그러니 제발 이혼해 줘! 그게 우리 모두를 위하는 일이잖아?

못된 년! 여자는 전화기를 노려보며 내뱉는다. 남자의 아내가 가까이 있다면 머리채를 흔들어놓고 싶다. 남자의 창백한 얼굴을 떠올린다. 명치끝에 아릿한 통증이 인다. 남자가 측은하다. 세상에는 더 행복해지기위해 발버둥 치다가 자신이 가진 것마저 잃어버리는 바보들로 가득하다. 여자는 코웃음을 친다. 미친 년! 뭐가 부족해서? 그러다가 자신의 웃음이 낯설게 느껴져 금방 샐쭉해진다. 남자가 자신의 아내에게 바라는 것은 무엇일까. 여자는 그게 궁금하다. 사랑하지도 않는다는데.

여자는 남자를 처음 봤을 때 어딘지 낯익은 느낌이었다. 하지만 이사를 하고 자신이 가진 열쇠를 인계하던 마지막 그 순간까지도 딱히 짚이는 구석은 없었다. 여자는 고개를 갸웃거리다가 결론을 내렸다. 모르는 사람이야. 더구나 이곳에는 처음 내려왔다지 않는가. 그런데도 이렇게 익숙한 느낌은 웬일인가. 남자의 얼굴에 드리워진 그늘 때문일까. 여자는 다시 공의자에 가서 몸을 부린다. 세상사의 시름을 다 잊을 수 있을 것 같다. 남자도 밤마다 이런 시간들을 보내는 것일까.

오빠도 공의자를 가지고 있었더라면 떠나지 않았을까? 치매 치료에

만 매달리던 어머니의 몸에서 자궁의 암 덩어리가 발견된 것은 지난겨울이었다. 항암치료까지 번갈아 받아야하는 힘겨운 나날들이 이어졌다.

그러던 어느 날, 오빠가 집에 찾아왔다. 언변과 수완이 좋은 오빠는 여기저기에서 자금을 끌어 모아 자그마한 건설 회사를 운영하고 있었다. 집에 들어서자마자 오빠는 회사 경기가 안 좋다는 이야기를 한참 늘어놓은 뒤 여자를 향해 낮게 말했다. 나 떠난다. 여자는 눈을 동그랗게 떴다. 어디로? 캐나다! 한참 동안 침묵을 지키던 오빠가 덧붙였다. 머지않아 회사에 부도가 날 거야. 여자는 잔뜩 굳어버린 입술을 일그러뜨리며 물었다. 그럼 엄마는? 오빠는 대답 대신 담배를 꺼내 물었다. 나도 일이 이렇게 될 줄은 몰랐어.

여자는 어머니에게 시선을 돌렸다. 어머니의 눈동자는 오빠를 향해 있었지만 아무 것도 담겨 있지 않았다. 그저 한쪽 팔을 휘저으며 파리 잡는 시늉만 하고 있을 뿐이었다. 여자는 다시 오빠를 돌아봤다. 순간 시야가 음소거된 텔레비전 화면처럼 비현실적으로 느껴졌다. 오빠의 입이 물속의 붕어처럼 뻐끔거렸다. 이건 현실이 아니야. 여자는 도리질을 했다. 그러자 소리가 다시 밀물처럼 쏟아져 들어왔다.

미안하다. 가서 연락하마. 말을 마친 오빠는 곧 자리에서 일어났다. 여자는 두 손을 불끈 쥐고 소리쳤다. 나쁜 놈! 오빠가 창백한 낯빛으로 여자를 돌아보았다. 버리고 도망친다 이거지? 여자는 매섭게 오빠를 쏘아보며 말했다.

냉정한 얼굴로 한동안 여자를 바라보던 오빠가 낮은 목소리로 말했다. 처지가 남만 못하면 성질이라도 곱게 써야 할 것 아니냐. 가슴이 뻐근해지더니 점차 숨이 가빠왔다. 왜? 병신이라서? 여자는 입 꼬리를 일그러뜨리며 헐떡였다. 문을 나서려던 오빠가 여자를 바라보며 가만히 웃었다. 홀가분한 얼굴이었다. 오빠가 문 밖으로 사라지는 것을 본 여자는 실성한 듯 소리쳤다. 그래, 갈 테면 가라구! 아주 영원히 가 버려!

모두 가 버려. 난 두렵지 않아. 여자는 혼잣말처럼 중얼거리며 손톱 주변의 거스러미를 잡아 뜯는다. 핏방울이 배어난다. 떨어지지 않은 껍질이 길게 벗겨져 있다. 여자는 손톱 깎기를 찾아 종종거리며 안방으로 들어간다. 안방에는 벽 쪽으로 놓인 책상과 바닥에 개켜진 이부자리가 전부다.

여자는 익숙한 몸놀림으로 책상 서랍을 연다. 몇 번의 들락거림으로 손톱 깎기가 그곳에 있다는 것을 알고 있다. 손톱 깎기를 끄집어내려던 여자는 서랍 깊숙이 놓인 두툼한 서류 봉투 하나를 발견한다. 여자는 봉투 속에 든 서류를 조심조심 끄집어낸다. 안에는 도장이 찍히지 않은 몇 장의 서류가 들어 있다. 펴본다. 망설이는 남자의 마음을 반영하듯 서류에는 아무 것도 적혀 있지 않다. 시린 기운이 전신을 훑어 내린다. 문득 계약서를 내밀던 남자의 손가락을 생각한다. 여자는 그때처럼 숨을 죽인다. 손댄 흔적이 남지 않도록 서류를 조심스레 봉투 속으로 집어넣은 후, 서랍을 닫는다. 거실로 나온다. 여자는 그때까지 참았던 숨을 한꺼번에 토해낸다. 하아!

여자는 가슴을 쓸어내린다. 목이 마르다. 물을 한 잔 마실 요량으로 냉장고 문을 연다. 열자마자 심한 악취가 여자를 가로막는다. 오래된 반찬들이 뒤섞인 듯한 냄새다. 무성의하게 담겨진 반찬이 뚜껑 없는 그릇 속에서 물기를 잃어 가는 중이다.

한동안 냉장고 안을 들여다보던 여자는 소매를 걷어붙인다. 냉장고 안의 그릇들을 모조리 끄집어낸다. 그녀는 반찬을 쓰레기봉투에 버린 후 그릇을 설거지통에 집어넣는다. 세제를 듬뿍 묻혀 설거지를 시작한다. 화사한 차림의 기모노를 입고 설거지를 하는 여자의 모습은 앞치마를 두른 신부처럼 행복해 보인다. 여자의 입에서 노랫가락이 새어나온다. 설거지가 즐겁다. 묵은 때를 벗겨내고 있는 느낌이다. 맑게 헹궈낸 그릇에서 뽀드득 소리가 난다. 마음까지 투명해지는 것 같다. 오랜만에 느껴보는 노동의 즐거움은 여자의 몸놀림을 한없이 가볍게 만들어준다.

설거지를 마친 여자는 싱크대를 행주로 닦아내다가 알루미늄 상판의 칼자국을 발견한다. 눈에 보이는 모두를 닥치는 대로 찍어버리고 싶었던 몇 달 전의 여자가 싱크대 앞에 서 있다.

아야, 연포탕이 먹고 싶어야! 어머니가 어린아이처럼 칭얼거리기 시작했다. 그때 여자는 텔레비전을 보면서 사과를 깎고 있었다. 여자는 못 들은 척 텔레비전에 눈길을 고정시켰다. 동물의 왕국이 방영되고 있었다. 아직 목숨이 끊어지지 않은 늙은 사자의 내장 속으로 들쥐들이 떼거리로 몰려들었다. 고개를 처박은 채 오물거리는 들쥐들이 바글거리는 구더기 같았다.

여자는 시선을 화면에 박은 채 중얼거렸다. 못 먹고 죽은 구신이 씌었

나. 뭔 식탐이여? 며칠 전에도 그랬다. 미역국이 먹고 싶다고 하도 볶아대는 통에 국을 끓였더니 몇 수저의 국물도 넘기질 못했다. 대신 노란 위액만 가득 쏟아냈을 뿐이다.

이 년이! 어머니가 눈을 부라리며 여자에게 종주먹을 들이댔다. 아예 굶겨 죽여라, 이 나쁜 년아! 여자는 탁, 소리를 내며 칼을 접시에 내려놓았다. 접시에서 날카로운 금속성 소리가 났다. 늙었으면 곱게 죽을 것이지. 그래, 말년에 꼴 조웅수!

그러자 어머니는 접시 위에 놓여 있던 포크를 집어던졌다. 포크는 여자의 귓불을 스치고 벽 거울에 부딪쳤다. 거울이 쩍, 갈라졌다. 아슬아슬하게 걸린 유리 파편들이 금방이라도 쏟아질 듯 했다. 금이 간 거울 속으로 여자의 얼굴이 내다보였다. 피 묻은 귓불을 매만지고 있는 여자의 얼굴이 조각조각 나뉘어 있었다.

여자는 일어나 방을 나왔다. 싱크대 서랍을 열고 만 원짜리 지폐 한 장을 꺼내 들었다. 누적된 치료비와 생활비는 담보대출로 받은 집도 삼켜버릴 태세였다. 언제 차압이 붙을지 알 수 없었다. 시시각각 목을 조여 오는 느낌이었다. 시장의 초입에 세워진 트럭에서 낙지를 산 여자는 횡단보도 신호등에 기대섰다.

불현듯 가슴이 불안스레 요동치기 시작했다. 신호가 바뀌자 여자의 발길이 급격히 빨라졌다. 뛰다시피 집으로 들어선 여자는 안방으로부터 새어나오는 어머니의 신음소리를 들었다. 여자는 싱크대에 낙지를 올려놓은 후 곧장 안방으로 들어갔다.

어머니의 얼굴이 고통으로 무섭게 일그러져 있었다. 뼈만 남은 손등에 푸릇한 힘줄이 솟아올라 있었다. 헉헉거리며 숨을 내쉴 때마다 어머니의 입안에서 군내가 쏟아졌다. 여자는 어머니의 귀에 대고 소리쳤다. 엄마, 이제 그만 가! 나 좀 놔줘! 제발……. 고통이 점점 더 심해지는지 누워 있던 어머니의 몸이 요동쳤다. 여자는 무심한 얼굴로 어머니를 쳐다보았다. 지금 어머니에겐 진통제도 먹혀 들어가지 않을 것이다.

여자는 부엌으로 나왔다. 막막한 얼굴로 싱크대 앞에 서 있던 여자는 파를 꺼내 다듬기 시작했다. 빠끔히 열린 문틈으로 어머니의 신음 소리가 더 커졌다. 메마른 껍질을 벗겨내자 파는 희고 고운 속살을 드러냈다. 매운 기운이 눈을 찔렀지만, 여자는 계속해서 여러 겹을 벗겨냈다. 눈물이 솟았다. 여자는 눈을 부릅뜬 채 볼 위에 흘러내리는 눈물을 그냥 내버려두었다. 으헉, 으헉, 살려줘! 문틈 사이로 들려오는 신음소리가 짐승의 울부짖음으로 바뀌었다. 벗기고 벗기다가 손톱으로 뭉그러뜨릴 때까지 파의 등뼈는 보이지 않았다. 파는 겹겹이 쌓인 채 한없이 벗겨지다가 그대로 스러지고야 마는 식물이었던가. 그런 자신을 지키기 위해 독기를 내뿜는 이파리 식물. 파의 매운 기운을 견디지 못한 여자의 눈에서 계속 눈물이 흘러내렸다.

그때였다. 안방 문이 덜컥, 열렸다. 고통으로 일그러진 어머니가 짐승처럼 방문턱을 기어 넘고 있었다. 어머니의 얼굴은 흙빛이었다. 찢겨진 장판 여기저기에 핏자국이 선명했다. 고통을 이기지 못해 장판을 긁어 대느라 살점이 뜯겨져 나간 모양이었다. 어머니의 손끝은 흉측스러웠다. 살려줘! 어머니가 여자를 향해 기어오고 있었다. 얼굴에 묻은 핏자국. 머리카락을 흩뜨린 채 흰자위만 남은 어머니의 눈동자를 본 여자는 주춤 뒤로 물러섰다.

순간, 여자의 손이 허방을 짚듯 비닐봉지를 덮쳤다. 봉지가 싱크대 아래로 떨어지며 낙지가 사방으로 흩어졌다. 어머니가 여자의 바짓가랑이를 잡은 것과 거의 동시였다. 살려줘! 거대한 힘이었다. 여자의 몸이 휘청거렸다. 여자는 어머니의 손길을 떼어내려고 다리를 세차게 흔들었다. 낙지가 싱크대 위로 기어올라 왔다. 여자는 싱크대에 달라붙은 낙지를 떼어내려고 했다. 가랑이를 움켜잡는 어머니의 손이 낙지처럼 질겼다. 여자가 칼을 집어 들었다. 낙지를 향해 칼을 내리쳤다. 하나, 둘, 셋……. 사정없이 싱크대를 내리찍던 칼이 손아귀를 빠져나갔다. 칼날은 싱크대 가장자리에 부딪힌 후 부엌 바닥으로 떨어졌다. 순간 바짓가랑이를 움켜쥐고 있던 어머니의 손이 난자당한 낙지처럼 수그러들었다. 어머니의 몸이 바닥으로 떨어졌다. 여자는 숨을 헐떡이며 바닥에 널브러진 어머니를 망연히 내려다보았다.

그 뒤 어머니는 병원으로 옮겨져 한 달을 채우지 못했다. 그때서야 여자는 비로소 오랜만에 풀려난 유배자처럼 홀홀히 웃음을 머금었다. 집을 팔았고, 카드빚과 대출금도 갚았다. 이승에 진 빚을 모두 갚았으니 어머니는 다음 생에 걸머질 빚은 없으리라. 여자는 자식으로서 큰 보시를 베푼 듯한 기분이 들어 가슴이 뿌듯해졌다.

해가 조금씩 기울기 시작한다. 여자는 쌀을 씻어 밥을 안친다. 밥이 되는 동안, 여자는 자신이 준비해온 재료로 반찬을 만든다. 미역국을 끓이고, 멸치를 볶는다. 계란 부침을 만들고, 생선을 굽는다. 밥솥의 불을 줄이고 뜸을 들인다. 집안 가득 따뜻하고 고소한 냄새가 퍼져나간다. 기모노를 입은 여자의 몸놀림이 새댁처럼 가볍다. 발갛게 상기된 얼굴. 이마에 송골송골 맺히는 땀. 들릴 듯 말 듯 흥얼거리는 노래. 여자는 밥상을 펼쳐 식탁을 차린다. 남자의 퇴근까지는 시간이 꽤 남았다. 여자는 상을 봐놓고 돌아갈 생각이다. 남자가 잘 차려진 저녁상을 보면 어떤 표정일까? 상상만 해도 즐겁다. 자신이 마치 옛날이야기 속에 나오는 우렁이 각시가 된 느낌이다. 문득 여자의 눈빛이 아득해진다. 남자와 마주 앉아 깔깔대며 저녁밥을 먹는 상상을 해본다. 자신에게도 밥숟가락 위에 생선살을 얹어줄 아이가 있다면 좋겠다고 생각한다. 몸무게 불어난 남편에게 눈 흘기며 잔소리하는 여자로 살고 싶다.

일을 마친 여자는 다시 공의자에 몸을 부린다. 기분 좋은 피로감이 엄습한다. 다리를 끌어올리자 여자의 몸이 공처럼 둥글게 뭉쳐진다. 공의자 깊숙이 얼굴을 파묻는다. 매콤한 듯, 비릿한 듯한 남자의 체취가 느껴진다. 길게 숨을 들이마신다. 몸이 캄캄한 바다 속 깊은 곳까지 천천히 가라앉는 것 같다. 아득하고 몽롱한 의식이 물속에 풀어진 푸른 색 잉크방울처럼 점점이 흩어진다. 무대에 막이 내리듯 천천히 눈꺼풀이 닫힌다.

놀이동산이다. 사내아이가 벤치에 앉아 울고 있다. 여자는 히아신스 꽃대처럼 곧게 서서 우는 아이를 내려다보고 있다. 아이의 얼굴이 점점 부풀어 올라 남자의 얼굴이 된다. 어린 몸체에 얹힌 남자의 얼굴. 아이의 목소리를 흉내내듯 남자가 울먹인다. 아내가 없어졌어요. 집으로 돌아갈 수가 없어요. 여자는 남자를 향해 두 팔을 벌린다. 울지 마. 내가 데려다줄게. 고개를 젓는 남자의 울음소리가 점점 커진다. 귀청을 울릴 만큼 커진 울음소리는 땅을 울리고 나무와 풀과 꽃들을 흔들어놓는다. 제멋대로 움직이기 시작한 놀이기구들이 여기저기에 쾅쾅 소리를 내며 부딪친다. 놀이동산은 금세 아수라장이 되어버린다. 바이킹이 공중에서 뒤집히고, 사람들이 벚꽃처럼 떨어져 내린다. 여자는 남자의 손을 잡고 도망친다. 그러나 기모노를 입은 여자의 걸음은 제자리를 종종거릴 뿐, 한 걸음도 나아가지 못한다. 살려줘요! 그때 공중에서 떨어지는 바이킹의 거대한 몸체가 여자의 몸을 덮쳐누른다. 아악!

눈을 뜬다. 꿈속처럼 남자가 서 있다. 꿈속에서 울었던 아이가 남자였을까. 남자의 눈동자가 벌겋다. 창백한 얼굴에 드리워진 시뻘건 눈이 튀어나올 것처럼 도드라져 보인다.

여자는 황급히 몸을 일으킨다. 넌 누구야? 혀 풀린 남자의 목소리가 몽롱하다. 남자의 몸이 앞뒤 없이 흔들린다. 점점 가까이 다가서는 남자. 뒷걸음치던 여자가 공의자에 걸려 넘어진다. 살려줘요! 겁에 질린 여자의 입술이 바들바들 떨고 있다. 난 아무 것도 훔치지 않았어요. 초점을 잃은 남자의 눈이 불안하게 흔들린다. 뭐? 훔친 게 없다구? 난 다 잃었는데…….

남자의 몸이 여자의 몸 위로 덮치듯 쓰러진다. 남자의 뜨거운 입술이 여자의 목덜미를 파고든다. 지독한 술 냄새에 정신이 아뜩할 지경이다. 남자가 우악스럽게 여자의 가슴을 잡아챈다. 우두둑 소리를 내며 기모노의 솔기가 뜯겨져 나간다. 버둥거리던 여자의 손이 남자의 등허리에 놓이는 순간, 여자는 자신도 모르게 손아귀에 힘을 준다. 어쩌면 아주 오래 전부터 이 순간을 기다려왔는지도 모른다는 생각이 든다. 술에 젖은 남자의 몸이 불에 달아오른 램프처럼 뜨겁다. 남자가 헉헉거리며 여자의 가슴 안으로 파고든다. 여자는 힘껏 남자의 허리를 끌어당긴다.

여자는 오늘도 그 집으로 간다. 걸음을 옮길 때마다 다리 사이에서 아릿한 통증이 인다. 어제의 일을 떠올리는 여자의 얼굴에 미소가 어린다. 잠이 든 남자에게 이불을 덮어주고 머리맡에 물그릇까지 챙겨두고 나온 기억이 난다.

여자는 웅얼거리듯 노래를 부른다. 즐거운 나의 집, 내 집 뿐이리……. 남자가 퇴근해 돌아와 있다면 좋겠다. 어쩌면 여자는 지난 30년 간 살아왔던 과거의 집들보다 더 튼튼한 번지를 가질 수 있게 될지도 모른다. 여자는 개막을 앞둔 연극배우처럼 들떠 있다.

연립 주택의 입구에 도착한다. 용달차 한 대가 출입구를 가로막고 서 있다. 여자는 용달차를 감고 돌아 통로로 들어선다. 그때 노랑머리 청년 하나가 말발굽 소리를 내며 계단을 내려온다. 청년이 입은 조끼의 가슴팍에는 크고 작은 호주머니가 달려 있다. 여자는 주머니 위쪽에 키순으로 나란히 끼워진 드라이버를 신기한 눈으로 바라본다. 휘파람을 불며 계단을 내려오던 청년이 여자의 어깨를 부딪치며 무연히 지나쳐간다.

여자는 고개를 돌려 점점 멀어지는 청년의 뒷모습을 바라본다. 청년이 탄 용달차는 쏜살같이 연립주택을 빠져나간다.

마지막 계단을 올라선 여자는 현관문 앞에 선다. 306호 푯말을 유심히 쳐다보던 여자는 그 자리에 문패를 달면 어떨까 생각한다. 여자의 얼굴에 미소가 어린다. 여자는 열쇠를 구멍에 들이민다. 들어가지 않는다. 순간 여자는 조금 전에 지나쳤던 청년을 떠올린다. 문고리를 들여다본다. 예전의 열쇠 구멍이 뜯겨지고 새로 갈아낸 흔적이 완연하다. 여자의 몸속에서 무언가가 뭉텅 쏟아져 내린다.

여자는 주먹을 쥐고 문을 두드리기 시작한다. 쿵. 쿵. 쿵. 문 열어요! 소리는 계단 아래로 퍼져나간다. 문 열어 주세요! 여자의 목소리가 마른 나뭇가지처럼 갈라진다. 집안에서는 아무런 소리도 들려오지 않는다. 다리가 후들거린다. 끝내 주저앉고 만다. 하오의 늦은 햇살이 여자가 앉은 복도 창으로 길게 파고든다. 햇살은 깨진 유리조각처럼 여자의 다리를 가로지르고 있다. 아름다운 봄날 오후다. (2005)

마니또
게임

나, 은솔이. 고등학교 1학년. 얼굴이 내놓을 만큼 예쁜 것은 아니지만, 가끔은 거울 속에 비친 내 모습이 마음에 들 때도 있다. 다행히 성적이 상위권을 유지하고 있어 콧대 높은 내 자존심을 살려준다. 스스로 단언하건대 친구들과의 관계도 무난한 편이라서 학교생활에 어려움을 느낄 일은 없다.

중학교 때는 3년 동안 내리 실장을 맡았다. 아마도 상위권의 성적과 무난한 성격 때문일 것이다. 그런데 지금 생각하니 그다지 잘한 일은 아닌 것 같다. 욕심 많고 똑 부러지는 성격을 가진 데다 매사에 인정받고 싶은 공명심이 큰 탓에 다른 반 실장에 비해 뒤떨어지지 않는 리더십까지 갖췄다고 자신할 수 있지만, 실장은 개인의 능력만으로는 결코 보충할 수 없는 어른들의 세계가 포함되어 있다는 것을 알아야 했기 때문이다. 그리하여 3학년 때는 실장 역할이 참 버겁고 고달팠다. 왜 실장은 리더십만으로는 충분하지 않은지, 왜 부모가 반몫은 해야 하는지 이해할수 없었다. 실장 엄마라면 다른 엄마들처럼 수시로 학교를 들락거리면서 학교와 선생님과 아이와의 관계가 원활해질 수 있도록 눈치껏 뒷받침해야 하는 일인데도, 도대체 엄마는 실장 엄마 자격을 갖추지 못했다. 학부모회의가 있는 날에도 엄마는 방 한 칸이 딸린 동네 미용실에서 독한 파마 액을 손에 묻힌 채 파마 롤을 말고 있어야 했기 때문이다. 그런날이면 나는 괜히 담임의 눈치를 보게 되고, 회의가 끝난 이후에는 예쁘게 차려입은 친구의 엄마들로 번잡해진 복도를 헤치고 화장실로 내달리곤 했다. 화장실 창문으로 자가용이 즐비한 운동장을 내다보며 나는 가끔 하늘을 올려다보아야 했다.

하긴 아버지 없이 셋이나 되는 자식들을 뒷바라지하기에는 동네 미용실의 벌이로는 벅찼을 것이다. 그 사실을 누구보다 잘 알고 있는 맏이인내가 임원을 맡아오기 일쑤였으니, 오히려 내가 엄마를 더 힘들게 만들어버린 꼴이지만.

교실로 돌아온 나는 언제나 용감 씩씩했다. 좀처럼 엄마들의 치맛자락에서 벗어나지 못하는 선생님의 마음을 사로잡는 것은 어려웠지만, 치맛바람을 혐오하는 의협심 강한 친구들 덕분에 나는 학급에서 실장의위상을 유지하는 데는 성공했다. 하지만 그러느라 너무나 많은 에너지를 소진해야 했기 때문에 고등학교에 와서는 절대로 임원 같은 건 하지않기로 마음먹었다. 엄마가 학교에 찾아와야 할 일을 결코 만들고 싶지 않았다. 어차피 고등학교는 대학을 가기 위한 관문일 뿐이고, 공부는 내가 하는 것이지 엄마가 해주는 일은 아니잖은가. 아무것도 신경 쓰지 않고 그저 공부만 하기로 했다. 열심히 해서 좋은 대학가면 엄마처럼 살지 않아도 될 테니까.

*

나, 김은솔. 2등으로 고등학교 생활을 시작했다. 물론 1등은 실장 승주. 학년 초 담임은 성적표를 들고 다섯 명을 교탁 앞으로 불러냈다. 1등부터 5등까지. 너희들이 실장 후보들이다. 우리 학교는 반에서 5등까지 자격 요건이거든. 임원 선거를 할 테니까 소견발표를 하도록! 선생님, 저는 실장 하기 싫은데요. 왜? 한동안 머뭇머뭇. 그러지 말고 한 번 나가보지 그래. 중학교 때 많이 해서 이제는 싫어요. 그래? 그럼, 넌 들어가! 담임의 싫은 내색. 저렇게 재수 없는 녀석이 있나 싶은 얼굴. 나는 내 자리에 돌아와 실장 후보들의 소견발표를 들었다.

승주의 소견발표는 정말이지 휘황찬란했다. 아니 한 편의 예술이었다. 다른 후보들과는 비교가 되지 않았다. 또박또박 안정된 말투에, 좌중을 압도하는 설득력까지 구사하고 있는 승주의 저 자신감은 어디서 나오는 것일까. 지나가는 사람이 돌아볼 만큼 예쁜 얼굴에, 중학교를 수석으로 졸업했다던 성적에, 읽은 책이 적지 않다는 것을 증명이나 하듯 뛰어난 논리력과 사고력! 오, 하느님, 왜 이리도 불공평 하시나요! 나는 금세 주눅이 들고 말았다.

하지만 내가 누군가. 나, 은솔이. 그만한 정도에 기죽을 사람이 아니지. 두고 봐. 너를 분질러놓고 말테니까. 너와는 다른 학교였지만 나도 중학교를 수석으로 졸업한 사람이라구!

승주는 실장 역할이 유독 바쁜 학년 초임에도 불구하고, 숙제뿐만 아니라 수업 시간에 필요한 예습 복습마저도 빠뜨리는 법이 없었다. 선생님들은 승주의 적극적인 수업 태도에 입을 모아 칭찬했다. 백과사전적 지식에 철학적 깊이까지 겸비한 저 박식함, 혀를 내두를 만큼의 성실성, 상대의 눈빛을 깊이 응시하는 특유의 진지함까지 어느 것 하나 부족함이 없었다. 나는 점점 승주를 넘어설 수 없을 것 같은 불안감을 느꼈다. 바늘 끝만큼의 빈틈도 찾을 수 없었기 때문이다. 도대체 승주는 잠도 안 자는 인간이란 말인가.

아, 또 뭔가 잘못된 게 있다. 실장. 그런 거 안하고 공부만 잘하면 되는 줄 알았더니 그게 아니다. 교과 실기시험에서 실장 특유의 프리미엄이 붙는다는 사실이야 어제 오늘 일은 아니지만, 교내외 모범상이나 장학생 추천에 1순위를 차지하는 것도 언제나 실장이었다. 그것이 임원 경력과 함께 대학입시의 특별전형의 자료가 된다는 사실을 깨닫고는 발등이라도 찧고 싶은 심정이 되었다.

게다가 나는 학년 초에 이미 담임에게 찍혀버린 사람이 아닌가. 그때 나는 실장뿐만 아니라 과목 부장이나 학급 내 일체의 자잘한 역할도 맡지 않았다. 실장 후보에도 나서지 않은 내가, 나머지 자잘한 일들을 한

답시고 공부에 몰두해야할 시간과 에너지를 소진할 수 있겠는가 말이다. 그건 내 자존심이 절대 허락하지 않는 일이다. 그런 내가 담임의 눈에 얼마나 골수 안티로 보였겠는가. 아니, 다른 친구들도 마찬가지였으리라. 실장으로서 승주가 하는 말마다 반대상황을 가정해 토를 달곤 했던 내가, 학급 내 야당 세력을 규합하려는 거대한 실세처럼 느껴졌을지도 모르겠다. 차츰 승주에 대해 안티 성향을 가지게 된 아이들이 내게 접근해온 것을 보면 말이다.

*

"너희들이 고등학교에 들어온 지 어느덧 반년이 지났다. 힘든 1학기를 보내고 새로운 마음으로 다시 2학기를 시작을 해야 하는 이 시기에 익명게시판 문제가 발생한 것은 실로 유감스러운 일이 아닐 수 없다. 물론 익명게시판에서 남을 비방하는 일 따위야 어디서든 흔히 일어날 수는 있는 문제이지만, 그동안 너희들이 보여준 우리 반 특유의 따뜻한 인간성과 단결력은 다른 여타의 반에 귀감이 되어온 바 크므로 솔직히 당황스럽다.

임원을 하다보면 다수의 이익을 위한 쪽으로 결정해야 하는 경우도 있고, 이에 따라 소수가 희생하는 경우도 생긴다. 또 어떤 때는 학급의 발전을 위해서 대다수의 의견을 거슬러야 하는 경우도 있는데, 문제는 거기서 생긴 갈등을 어떻게 슬기롭게 풀어 가느냐이다.

그동안 우리는 어떤 고비가 있을 때마다 슬기롭게 잘 대처해왔다. 이번의 경우도 마찬가지다. 나는 너희들이 자체적으로 어떤 결정을 하든 두말없이 따를 생각이다. 단, 학급 구성원인 너희들은 결국 같은 배를 탄 공동운명체라는 사실을 잊지 않았으면 좋겠다. 너희들의 성숙한 시민의식을 믿는다. 자, 그러면 지금부터 회의를 시작하도록!"

담임이 교탁에서 물러났다. 흥! 말은 청산유수야. 아이들이 슬쩍 고개를 돌리며 입을 삐죽거렸다. 담임은 교실 뒤편으로 걸어갔다. 듬성듬성 두피가 내다보이는 담임의 머리는 40대 초반의 나이답지 않게 대머리 증세가 빠르게 진행되는 중이었다. 게다가 살집이 한창 올라 윤곽선이 무너지기 시작한 턱 선과 볼이 탐욕스럽게 느껴졌고, 걸핏하면 붉은 실핏줄이 내다보이는 눈동자는 먹이를 노리는 늙은 고양이의 눈을 닮았다. 그러면서도 도덕 과목을 맡은 교사답게 매사에 민주적인 선생임을 자처했는데, 의사 결정권을 주는 척하면서도 결국은 자신이 처리해야할 소소한 일까지도 아이들에게 모두 떠넘겨버리곤 했다.

나는 무심코 뒷자리에 앉은 승주를 돌아보았다. 승주는 부릅뜬 눈으로 똑바로 앞만 주시할 뿐 미동도 하지 않았다. 다만 굳게 다문 입술이 북받쳐 오르는 감정을 애써 억누르고 있는 것처럼 느껴졌다. 학급회의의 의장은 승주이지만, 피해당사자인 승주가 회의를 주도할 수는 없어 부실장인 서희가 교탁 앞에 섰다.

"그러면 지금부터 회의를 시작하겠습니다. 오늘의 주 안건은 익명게시판의 폐해, 어떻게 개선할 것인가, 입니다. 좋은 의견이 있으신 분은 손을 들고 말씀해주시기 바랍니다."

아무도 손을 드는 사람이 없었다. 모두들 고개를 숙인 채 자신의 일에 열중하고 있을 뿐이었다. 아예 관심이 없는 것처럼 보이기도 했다. 그러자 서희가 다시 입을 열었다.

"각자 하던 일을 멈추고, 모두 회의에 참여해주시기 바랍니다."

그때서야 아이들은 못이긴 듯 책상 위에 놓인 책이나 노트, 전자사전 등을 덮으며 고개를 들었다.

"우리는 학년 초에 학급 카페를 개설하면서 자유로운 의견 개진의 필요성에 따라 익명게시판을 만들었습니다. 그리하여 얼굴을 맞대고는 나눌 수 없는 자잘한 몇 가지 일들을 무리 없이 처리할 수 있었던 것입니다. 성적에 대한 하소연이나, 고등학교 생활에 대한 부적응, 친구들 간의 문제 등, 그동안 우리에게 얼마나 어려운 일이 많았습니까? 그런데 최근 들어서는 근거를 알 수 없는 각종 인신공격성 비판이 난무하고 있어 심각한 상황입니다. 무엇보다 학급 내 분위기가 예전 같지 않아 시급히 개선하지 않으면 안 될 것 같습니다."

서희는 좌중을 둘러보며 잠시 말을 끊었다. 아이들은 서희와 눈이 마주치지 않도록 슬그머니 고개를 돌렸다.

"모르는 사람은 없겠지만, 여러분의 의견 개진을 위해 지금까지의 경과를 요약해서 다시 말씀드리겠습니다. 먼저 실장의 권위적인 언어표현에 대해 문제 삼았고요, 두 번째는 실장이 자습 시간에 떠드는 사람의 명단을 작성하는 문제입니다. 세 번째는 교실 급식 과정에서 새치기를 하는 아이들에 대한 실장의 경고가 문제가 된 것 같습니다. 그 외 몇 가지 소소한 문제가 더 있지만, 여러분들이 익히 아는 내용이기 때문에 이만 줄이겠습니다."

그러자 뒤쪽에서 누군가 손을 번쩍 들었다.

"저는 익명게시판을 폐쇄할 것을 건의합니다. 근거 없는 욕설과 비방으로 가득 찬 익명게시판은 친구들 간의 인화와 단결을 해칠 뿐입니다."

어디선가 손을 들기도 전에 불쑥 목소리부터 튀어나왔다.

"아닙니다. 애초에 익명게시판을 만들 때에는 긍정적인 기능이 있다고 생각해서 만든 것 아닙니까? 다소의 부작용이 있는 것은 사실이지만, 그렇다고 금방 없애버리는 것만이 해결책은 아니라고 생각합니다."

"그렇습니다. 의견을 다 들어보고 난 후에 결정을 해야 할 사안이 아닌가 싶습니다."

"예의를 지킵시다, 없애려고만 하지 말고!"

우후죽순으로 몇 아이가 자신의 의견을 내세웠지만, 근본적인 갈등에는 접근을 하지 못했다. 겨우 익명게시판의 존속여부에 대한 의견만 교환했을 뿐이었다. 아이들은 다시 침묵으로 빠져들었다. 담임은 팔짱을 낀 채 교실 뒷자리에 앉아 졸고 있었다. 우리가 무슨 이야기를 나누는지 안중에도 없는 듯 했다. 침묵은 점점 무거워졌다.

나는 침묵이 못마땅해 죽을 지경이었다. 늘 그래왔던 것처럼 담임은 학급에서 어떤 문제가 생길 때마다 뒷전으로 물러서서 방관만 하다가, 마지막에 가서야 아이들의 의사 결정에 슬그머니 무임승차해버리곤 했기 때문이다. 이번에도 마찬가지리라. 나는 고개를 숙인 채 깊은 졸음에 빠져 있는 담임의 민둥한 정수리를 노려보았다. 몇 가닥 남지 않은 담임의 머리카락은 내 사나운 눈빛을 견디지 못한 채 내일 아침이면 기어이 뿌리 뽑히고야 말리라.

내가 담임을 미워하는 이유를 백 개쯤 찾으라면 얼마든지 자신 있다. 아니 백 한 개도 찾을 수 있다. 우리는 학년 초에 의례적으로 행해지던 생활상담 뿐만 아니라, 진로 상담 등 어떤 대화도 해보지 못한 채 2학기를 맞았다. 입학 직후에 써낸 실태조사서에는 얼마든지 상담꺼리가 될 만한 소소한 개인 정보들이 들어있을 터였다. 명색이 고등학교가 대학 입시의 중요한 관문이라면, 학생의 지망 대학이나 학과, 성적, 가정환경 등 온갖 정보들이 들어있는 자료를 앞에 두고, 자신이 가진 실력을 바탕으로 원하는 대학에 어떤 식으로 준비할 것인가 방법을 찾아보고 각오를 다지게 해야 하지 않느냔 말이다.

담임의 입장에서도 중요하긴 마찬가지 아닌가. 학년 초 개인상담은 학급 아이들에 대한 기초 정보를 바탕으로 1년 동안 어떻게 학급 운영을 할 것인가에 대한 마스터플랜을 짜는 계기가 되지 않겠는가 말이다. 그런데도 간단히 무시해버리다니. 그러면서 입만 벌리면 개인의 자율성 운운하는 꼴이란, 도대체 직무유기가 아니고 뭔가.

하긴 반면교사(反面教師)도 교사니까. 어차피 인생은 고독한 것이고, 공부 또한 혼자 하는 것임을 몸소 깨우쳐주는 것도 가르침이라면 가르침이겠다. 그런 상황인데도 아이들의 자율성 함양은 자신의 민주적인 학급 운영방식이 일구어낸 성과라고 입이 마르도록 떠벌리고 다니다니, 자다가도 웃을 일이다.

아이들이 끝내 아무런 말이 없자, 서희가 입이 마르는지 침을 꿀꺽 삼켰다.

"우리가 힘든 고등학교의 첫 학기를 슬기롭게 넘길 수 있었던 것은, 어려움이 있을 때마다 서로 머리를 맞대고 의논해서 얻어낸 결과라고 생각합니다. 지난봄, 한 친구의 어려움에 모두 동참하여 좋은 결과를 이끌어낸 따뜻한 기억도 있지 않습니까?"

지난봄의 일이라면, 그건 해수의 일을 가리킬 것이다. 우리에게는 해수의 갈등에 모두 참여해 교실을 눈물바다로 만든 기억이 있다.

해수는 입학한 지 두어 달쯤 지나 실업계로 전학을 가겠다며 부모와 담임을 조르기 시작했다. 의견 관철이 되지 않자 10여일이 넘게 무단결석을 감행했다. 가출을 할 만큼 배포가 큰 것은 아니어서 집안에 처박힌 채 학교에 나오지 않았을 뿐이지만, 다른 아이들도 비슷한 갈등을 가지고 있는 상황이어서 미친 여파는 컸다.

이른 아침의 등교, 밤늦은 시간까지의 야간자습, 밤을 꼴딱 새워야만 마칠 수 있는 과중한 숙제, 늘어난 학원과 과외 시간, 수업시간 내내 견딜 수 없이 찾아오는 졸음 등. 중학교 생활과는 비교할 수도 없게 꽉 짜인 고등학교 생활은 피로의 연속이었다. 여기에 미처 적응하지 못하고 있던 아이들의 입장에서 보면 해수의 일이 남의 일처럼 여겨지지 않을 것은 당연한 일이었다.

해수에게 담임과 부모의 회유와 협박이 이어졌을 것이다. 어찌어찌해서 해수는 학교를 나오기는 했으나 수업 시간 내내 졸거나 딴전을 피우기 일쑤였고, 늦은 시간까지 이어지는 야간 자습은 견뎌내지 못하고 하교를 해버렸다.

나는 해수의 갈등과 방황을 이해할 수 있다고 생각했다. 해수와 나는 우리 반에서 유일하게 같은 중학교 출신인데다가 3학년 때 같은 반이어서 해수의 고민을 어느 정도 짐작할 수 있었다. 한 마디로 성적 때문이었다. 해수는 중학교 때는 중위권 정도를 유지할 수 있었는데, 하위권 아이들이 대부분 실업계로 빠져나간 탓에 고등학교에 들어와서는 최하위권으로 떨어져버렸던 것이다. 이래가지고 어떻게 대학을 갈 수 있겠나 싶은 불안감이 엄습해왔을 것이다. 이럴 바에야 차라리 실업계로 가서 지금 하던 식으로 공부하면 내신 성적이 훨씬 낫지 않겠느냐고 판단했을 테고.

그때 담임의 태도는 어땠던가. 사생활 침해에 대한 배려는 아랑곳하지 않은 채, 일방적으로 해수의 문제를 학급회의에 붙여버렸다. 그리고는 오늘처럼 팔짱을 긴 채 맨 뒷자리에 앉아 졸고 있었던 것이다. 하긴 담임이 어떤 태도를 취했든 별로 도움이 안 되었을 테지만. 해수의 갈등과 방황을 자신의 일처럼 여긴 아이들은 기다렸다는 듯 자신의 고민들을 쏟아내기 시작했다.

'저도 그랬어요. 성적표가 나오면 이걸 어떻게 부모님께 보여드려야 하나, 가슴이 먹먹하고 마냥 죽고만 싶었어요. 소화도 안 되고요, 밤마

다 문 잠가 놓고 울었어요.'

'3년 동안 죽은 셈치고 공부만 하라는 아빠, 내가 로봇인 줄 알아요. 내 맘을 조금도 알려하지 않고, 다 너를 위해서야, 라고만 말하죠. 부모님이 나를 야금야금 갉아먹고 있다는 생각이 들어요.'

'저는 반대에요, 시험 볼 때마다 이번엔 잘해보겠다고, 열심히 해보겠다고 유난떨면서 하는데, 나를 믿고 계시는 엄마한테 정말 죄송해요. 아무렇지도 않은 척 웃고 다니는 내 모습이 너무나 초라하게 느껴져서…… 차라리 죽고 싶어져요.'

'그래서 저도 차라리 실업계로 가고 싶어요. 이 정도로 공부한다면 여기보다는 훨씬 나아질 것 아니에요? 그러니까 해수도 본인이 원한다면 전학시키는 게 옳다고 생각해요.'

'맞아요, 이렇게 비인간적인 삶을 살아야 한다면, 그건 죽은 삶이에요. 인간답게 살고 싶어요.'

말을 채 끝내지 못하고 울먹이는 아이를 따라 교실 전체가 금세 눈물바다가 되어버렸다. 그러자 회의를 주도하고 있던 승주가 차분한 목소리로 입을 열었다.

'제 생각엔, 그건 아니라고 봅니다. 실업계로 전학을 간다는 건, 한낱 몽상에 불과합니다. 우리는 현실을 직시해야 합니다. 우리 사회엔 아직도 실업계에 대한 뿌리 깊은 차별이 남아 있습니다. 임금의 차별뿐만 아니라, 승진에서도 여러 가지로 불이익을 당하기 일쑤입니다. 어디 그뿐입니까? 차별을 견디지 못한 실업계 졸업생들은 직장을 그만두고 결국

다시 대학을 갑니다. 대학은 우리 사회에서 결코 피해갈 수 없는 외나무 다리 같은 곳입니다.'

좌중이 찬물을 끼얹은 듯 순식간에 조용해졌다. 그러자 부실장 서희가 일어났다.

'맞아요, 실업계로 전학을 간다는 것은 패배를 인정하는 것이고, 그래서 도망간다는 뜻입니다. 이곳에서 이겨내지 못한 사람이 어찌 실업계 출신으로서 겪어야 하는 사회적 차별을 견뎌낼 수 있겠습니까?'

그러자 여기저기서 의견이 쏟아졌다.

'그렇습니다. 실업계로 가서 이곳에서 공부한 것만큼 노력하면 될 거라고 다들 믿는데, 그것 또한 쉬운 일이 아닙니다. 학습 분위기가 다른데 어떻게 가능하겠습니까? 전학가게 되면 그곳의 분위기에 휩쓸리게 될 것은 안 봐도 뻔하거든요.'

'맞아요. 저도 해수와 다를 바 없는 사람이지만, 지금 현실에선 실업계 학생들이 져야할 심리적 부담이 너무나 큽니다.'

'그래요, 우리가 지금 이처럼 힘들게 공부하고 있는 것은 또 하나의 자기 관리인 것입니다. 가장 무서운 적은 내 안에 들어있습니다. 자꾸 안 좋은 쪽으로 유혹하는 그 적을 이기지 못했을 때, 우리는 사회의 어떤 적도 이겨낼 수 없다는 것을 알아야 합니다.'

그때 나는 어쨌던가. 그저 한 마디도 하지 못한 채 입을 쩍 벌리고 있질 않았던가. 달변과 논리! 아이들의 내부에 이런 강인함이 들어 있었다니. 이어 좌중을 둘러보던 승주가 다시 입을 열었다.

'그러면 마지막으로 해수 본인의 이야기를 들어보겠습니다.'

해수가 주춤거리며 자리에서 일어났다. 겸연쩍은 표정으로 아이들의 얼굴을 돌아본 다음, 천천히 입을 열었다.

'이런 어려움들을 나만 겪고 있는 줄 알았습니다. 그래서 외로웠는데 모두가 똑같은 입장이라니, 그런데도 말없이 견디고 있었다니, 쉽게 포기하고 도망가려고 했던 내가 부끄럽네요. 앞으로 열심히 노력해볼게요.'

우리들은 그날 해수에게 열렬한 응원의 박수를 보냈다. 그러느라 회의 시간이 훌쩍 지나가 버렸다. 그날 이후 해수뿐만 아니라 똑같은 문제로 고민했던 많은 친구들 역시 모두 견뎌내려고 노력하는 모습이 역력했다. 우리는 그렇게 힘겨운 고등학교의 첫 학기를 무사히 넘길 수 있었다.

*

그런데 이 침묵은 뭐란 말인가. 각자 생각이 없지는 않을 것이다. 그런데도 아무 것도 모르는 척 순진한 얼굴로 앉아 있다니. 불현듯 욕지기가 치밀어 올랐다. 어쩌면 오늘의 피해자는 승주가 아닌지도 모른다. 바로 나다. 왜 가만히 있는 나를 걸고 넘어지냔 말이다. 익명게시판에서는 내 얼굴의 가면을 쓴 채 칼날을 휘두르더니, 왜 정작 자신의 얼굴을 내밀고는 한 마디도 못하는가. 게시판에 올라온 내용은 바로 이랬다.

「실장은 강한 자한테 약하고, 약한 자한테는 강하다. 만만한 애들은 무시하기 일쑤고, 뭐해라 이거해라 하인처럼 잘도 시킨다. 잘나가는 애들에게는 꼼짝도 못하면서 말이다. 어쨌든 학교에 가면 기분 재리기 일쑤다. 글고 좋은 말로 해도 들을까 말까인데 걸핏하면 00번, 너, 너, 너! 라고 부른다. 아이들이 네 노예냐? 죄수냐? 번호로 부르게? 아이들도 이름을 가진 사람이라고!」

「2학기 때부터 실장은 너무 권위적이 돼버렸다. 점점 본색을 드러내는 것 같다. 왜 무조건 개 말을 들어줘야하냐? 아이들도 생각을 가진 인격체라고! 원하는 대로 안 도와준다고 그렇게 권위적으로 바뀌는 건 뭐냐 말야! 어휴, 짱나!!! 어쨌든 실장은 디게 기분 나쁜 년이다!」

처음에는 고개를 끄덕였다. 그렇지, 익명게시판이 아니면 어떻게 이런 이야기를 할 수 있겠나 싶었다. 그런데 곧바로 올라온 익명의 댓글이 내 머리꼭지를 핑, 돌게 만들지 뭔가.

아니, 은솔이가!!! 내 이럴 줄 알았어. 은솔아, 제발 화내지 마~ 넌 우리의 짱이야!!! 보스가 함부로 덤비는 거 봤니?

그래, 은솔아, 네가 참어~~ 상대하면 너도 똑같이 나쁜 년 되자나~^^

내가 썼다고? 아니다. 결단코 나는 아니다. 하늘을 두고 맹세하건대, 나는 이런 글을 올린 적이 없다. 정말 미치고 환장하고 펄쩍 뛰겠다. 기가 막혀 말이 안 나올 지경! 나는 곧바로 댓글을 달았다.

나도 너희들 의견에 어느 정도 동의는 하지만…… 얘들아, 오해하지 마. 이 글은 내가 쓴 게 아냐. 난 그렇게 한가한 사람이 아니라구!

너무 걱정 마. 은솔아, 우리는 항상 네 편이란다. 그러니 힘내! 웅?
????~~

「자습시간에 떠든 사람 적는 일도 웃기다. 우리가 뭐 초등학생이냐?
유치원생이냐? 그렇게 명단 작성해서 곧바로 선생님한테 갖다 바치겠
지? 실장이 고작 한다는 게 고자질뿐이냐? 그게 학습 분위기를 높이는
방법이냐고! 영리한 머리에서 나온다는 게, 고작 그거였어? 에효, 이 멍
청한 년!」

은솔아. 너 학교에서 공부 안하는 척하고 집에 가서 열심히 한다는 거
다 알고 있단다. 헐헐헐....—;;;;

그러게, 나는 지우개 빌려달라고 말했는데, 그 순간에 적혀버렸넹
~~ 에잇, 나쁜 년!

그려, 디따 억울하겠당~ ^^*

「실장은 수업 시간이 무슨 개인 과외 줄 아나 보다. 완죤 독무대라니
까. 선생님은 개 눈만 쳐다보고 수업하고. 그럼, 우린 뭐야? 들러리밖에
더 되냐고—;;;;」

그려, 은솔아, 고맙다. 우리의 아픈 맘을 알아주는 사람은 너 밖에 없
자나……^^ 완죤 공감이다!!!

역쉬! 우리의 은솔이!

속이 씨원허다^^. 은솔이, 화이링!!!!!

나는 너무도 억울해서 눈물이 핑, 돌았다. 물론 자습시간에 떠든 사람
을 적는 문제에 대해서는 나도 반대한 적이 있다. 그러나 그것은 어디까

지나 고등학생으로서 대우받아야 할 인격체라는 점에서 그렇다는 이야기다. 우리는 자신의 미래에 대한 나름의 계획과 생각을 가진 자율적인 청소년인 것이라는 것을 말해주기 위해서였다.

나는 손을 번쩍 들고 자리에서 일어섰다.

"사실 나는 이 문제에 대해서는 아무런 관심도 없습니다. 그런데 좀 야비하지 않나요? 난 분명 익명게시판에 어떤 글도 올리지 않았습니다. 그런데 왜 모두 제가 쓴 것처럼 매도당해야 하나요? 아무리 익명게시판이라고 하지만 이래도 됩니까? 분명 쓴 사람이 있을 텐데, 왜 얼굴을 드러내놓고는 말을 못하나요? 댓글도 마찬가지에요. 제가 쓴 것도 아닌데, 자꾸 '네가 했지?' '네가 했지?' 라고 추측성 발언을 하는 것은 옳지 않다고 생각합니다."

침묵은 한동안 계속되었다. 누군가 내 의견에 적극 동조해주길 바랐지만, 아무도 나서는 아이가 없었다. 나는 극심한 외로움을 느꼈다. 온몸에 한기가 피어올랐다. 두 팔을 감싸 안으며 창밖으로 고개를 돌렸다. 햇살이 운동장 가장자리에 핀 백일홍 꽃잎위로 눈부시게 쏟아져 내리고 있는 중이었다. 아직은 한낮의 땡볕이 채 가시지 않는 9월 중순인 것이다. 앞으로 견뎌야 할 시간들이 까마득하게 느껴졌다.

나는 고개를 돌려 뒤에 앉은 승주를 돌아보았다. 승주는 벌겋게 달아오른 얼굴로 똑바로 앞만 응시하고 있었다. 내가 더 피해자라고 생각했던 게 어쩌면 아무것도 아닐지도 모른다는 생각이 들었다. 침묵이 한참 동안 계속되었다. 그러자 서희가 다시 입을 열었다.

"사실 실장이 급식에 관해 경고를 했던 건, 차례를 지키지도 않고 자꾸 새치기해서 먹는 아이들 때문입니다. 뒷사람 생각도 해줘야 합니다. 자꾸 새치기 하는 사람이 생기니까 뒷사람은 반찬이나 밥이 부족해서 제대로 먹을 수가 없게 되는 겁니다. 실장 입장을 이해해줘야 한다고 생각합니다."

서희는 얼굴 가득 부드러운 미소를 지으며 좌중을 훑어보았다. 어쩌면 자신이 실장이 아닌 게 얼마나 다행인지 모르겠다고 생각하고 있는 듯한 얼굴이었다. 사실 실장이란 안 좋은 일이 있을 때마다 맨 앞자리에서 총 맞아야 하는 사람 아닌가. 그때 누군가가 손을 들고 일어섰다.

"제 생각은 다릅니다. 물론 제 경우는 아니라고 생각하지만, 새치기한 아이들의 입장에서는 급식담당자가 먼저 일어나서 식사준비를 해줘야 하는데, 하도 느릿느릿하니까 배도 고프고 답답해서 먼저 가져와 먹었던 게 아닐까요? 알고 보면 다 사정이 있게 마련인데, 아무 것도 모르면서 무조건 강도 높게 비난하는 것은 옳지 않다고 생각합니다."

새치기한 사람의 마음을 마치 다 이해하고 있다는 듯한 말투였다. 그럼에도 자신은 해당되는 사람이 아니라고 말하는 것은 다 뭔가. 그러자 서희가 냉큼 말을 받아 챘다.

"뒤로 가라고 하니까 '우리가 네 말을 들을 것 같냐?'고 했다던데요."

"그건 아마 장난으로 했을 겁니다."

"장난으로 할 말이 따로 있죠."

"그건 그렇지요. 옛날 속담에 '밥 먹을 때는 개도 안 건드리는 법이다'라고 했습니다. 먹는 일 가지고 우리 너무 그러지들 맙시다."

아이들이 왁자하게 웃음을 터트렸다. 왜 이렇게 이야기가 중구난방으로 흩어지는가. 이야기가 화제의 중심에서 너무나 멀어져 버렸다. 나는 아이들의 말을 흘려들으며 승주를 돌아보았다. 얼굴이 점점 달아올라 금방이라도 터질 지경이 되었다. 서희는 승주의 얼굴을 힐끗 쳐다본 다음, 다시 말을 이었다.

"지금 우리는 밥 먹을 때는 건들지 말자, 같은 우스갯소리를 하자는 게 아닙니다. 문제는 실장에 대한 반감을 어떻게 개선해볼까 하는 것인데요, 좀처럼 해결책이 나오질 않는 군요. 그러면 이번에는 실장의 이야기를 직접 들어보도록 하겠습니다."

승주가 기다렸다는 듯 자리에서 벌떡 일어섰다.

"물론, 제게도, 단점이, 있을 것입니다. 하지만 저도, 저 나름대로, 학급을 위해, 최선을 다하려고, 노력했습니다. 그런데 이렇게, 비난을 받을 줄, 몰랐습니다. 모든, 책임을 지고, 이만 실장에서, 물러나겠습니다."

한 마디 한 마디 꾹꾹 눌러 말을 하고 있었지만, 마디 사이가 가늘게 떨리고 있음이 역력했다. 간신히 말을 마친 승주는 앉자마자 곧 책상 위에 엎드려 버렸다.

정말 승주는 서희의 말대로 아이들이 자신의 진정을 몰라주니 무력감을 느꼈던 것일까. 그 무력감이 승주로 하여금 더욱 강한 모습으로 자신을 무장하게 만들었던 것일까. 그래서 승주의 갑옷은 더 튼튼해진 것일까.

최근 들어 승주는 아이들이 의견을 낼 때마다, '그건 옳지 않습니다.'

라고 단칼로 잘라버리거나, 의견을 내는 아이가 없으면 주로 딴짓하고 회의에 참여하지 않는 아이들을 중심으로 일으켜 세웠다. 밀린 숙제를 하다가 불시에 지목이 된 아이들은 당황해서 벌겋게 달아오른 얼굴로 일어섰고, 내내 얼버무리다가 제대로 된 말 한마디도 하지 못한 채 자리에 주저앉기 일쑤였다. 왜 그랬을까. 승주가 언제부터 이렇게 변해버렸는지 알 수는 없었지만, 승주의 변화를 부인할 수 있는 아이는 아무도 없었다.

어색한 침묵이 한동안 계속되었다. 이야기가 더 이상은 진척되지 않을 것으로 생각했는지, 서희가 한 가지 제안을 냈다.

"마음을 터놓고 갈등을 해결하자고 회의를 시작한 건데, 상처만 더 나열되는 기분이네요. 속엣말을 드러낸다는 것이 상처를 낫게 하기는커녕 오히려 깊게 만든 것 같습니다. 그래서 분위기를 바꿔보자는 차원에서 〈마니또 게임〉을 하면 어떨까요? 여러분, 어떠세요?"

오우!!! 한쪽에서 환호성이 터져 나왔다. 맞아, 맞아, 예전에는 이러지 않았잖아? 요즘 분위기, 정말 짱이야! 아이들은 서로서로를 돌아보며 얼굴 가득히 미소를 지었다. 무엇보다 사슬처럼 옥죄던 침묵에서 벗어나게 된 것을 진심으로 기뻐하는 눈치였다. 여태껏 한 마디도 없이 침묵을 지키던 교실의 상황이 한순간에 반전되었다.

"그러면 앞으로 친구의 마니또가 되어 따뜻한 마음을 표현해 보도록 합시다. 그러면 우리 반 분위기는 훨씬 나아질 거라고 생각합니다. 마니또 공개는 다음 주 이 시간이 어떨까요?"

"그래, 좋아! 좋아!"

아이들이 힘찬 목소리로 외쳤다.

나는 머리가 아뜩해지는 것을 느꼈다. 아, 이럴 때는 뭐라고 하지? 당황이라고 하나, 황당이라고 하나? 이런 상황에서 마음을 담은 편지가 오갈 수 있다고 믿다니. 갈등은 그대로 덮어둔 채 겉만 봉합하는 편의적인 발상이 아닌가 말이다.

어쨌든 갈등 치유에 아무런 도움이 되지 못한 채 회의는 끝났다. 문제는 마니또 게임이 앞으로 어떻게 진행되느냐, 일 것이다. 교탁 앞에 앉은 아이들이 자신의 노트를 찢어 쪽지에 번호를 적어 넣었다. 그런 다음 번호가 보이지 않도록 여러 번 접었고, 또 무작위로 섞어 아이들에게 하나씩 고르라고 했다.

이윽고 각자의 마니또가 정해졌다. 나는 익명게시판을 그대로 남겨두자고 강력히 주장했던 친구의 마니또가 되었다. 내 마니또는 누구일까.

*

그 뒤 일주일이 다 가도록 나는 선물은커녕 편지 한 장도 쓰지 못했다. 아이들은 시시때때로 편지와 간식거리, 선물 같은 것들을 친구가 알지 못하는 사이에 사물함에 넣거나 책상 속에 넣어 전달하는 모양이었다. 마니또가 누구인지 공개되는 날을 기다리며 아이들은 편지를 쓰고 선물을 사느라 유난을 떨었다. 익명게시판에는 또다시 마니또에 관한 글로 도배되기 시작했다.

'누가 내 마니또냐, 나에게도 편지와 선물을 달라!!!'

'절세가인, 내가 너의 마니또란다. 열쉬미 할게.'

'슈파고랑, 내가 너의 천사님이 되어주마'

'삼성가의 며느리 님, 이게 뭐냐? 아무 것도 못해주고…… 내 심정을 이해해다고.. 흑흑'

교실은 점점 잔칫집 같은 분위기로 바뀌어갔다. 실장인 승주도 수시로 편지와 선물 공세를 받았다. 그러나 어찌된 일인지 승주의 얼굴은 도통 펴지질 않았다. 내게는 선물은커녕 쪽지 한 장도 배달되지 않았다. 내가 마니또에게 편지 한 장도 쓰지 못한 것에 복수라도 하듯 말이다.

나는 점점 알 수 없는 상실감에 시달리기 시작했다. 그동안 내가 아이들과 나누었다고 믿었던 친화감이 어쩌면 가짜였는지도 모른다는 회의가 밀려들었다. 어떤 호의도 베풀지 않으면서 누군가에게 뭔가를 기대하는 내 자신이 혐오스러웠지만, 그건 다른 차원의 문제라고 생각했다. 뭔가를 주고받느라 바쁜 아이들 속에서, 주지도 받지도 못한 나는 고독한 섬처럼 떠있을 뿐이었다. 막막함에 시달리던 나는 끝내 그 누군가에게 하소연이라도 하고 싶어졌다. 그러나 마땅히 생각나는 사람은 아무도 없었다. 나는 익명게시판에 글을 쓰기 시작했다.

「나, 은솔이. 이곳에 처음으로 글을 올린다.

얘들아, 마니또 게임이 도대체 뭐니? 나는 강요된 상황에서, 우연적으로 정해진 상대에게, 마음에 없이, 편지를 쓰고 선물을 주고받을 수는 없다고 생각한다. 더구나 지금 학급 분위기는 마니또 게임으로 해결할 수 없을 만큼 뒤숭숭하지 않니? 이유야 어찌됐든 내 마니또에게 아무것도 전하지 못함을 미안하게 생각한다. 그러면서 한편으로는 두렵기도 해. 곧 있으면 무성의한 내 실체가 드러날 테니까. 나는 겁쟁이거든. 그러니 얘들아, 제발 이 우스꽝스런 게임 좀 그만둘 수 없겠니?」

그러자 댓글들이 순식간에 따라붙었다.

왜 네 마니또가 잘 안 챙겨주디? 우리들은 마니또 놀이하느라 즐겁기만 한데. 그러니 우리들의 이름으로 부탁한다. 제발!!! 네 개인적인 불만을 여기에 토해내지 마. 모처럼의 분위기 망친다고!

흐미~ 넌 받으려면 먼저 주랬다는 말도 모르냐? 이런 깍쟁이 계집애야!

'되로 주고 말로 받으리라~~~' 옛말 틀린 거 하나도 없다니깐!

새겨들으시게. ???……^^.

나는 비아냥으로 가득 찬 댓글을 읽으며 곧바로 후회했다. 애초에 글을 올리지 않을 걸 그랬다. 솔직하게 대화를 시도해보려다 등 뒤에서 칼 맞은 기분이다. 이런 아이들과 감히 소통을 꿈꾸다니. 확, 지워버려? 그러다가 한편으로 생각하니 오기가 치솟는다. 그럴 순 없어. 아이들의 말을 듣고 지운다는 건, 곧 진다는 의미니까. 갈 때까지 가보는 거야! 나는 입술을 앙다문 채 자판을 두드려대기 시작했다.

「나, 은솔이. 두 번째 쓴다. 칼자루 쥐어주면 무 토막 하나 못 썰 존재들이 익명이라는 가면을 뒤집어쓰고 비열한 짓을 해대는 것을 보고 있노라니, 이제 신물이 난다. 지금 너희들은 마치 승주가 모든 악의 근원인 양 저주를 퍼붓고 있지만, 사실은 시기심에 눈이 어두운 졸렬한 행위에 불과하다는 거, 알았으면 해. 분노의 표적을 만들어 자기 위안을 삼는 짓이야말로 소시민들의 표상이거든. 중요한 것은, 그 표적이 바로 너희들 자신이라는 거야. 결국 너희들은 스스로에게 비수를 꽂고 있는 거지.

솔직히 말해봐. 너희들, 승주처럼 되고 싶지? 승주처럼 되지 못해 화가 났지? 그러다보니 승주가 미워졌지? 그래서 승주를 괴롭히고 싶어졌니? 왜 이렇게 속단하냐고? 내가 한때 그랬거든. 너희들과 똑같은 마음이었다는 거, 이렇게 고백하면 이해할 수 있을까?

너희들! 익명이지만 하고 싶은 말 쏟아내고 나니 속이 시원하디? 그렇지만 이건 알아둬. 자신을 감추고 일방적으로 비수를 던져댄 너희들의 행동은 끝내 스스로의 가슴에 '나는 비겁했다.'는 사실로 남게 될 거야. 그동안 외로운 표적이 되었던 승주에게 심심한 위로의 말, 전한다.」

그러자 기다렸다는 듯이 순식간에 따라붙는 익명의 벌떼들.

그래, 니 잘났어. 혼자 콩치고 팥치고 다해 먹으삼!

디게 똑똑한 척 하네, 증말!!!

아, 졸라 재수 없어....!!

아공~~, 열 받네, 열 받어!!!

그러게, 짱 나네염!

@#$%^&*(), *&^%$#@!!!!

나는 아이들의 댓글들을 읽으며 소리 내어 웃었다. 아이들이 내지르는 온갖 욕설들은 익명의 허울에 기대어 자신을 방어하고자 하는 연약한 비명 소리에 불과했다. 문득 아이들이 가엾게 느껴졌다.

다음 날 아침이었다. 서랍 속에 편지가 들어 있었다. 제법 두툼했다.

「은솔아! 나, 승주. 네가 올린 글 잘 읽었어. 사실 내가 네 마니또거든. 마니또 게임이 일정 기간 동안 자신을 밝히지 않아야 한다는 규칙을 알고 있음에도 그럴 수가 없었어. 나도 따뜻한 말이 적힌 친구들의 편지나 선물을 믿지 않거든. 아이들은 어차피 곧 자신의 정체가 드러난다는 것을 알고 있잖아? 그러니 손가락 사이에 면도날을 감추고 쓴 편지를 어떻게 믿을 수 있겠니? '눈 가리고 아웅' 하는 식이지. 이럴 순 없어. 진짜 하고 싶은 말은 얼굴을 감춘 채 칼날처럼 휘두르면서, 자신을 드러내는 일에는 이토록 호의를 표현하다니 말이야. 그건 위선일 뿐이야.

나는 내 마니또가 누구인지도 알고 있어. 이번에 마니또 게임을 제안한 친구거든. 이 친구는 끝내 자신의 감정을 감추더라. 평소 아주 사소한 일에도 나를 감시하던 게 내내 마음에 걸렸는데, 아니나 다를까. 익명게시판에 나를 비난하는 글을 올렸던 아이더라. 누가 알려줬어. 익명게시판이어도 다 아는 수가 있대. 아마 본인은 모르고 있을 거야. 내가 알고 있다는 사실마저도.

뭐든지 잘해보고 싶었는데……. 공부도 잘하고 싶었고, 실장으로서 학습 분위기도 살려놓고 싶었어. 내게는 콤플렉스가 많거든. 형제라고는 오빠 하나인데, 오빠는 올해 국비장학생으로 선발되어 미국 유학을 떠났어. 오빠 밖에 모르는 아빠 엄마. 내 존재는 그 밑에서 너무도 희미해. 오빠는 부모님의 자존심 그 자체거든. 지금껏 나는 아빠 엄마에게 한 번도 칭찬받은 기억이 없어. 그러니 나는 혼자 서야 해. 각오하고 있어.

이런 강박관념이 시도 때도 없이 나를 짓누르고 있다는 거, 잘 알아. 그래서 이런 일이 생겼을지도 모르겠고. 어떤 때는 존재감이 없는 사람처럼 지내고 싶어지기도 해. 하지만 그건 어쩐지 불안해. 이것 또한 공명심이겠지. 내가 잠도 안자고 필사적으로 노력하는 의미가 뭔데. 이를 악물고 여기까지 버텨왔는데, '나'라는 존재가 그렇게 쉽게 사라질 수는 없잖아. 모든 것이 한순간에 부질없고 허무해질까 봐 두려워. 내가 삶의 스타일을 바꾸지 않는 한, 앞으로도 이런 일은 얼마든지 일어나겠지? 은솔아, 그럼 나는 어떻게 살아야할까. 네가 가르쳐줘. 무섭다. 아이들이, 세상이……」

한동안 멍하니 편지를 응시하고 있던 나는, 곧 아침 자습도 잊은 채 승주에게 답장을 쓰기 시작했다.

「나 은솔이. 마니또로서 보내준 네 편지 고맙다.

그런데 넌 지금 착각하고 있는 것 같구나. 무섭다고? 엄살 부리지 마. 가면을 쓴 사람은 바로 너야. 익명에 기대어 자기를 지키고 싶어 했던 아이들의 실체를 너는 다 알면서도 시치미를 뗐어. 끝까지 모른 척 지켜봤잖아? 난 그런 네가 무섭다. 가면을 쓴 네가……」

여기까지 쓴 나는 더 잇지 못한 채 펜을 놓았다. 온몸이 움츠러들었기 때문이었다. 점점 두려워졌다. 아이들이, 세상이……. (2006)

홈, 스위트 홈

우리가 낯선 누군가의 방문을 받은 것은, 차가운 바람이 옷깃을 사납게 헤집어 대던 초겨울 오후였다. 방문자와 맨 처음 맞닥뜨린 사람은 아이였다. 아이는 집 앞에서 초록색 벙거지 모자를 깊게 눌러쓴 여자를 만났다고 했다. 아이가 엘리베이터에서 내렸을 때, 여자는 계단의 벽 쪽에 기대어 서서 누군가를 기다리고 있었다고 했다. 아이의 말만으로는 여자가 어떻게 생겼는지 나이가 몇이나 되는지 정확히 가늠할 수는 없었지만, 아이의 말을 바탕으로 그때의 상황을 추정해볼 수는 있었다.

대문 앞에 선 아이가 스웨터 깊숙이 들어 있던 목걸이 열쇠를 끄집어냈다. 그러자 여자가 아이를 향해 다가왔다.

너, 이 집에 사니?

그런데요?

아이는 의혹에 찬 눈길로 여자를 올려다보았다. 여자는 초점이 잡히지 않는 듯 흔들리는 눈동자로 아이를 내려다보고 있었다. 마치 아이의 어깨 너머 그 어딘가를 더듬는 듯한 불안한 눈빛이었다. 불현듯 등줄기가 서늘해진 아이가 몸을 움츠리며 대문 앞으로 바투 다가섰다. 그러자 여자가 주머니에서 뭔가를 끄집어냈다.

이거, 엄마 아빠한테 전해줄래?

여자의 손에는 흰 종이쪽지가 들려져 있었다. 수첩에서 방금 찢어낸 듯 가장자리가 너덜거리는 종이였다. 아이가 머뭇거리자, 여자는 더 가까이 손을 내밀었다. 여자의 손끝이 가늘게 떨고 있었다. 아이가 못이긴 듯 종이를 받아들자, 딱딱하게 굳어 있던 여자의 얼굴에 엷은 미소가 드리워졌다. 여자는 벙거지 모자를 더욱 깊게 눌러쓴 후, 엘리베이터를 향해 돌아섰다.

꼭 전해줘, 알았지?

엘리베이터 안으로 들어선 여자가 다시 아이를 향해 다짐을 놓았다. 문이 닫히면서 여자의 얼굴이 세로로 길게 좁아들었다. 웃었는지 여자의 입언저리가 심하게 뒤틀려 있었다. 아이는 목덜미에 차가운 물방울이 떨어지기라도 한 듯 자신도 모르게 뒷목을 쓰다듬었다. 여자가 사라지자마자 곧장 집으로 들어선 아이는 손에 든 쪽지를 펴들었다.

〈김준우, 자살 시도 중. 어떤 여자에게 동반 자살할 것을 강요하고 있음. 오후 3시.〉

엄마, 삼촌이 왜 죽으려고 해?

전화기 속에서 아이의 목소리가 날카롭게 솟아올랐다. 계산대 앞에 서 있던 내 시야가 일순 아득해졌다. 어둡고 불길한, 정체를 알 수 없는 그 어떤 것이 순식간에 휘장처럼 드리워지는 느낌이었다. 어떻게 집에 까지 왔는지 모르겠다. 삼촌이 죽으면 어떡하느냐고 발을 동동 구르던 아이는 곧이어 납빛으로 들어선 남편의 얼굴을 보자 스스로 입을 막았 다. 나는 불안한 마음을 가라앉히듯 잠자리에 누운 아이의 등마루를 연 신 쓸어주었다.

걱정 마. 삼촌은 잘 있을 거야.

내 목소리가 마치 허공에서 울리는 것처럼 느껴졌다. 제발 그랬으면. 언어에 주술적인 힘이 있다면, 그는 내 말처럼 정말 아무 일 없이 잘 지 내고 있어야 했다. 머리끝까지 이불을 뒤집어쓴 채 죽은 듯이 웅크리고 있던 아이가 차츰 고른 숨을 내쉬기 시작했다.

평균치의 삶을 무난히 살아내는 남편이 그렇듯 별다른 폭풍이 휘몰아 치지만 않는다면, 아이도 제 부모의 삶을 무난히 이어받을 것이다. 남편 에게는 한 달에 두어 번쯤 회식에 참여할 수 있는 구청이라는 직장이 있 고, 작년에 파트타임으로 새롭게 시작한 나의 할인매장의 계산원 자리 도 무난하게 유지되고 있는 만큼, 이대로라면 우리의 삶은 별 탈 없이 이어지리라. 아니, 꼭 그래야만 한다. 나는 잠든 아이의 손을 쓰다듬다 가 자리에서 일어섰다.

거실로 나오자 남편은 등을 돌린 채 담배만 피워대고 있었다. 짙은 어둠을 배경으로 한 거실 유리창에는 남편의 초췌한 얼굴이 흑백 사진처럼 떠 있었다. 남편은 담배를 피우는 도중에도 휴대폰의 버튼을 계속 눌러댔다. 그러나 전원이 꺼져있다는 신호음만 이어질 뿐, 저편은 완강한 침묵의 연속이었다.

내 이 놈을, 그냥!

거칠게 담배를 비벼 끈 남편이 끙, 소리를 내며 일어났다. 아무렇게나 옷을 꿰입는 남편의 얼굴이 푸릇했다.

어딜 가려구? 날도 추운데

바람 좀 쐬고 올게.

남편은 현관으로 나서다말고 다시 나를 돌아보았다.

연락 오면 바로 전화해.

당장이라도 찾아 나설 것처럼 신발을 꿰차는 남편의 등 언저리가 황망했다. 어디서 동생을 찾는단 말인가. 동생이 산다는 서울까지의 거리가 얼만데. 고속버스를 타고서도 족히 네 시간이 걸리는 먼 거리가 아닌가. 남편이 열고 닫은 현관문으로 찬바람이 한꺼번에 몰려들었다. 나는 어깨를 움츠린 채 초조하게 거실을 서성였다.

그 여자는 누군가. 서울에서 살고 있는, 돌 지난 아들까지 둔 한 가장을 가리켜 이토록 불친절한 정보를 제공할 수 있단 말인가. 쪽지의 내용이 사실이라면, 준우가 지금 여기에 내려와 있단 말인가. 되는 것이라곤 아무 것도 없는 자신의 처지를 비관한 나머지, 정녕 자살이라도 하고 싶어진 것일까. 그 여자는 자살파트너인가.

아마도 남편은 자신의 동생이 이 지경이 되도록 무심했다는 자괴감에 괴로워하고 있을 것이다. 직업이 없는 데다, 신용불량자에, 채무독촉에 시달리는 동생의 처지라면, 극단의 선택을 하고야 말리라는 공포가 남편을 옥죄고 있을 것임에 틀림없었다.

아니, 어쩌면 남편은 자신의 가정에 찾아온 균열감에 떨고 있는지도 모른다. 온전한 가정에 대한 애착이 누구보다도 강한 남편에게 '집'은 어떤 침해도 허용치 않을 성역이었다. 성실하게 쌓아올린 자신의 집에 뻗기 시작하는 누군가의 손길, 설사 그 대상이 자신의 동생이라 할지라도 쉽게 용서하지 못할 것 같은 이율배반의 감정이 무섭도록 그를 닦달하고 있는지도 모른다.

이 집에 이사 온 지 십년이 넘었다. 전세금을 제외한 나머지 금액 모두를 융자금으로 떠안고 산 집이었다. 분양된 지 이년 밖에 되지 않은 신흥아파트였음에도 불구하고 두 동 밖에 안 되는데다가 이름도 잘 알려지지 않은 중소건설회사에서 지었던 까닭에, 시세에 비하면 그리 비싼 가격이 아니어서 구미를 당기게 했다.

아파트를 보러왔을 때, 가격보다 먼저 우리를 사로잡았던 것은 앞 공터에 만들어진 놀이터였다. 언덕의 경사로에 지어진 자그마한 아파트였던 만큼, 놀이터 또한 비탈을 삼단으로 깎아 예쁘장하게 꾸며놓은 공간이었는데, 사실 놀이터라기보다는 마치 잘 조성된 정원의 뜰 같은 느낌을 주기에 충분했다.

잔디 대신 키 낮은 클로버가 카펫처럼 깔려 있는 놀이터 마당에는 때마침 불어오는 오월의 훈풍을 타고 감꽃이 팝콘처럼 떨어져 내렸다. 바람결 따라 이리저리 흔들리던 자귀꽃 향기가 우리가 앉은 벤치에까지 실려 오기도 했다. 노랗게 페인트칠된 시소가 푸른 클로버 이파리 속에서 선명하게 도드라져 보였다.

우리는 앞으로 태어날 아이가 시소를 타고 푸른 하늘 속으로 껑충 뛰어오르는 모습을 꿈결처럼 그려보기도 했다. 축구를 하다 넘어져도, 공을 받다 놓쳐도, 미끄럼을 타다 고꾸라져도, 회전 지구에서 손잡이를 놓쳐도 무릎이 깎이지 않을 만큼, 클로버 이파리로 뒤덮인 놀이터 바닥은 풍성했다. 마치 동화 속에서나 나올 법한 그림 같은 풍경이었다.

방마다 자그마하게 붙어 있던 붙박이장도 어린 시절 벽장에 대한 향수를 가진 우리에는 더없이 좋은 구조였다. 인연이 되려고 그랬던지 보이는 것마다 마음에 들었다.

베란다에 둥글게 여백을 만들어낸 유리창 앞에 선 우리는 밖을 내다보며 탄성을 내지르기도 했다. 야트막한 언덕 위로 툭 트인 하늘이 더없이 시원했고, 키 큰 포플러가 바람에 파도 소리를 내면서 몸을 뒤척이고 있는 모습은 정말 아름다웠다. 남편은 한껏 만족스러워진 얼굴로 중얼거렸다.

여기에 원목 다탁을 놓고 당신과 내가 마주 앉아 따뜻한 차를 마시는 거야. 해질 무렵의 황혼을 바라보며 그렇게 늙어가도 좋겠지.

정말 그랬다. 이런 집이라면 하루 한 잔의 찻값을 지불하듯, 장기 상

환 융자금으로 얻은 이십 년의 칸들마저 기꺼이 메워나갈 수 있을 것 같
았다.

전화벨이 울리자 남편이 황급히 수화기를 들었다. 준우였다. 벽시계
를 보니 자정을 막 넘어서고 있는 시각이었다. 나는 숨 쉬는 것도 잊은
채 남편 곁에 바짝 붙어 앉아 귀를 기울였다.

전화하셨어요?

잠자다 막 깨어난 듯한 목소리였다.

너 지금 어디냐? 광주냐?

아뇨, 서울이에요.

별 일 없는 거나?

네.

전화기는 왜 꺼져 있는 거냐?

오후에 아이 재우면서 꺼놨다가 이제 켰어요. 근데, 무슨 일 있어요?

아무 일도 없다는 듯 나른한 준우의 목소리를 듣자, 온몸의 뼈마디가
먼지처럼 부스스 내려앉는 기분이었다. 남편이 안도의 한숨을 길게 내
쉬었다. 그래, 별일 없어야지. 혼잣말처럼 중얼거리던 남편은 준우에게
옆에 제수가 있느냐고 다시 물었다.

아뇨, 담배 사러 혼자 나왔어요.

그러자 남편이 낮은 목소리로 말을 이었다.

오늘 낮에 이런 쪽지가 왔다.

남편이 쪽지를 읽었다. 음울한 음성이었다. 전화기 저편에서는 아무 말이 없었다. 무겁고도 긴 침묵이 이어졌다. 이윽고 더듬거리듯 준우가 천천히 입을 열었다.

저는 모르는 일이에요. 최근에 광주에 내려가 본 적도 없고요.

그래?

…….

그렇다면 돈 갚으라는 협박이 아닌가 모르겠다. 네게 연락이 안 되니까 전에 살던 이곳으로 연락을 한 거겠지. 사채 쓴 거 있냐?

아뇨.

그러면 됐다.

죄송하다고 준우는 덧붙였다. 걱정하지 말라고, 현재의 상황이 좋은 것은 아니지만, 아직은 견딜 만하다고 했다.

파산신고를 준비하고 있어요. 일부는 탕감 받을 수 있을 거예요.

네 처도 알고 있냐?

다는 몰라요.

바람이 부는지 유리창이 요란하게 덜커덩거렸다. 한참 동안 침묵을 지키고 있던 남편이 어린 동생을 달래듯 조용히 말을 이었다.

그래, 너무 의기소침해하지 마라. 어떤 식으로든 방안이 생기겠지. 설마 죽으라는 법이야 있겠냐.

한없이 따뜻한 어조였다.

죄송해요. 저 때문에…….

준우의 목소리가 잦아들었다.

우리는 준우와 함께 이 집에서 그런대로 잘 살았다. 남편과 열두 살의 나이 차이로 띠동갑이었던 준우는 어렸을 때부터 공부를 잘해 제법 수재 소리를 들으며 자랐다. 그가 S대 입시에 실패하고 재수와 삼수를 거듭한 끝에 안착한 곳이 이곳 국립대학 법대였다. 대학을 졸업하고도 두어 번의 고시를 치를 때까지 같이 살았으니, 중간에 군대 기간을 뺀다 해도 적지 않은 세월이었다.

결혼하기 전, 남편이 사는 집을 방문했을 때 나를 처음 맞이한 사람도 준우였다. 그때까지 나는 TV 잡지에서나 볼 수 있는, 그토록 잘 생긴 사람을 실물로 만나본 적이 없었다. 눈에 번쩍 뜨일 만큼 훤칠한 키에 잘 생긴 외모를 가졌으면서도 요란하지 않은 분위기가 어딘지 품격을 느끼게 했고, 말수가 적은 사람에게서 흔히 발견되는 특유의 우수까지 깊게 배어 있었다. 더듬듯 천천히 말을 하거나 수줍게 웃을 때에는 어김없이 막내티를 내긴 했으나, 순수하고 따뜻한 성격을 가진 부모로부터 보살핌을 잘 받고 자라난 사람이라는 인상을 주기에 충분했다.

준우는 사람들과 그다지 활발한 교류를 나누는 것 같지는 않았다. 학교에서 돌아오면 독서실로 공부를 하러 가거나 집에서 음악을 들으며 시간을 보냈다. 나는 그때 처음으로 준우의 방에서 들려오는 김현식이나 전인권의 음악을 들을 수 있었고, 쇼스타코비치의 음악이 있다는 것도 알게 되었다.

재학 중에 한 번, 졸업하던 이듬해에 또 한 번, 1차 시험에 합격을 했던 준우는 마침내 서울에 있는 고시원으로 거처를 옮겼다. 기대에 차 있던 시골의 부모님과 형을 설득하는 일은 그리 어렵지 않았다. 지방에서 공부하는 것보다 고시원의 메카라 불리는 신림동에서 공부하는 게 시간 절약과 수험정보에 이득이 될 거라고 말하는 준우의 관자놀이가 불끈거렸다. 준우의 방에 수북이 쌓여 있던 엘피판이 고스란히 집에 남겨졌다.

갚을 능력이 없는 동생 대신 형이 갚으라는 협박일지도 모르겠어. 준우는 사채업자가 아니라고 말하지만.

남편이 한숨을 길게 내쉬었다.

그날 이후 아이는 혼자 집에 들어서는 것을 극도로 꺼렸다. 자칫 유괴당할 수도 있다는 두려움까지 가세해진 우리는, 아이를 친구 집에 가 있게 하거나 내가 근무하는 매장으로 와서 퇴근을 할 때까지 기다리게 했다. 나 또한 아이의 손을 꼭 붙든 채 집으로 돌아오면서도 대문 앞에 이르면 머리끝이 곤두서는 기분이었다. 엘리베이터 문이 열리는 순간도 두려웠고, 대문 앞에 설 때면 누군가 뒷덜미를 낚아챌 것 같아 몸을 떨었다.

아이는 밤마다 내 손을 쥔 채 잠이 들었다. 악몽에 시달리다 땀에 젖은 얼굴로 깨어나기도 했다. 삼촌이 딱딱한 시체가 되어 들것에 실려 나가는 꿈을 자꾸 꾼다고 했다. 남편이 어두운 얼굴로 아이의 손을 잡아주는 동안, 나는 아이의 가슴을 꼭 껴안아주곤 했다.

당신에게 미안해. 그동안 시동생 뒷바라지에 애썼을 텐데……

내가 뭐 한 게 있어야지.

불평 없이 살아준 것만으로도 고마운 일이지.

애써 겸손을 부리는 것은 아니지만, 남편의 치사는 사실이 아니었다. 시간이 맞으면 같은 식탁에서 얼굴을 맞댈 수 있었지만, 굳이 식사를 따로 챙겨주거나 하지는 않았다. 자신이 원하는 시간에 스스로 차려먹는 게 편하다는 준우는 스스럼없이 냉장고에 넣어둔 음식들을 찾아먹었고, 밤늦은 시간이라도 고기를 꺼내 구워먹기도 했다. 게다가 준우꺼, 준우꺼, 해가면서 시어머니가 따로 챙겨준 게 적지 않았다. 장조림과 물김치을 따로 만들었고, 닭고기를 싸주면서도 이 넓적다리는 준우꺼다, 라는 말을 덧붙이며 찢어놓았다. 마를세라 비닐로 꼭꼭 여며주던 떡이나, 둥글고 예쁜 과일을 호주머니에 넣어주기도 했다. 시어머니에게 준우는 늦은 나이에 낳아 애틋하기만 한 막내아들인데, 잘 생기고 공부까지 잘 해주어 대견하기 그지없는 삶의 보람이자 자랑이었다. 막내아들에게 찾아올 훤한 미래는 너무나 당연한 것이었다. 준우 또한 나이가 들 때까지 '옴마'라는 호칭으로 늙은 어머니의 사랑에 화답했다.

아무래도 어머니가 준우를 버려놓았지 싶어.

남편이 혼잣말로 중얼거렸다. 막내랍시고 지나치게 애지중지 키운 탓에 강인하지 못한데다 의존심만 키웠지 않겠느냐는 것이었다.

원래 성품이 따뜻하신 분이잖아. 서로 사랑을 듬뿍 주고받는 모습이 보기에 좋던데 뭘.

남편이 놀란 눈으로 나를 쳐다보았다. 그러다 이내 고개를 끄덕이며 말을 이었다.

하긴, 부모 자식 간에도 서로 할퀴는 세상이니까.

불안하면서도 고요한 나날이 흘러갔다. 그 사이 겨울은 한층 깊어졌고, 우리의 두려움도 시간의 흐름에 따라 조금씩 엷어져갔다. 누군가의 두 번째 방문이 있기 전까지.

눈은 오지 않으면서 날 세운 칼바람이 살점이라도 베어갈 듯 끝없이 몰아치고 있던 어느 날의 오후였다. 쉽게 드리워지는 겨울 어둠 속에서 나는 저녁 찬거리가 담긴 비닐봉지를 손에 든 채 집을 향해 종종걸음을 쳤다. 엘리베이터에 올라탄 나는 벽거울을 보면서 바람에 헝클어진 머리를 걷어낸 다음, 출입구를 향해 무심히 돌아섰다. 엘리베이터의 문이 열렸고, 나는 습관처럼 호주머니의 열쇠를 더듬으며 대문 앞으로 바짝 다가섰다.

그때였다. 돌연 불그죽죽한 기운이 시야 가득 파고들었다. 대문과 벽면이 온통 붉은 낙서들로 뒤덮여 있었다. 피 칠갑을 해놓은 듯 아무렇게나 그어놓은 낙서 속에는 의미를 알아볼 수 없는 기호들로 가득했다. 붉은색 매직으로 휘갈겨진 자국들은 충혈된 눈알처럼 섬뜩했다.

나쁜 놈! 나쁜 놈! 나쁜 놈! 어서 내 돈 갚아! 다시는 내 앞에 나타나지 마! 제발, 제발!!!!

복도는 이미 어둑해지기 시작한 때여서 낙서는 더욱 불길하고 음습한 기운을 풍겼다. 나는 떨리는 가슴을 진정시키며 황황히 집 안으로 들어갔다. 물걸레를 가지고 와서 현관문을 닦기 시작했다. 얼룩은 좀체 지워지지 않았다. 다용도실에서 찾아낸 휘발유로 힘껏 문질러댔다. 서둘러야 했다. 아이가 학원에서 돌아오기 전까지 원상복구를 시켜놓아야 한다는 생각뿐이었다. 아이에게 또다시 충격을 안겨줘서는 안될 일이었다. 대문의 얼룩은 차츰 희미해졌지만, 까칠한 벽면은 역부족이었다. 걸레를 움켜쥔 채 벽면을 문질러대던 나는 문 앞에 털썩 주저앉아 버렸다.

사위가 뱅뱅 돌았다. 악몽을 꾸고 있는 것 같았다. 우리들을 지켜 주던 집, 그 대문 앞에서 이제 들어설 수도, 나설 수도 없게 되어버렸다는 생각만 떠돌 뿐이었다.

고시원에 둥지를 튼 준우는 칠순의 부모가 삽을 뜨고, 김을 매고, 고사리를 끊고, 감을 팔아 송금해주는 생활비에 기대어 공부를 시작했다. 세월은 재빨리 흘러갔지만, 별다른 소식은 들려오지 않았다. 준우가 공부를 핑계로 고향에 내려오지 않는 일이 잦아졌다. 남편은 준우가 손을 내밀 때마다 은밀히 목돈을 마련해주는 모양이었다. 몇 번씩 원조를 해주던 다른 형제들도 차츰 그의 '공부'를 믿지 않게 되었고, 남편 또한 그에게 취직을 권유하기에 이르렀다.

어느 해인가 남편은 준우를 설득하기 위해 고시원에 다녀온 적이 있었다. 남편은 고시원이란 사람 살 데가 못된다며 고개를 흔들었다. 자신의 처지를 비관하는 듯 하면서도 비슷한 처지의 사람들끼리 모여 있다 보니, 헤어 나오려는 생각이 아예 없어지게 되는 모양이라고 했다. 경기가 좋아질 때까지 버틴다는 배짱으로 세월만 축내고 있는 놈, 게임에 미쳐 있는 놈, 술 마실 건수만 찾아다니는 놈, 여자 친구와 동거를 목적으로 들어온 놈 등등 고시원은 사회에서 낙오된 폐인들로 가득 찬 곳이라며 담배 연기를 토해냈다. 나는 연기를 손으로 내저으며 칼칼해진 목소리로 물었다.

그러면 준우는?

발도 못 뻗을 만큼 작은 방에서 컴퓨터에 빠져 있더라고.

게임?

남편이 한숨을 길게 내쉬며 고개를 저었다.

모니터에 주식현황판이 깔려 있더라구. 낮잠을 자면서도 실시간으로 확인하고 있었던 모양인데, 내가 들어서니까 황급히 꺼버리더라니까.

…….

법전은 하나도 보이지 않고, 경제잡지 나부랭이들만 잔뜩 널려 있더라고.

어렸을 때부터 우등생이었다던 준우. 할 줄 아는 게 오로지 공부밖에 없었던 그는, 입사 시험을 치르는 데에도 나이 제한에 걸려버릴 만큼 너무나 많은 세월을 보내버린 모양이었다. 그에게 '공부'는 전망 없는 현실을 견디기 위한 피난처 구실을 했을 것이고, 그 안전망에 몸을 숨긴 채 준우는 급기야 미래의 역전을 도모하지 않을 수 없었을 것이다.

가슴에 선득선득 찬바람이 일었다. 밤마다 꿈인지 환영인지 모를 헛것들이 시야를 어지럽히곤 했다. 불그죽죽한 낙서가 어지럽게 뒤엉켜 있던 현관문. 그 문의 안쪽에는 엄마, 무서워! 소리를 연발하며 이불 속으로 파고드는 아이가 있었고, 한기가 드는 몸을 둥글게 웅크린 채 어두운 얼굴로 망연히 시선을 놓고 있는 한 여자가 있었다. 어딘가를 향해 발작적으로 전화기 버튼을 눌러대는 남자의 캄캄한 얼굴이 바람 부는 유리창에 음화처럼 떠다녔다.

살풍경한 북풍이 유리창을 거칠게 흔들고 지나가던 겨울밤이었다. 사람들은 시베리아 유형지 같은 도시의 거리를 자라목처럼 웅크린 채 종종걸음을 치고, 한번 집 안으로 사라진 후에는 절대 문 밖으로 얼굴을 내밀지 않았다. 삭풍에 얼굴을 베일까 두려웠으므로.

들것으로 실려 나가는 삼촌을 꿈속에서 보게 될까봐 잠을 이루지 못한 아이는, 초록색 벙거지 모자를 쓴 여자가 밖에서 울고 있을까봐 문도 열지 못하는 나는, 정체를 알 수 없는 불운에 속수무책 담배만 피우는 남편은, 애꿎게도 이제 더 이상 자신들을 지켜주지 못하는 집에서 떠나야 한다고 생각하고 있었는지도 모른다. 무서워서 더는 살 수 없다고 생각하고 있었을 것이다. 그러나 어디로 갈 것인가. 악령은 꿈속까지 찾아오는데.

세 번째 방문이 있었다. 인기척은 경비실의 구내 인터폰으로 전달되었다. 경비원이 우편물을 찾아가라고 말했다.

누가 보낸 건데요?

거참 별 일이네. 발신인, 수취인 주소가 똑같단 말이오.

순간, 현관 벽에 남아 있을 붉은 낙서 자국이 떠올랐다.

안 받으면 안 될까요?

글쎄, 반송해도 다시 이 주소로 오는 거 아뇨?

그러자 나도 모르게 목소리가 높아졌다.

우리가 보낸 게 아니라니까요!

그럼 알아서 하쇼!

경비원이 수화기를 거칠게 내려놓았다. 온몸에 한기가 돌았다. 집안을 옥죄어가는 불길함. 그 불운의 촉수가 이집 깊숙이 뿌리를 내리고 있었다. 뿌리는 결국 이 집을 무너뜨리고 말 것인가.

나는 몸을 움츠리며 창가로 다가갔다. 어둠 속에서 희끄무레한 안개가 이리저리 휩쓸리고 있는 게 내다보였다. 집 전체가 어두운 바다에서 표류하고 있는 난파선처럼 느껴졌다. 나는 더욱 몸을 옹송그렸다. 뼛속 깊은 곳까지 찾아드는 한기가 이대로 물러갈 성 싶지 않았다. 동료들과 회식자리에 있다던 남편에게 전화를 했다.

무서워, 어떡하면 좋지? 우편물 안에 뭐가 들어 있을지 알겠냐구.

누군가 세 번째 방문을 했고 또 문을 두드렸지만, 우리는 문을 열어야 할지 말아야 할지 몰라 안절부절 못하고 있었다. 남편은 아이가 잠든 머리맡에 앉아 담배를 피웠다. 창문을 할퀴고 가는 바람은 여자의 울음소리처럼 가늘고도 길었다. 재떨이에 거칠게 담배를 비벼 끈 남편은 주머니 속에 넣어둔 휴대폰을 끄집어냈다. 나는 황급히 남편의 손에 든 전화기를 빼앗았다.

아니, 어쩌려고?

이놈을 그냥!

당장이라도 요절낼 것 같은 기세의 남편을 제지하며 나는 문자메시지 버튼을 눌렀다. 지금 전화해 주세요. 급해요. 나는 준우가 메시지를 받고 전화해줄 때까지 기다려야만 한다고 생각했다. 수줍은 웃음으로 말 끝을 흐리는 그의 아내는 선녀처럼 착한 여자였다. 준우는 아이 셋을 낳을 때까지는 절대 선녀 옷을 내놓으면 안 되는 나무꾼이었으므로, 얽히고설킨 채무관계는 당분간 비밀로 하는 게 옳다고 생각했다. 어떻게 마련한 가정인가. 지금은 한없이 부실하고 위태로운 가정이지만, 거기에는 삶의 증거가 되어줄 아내와 아이가 있지 않은가. 날개옷을 입은 아내가 아이를 껴안고 하늘로 훨훨 날아가게 만들어 버릴 수는 없다. 메시지를 읽은 준우는 담배를 사러 가듯, 아내 몰래 살금살금 슬리퍼 소리를 죽이며 집 밖으로 나와 전화를 할 것이다.

김준우씨 형과 형수님 보세요.

저 좀 구해 주세요. 김준우씨 어디서 뭘 하는지 아시는지요. 내용 읽어보면 아시겠지만, 저희 집안일을 다 관찰하고 있답니다.

저는 팔년 전, 아는 사람의 소개로 김준우씨를 만났던 사람이에요. 준우씨 졸업식 때, 꽃 사들고 갔던 기억이 있습니다. 그때 가족들이 많이 오셨더군요. 샀던 꽃은 아는 척을 하지 않아 전하지도 못하고 그냥 집으로 가져왔습니다. 그때 저는 전문대학을 졸업하고 취직한 상태였고, 준우씨도 공부를 위해 서울로 올라갔기 때문에 그 뒤로 만난 적은 별로 없

습니다. 어쩌다 공부가 힘들다는 메일을 받고 일 년에 한두 번 만나기도
했지만, 연락이 끊긴 지 삼년이 넘었습니다. 그동안 저는 직장을 그만두
고 유치원 임용고시를 준비해오면서 언젠가는 연락을 해오지 않을까 기
다렸습니다.

　그런데 몇 달 전에 나타나서 얼마나 기뻤는지 모릅니다. 하지만 그것
도 잠시, 나에게 나쁜 욕설을 어찌나 많이 하던 지요. 얼마 전부터는 제
집 근처에 나타나 도청 장치를 해놓고 저를 괴롭히고 있답니다. 저희 식
구를 싸잡아서 온갖 악담을 퍼붓고, 병들어서 죽으라고, 전화를 도청하
고, 무선장비를 가지고 있으면서 핸드폰까지 엿듣고 있습니다. 저도 몰
랐는데 팔년 동안이나 저를 따라다녔다고 하네요. 갈수록 더 좋은 장비
를 구입해서 이제는 내가 가는 목욕탕, 화장실까지 따라다니면서 움직
임을 관찰하고 있어요. 제가 선본 사람도 자세히 알더군요. 그 충격으로
병원을 두 군데나 갔다 왔습니다. 그 문에 낙서한 것은 시험공부를 해야
되는데, 준우씨가 계속 따라다녀서 너무 괴롭고, 그 집도 팔년 전의 수
첩을 찾아서 알아냈습니다. 나 좀 괴롭히지 말라고 해주세요. 제가 죽겠
습니다……

　문 앞에서 한 여자가 울고 있다. 여자는 찬바람이 휘돌고 지나가는 아
파트 현관문 앞에서 애써 울음소리를 죽이고 있다. 여자는 끝내 자신의
울음을 감당할 수 없어 심장에서 꺼낸 피를 묻혀 대문에 피 칠갑을 해놓
는다. 초인종을 눌러보지도 못한 채 어깨를 떨며 울다가, 시린 겨울바람
속으로 멀어지고 있다.

죄송합니다.

편지를 읽고 난 남자가 고개를 수그렸다. 단정하게 이발된 까만 머리칼 속에서 흰 가르마가 선명하게 내다보였다. 대기업 지방지사에 근무하고 있다는 남자는 여자의 동생이었다. 괜찮아진 줄 알았는데. 남자는 봉투를 탁자 위에 올려놓으며 중얼거렸다.

나는 남자의 등 너머로 시선을 돌렸다. 금방 눈이라도 퍼부을 듯 칙칙한 하늘이 도시 위로 무겁게 드리워져 있었다. 몇 개의 고층빌딩 사이로 남자가 근무한다는 회사의 건물이 아스라이 내다보였다. 평일 오후 커피숍은 한가했다.

여동생들까지 모두 결혼을 했고 번듯한 직장들을 가지고 있는데, 혼자 삼 년째 어두침침한 독서실에서 지내다 보니…….

그동안 여자는 환청과 환영으로 발작을 일으켜 두 번이나 정신과 치료를 받았다고 했다. 그러자 이번에는 남편이 남자에게 고개를 숙였다.

어찌됐든 제 동생으로 인한 일이니, 도의적인 책임은 저희들이 져야겠지요.

남자가 물 컵을 만지작거리며 말을 이었다.

사실은 누나가 김준우 씨를 무척 좋아했습니다. 준우씨 이야기만 나오면 누나가 어쩔 줄 몰라 하니까, 아버지께서 웃으시면서 그러면 사위 삼을 끄나? 라고 말씀하신 적도 있습니다.

그랬군요.

남편은 준우를 대신해 진심으로 사과하는 것 같았다. 준우에게 불 같이 화를 내던 때와는 너무도 딴판인 얼굴이었다. 이 멍청한 자식이, 여자관계 하나도 정리 못하고! 그때 나는 남편에게 뭐라고 했던가. 화만 내지 말고 생각해 봐. 그 상황이라면 어떻게 자신 있게 결혼하자고 말할 수 있었겠어? 자주 만난 사이도 아니었다는데, 여자가 일방적으로 좋아하고 기다렸던 거 아닌가? 결혼 약속을 한 적도 없다잖아. 그러나 남편은 내 말을 들은 척도 하지 않았다. 준우에게서 다시 전화가 왔을 때 어땠던가. 준우가 풀인 목소리로 제가 만나볼까요? 라고 묻자, 네 얼굴을 보면 상황이 더 악화될 게 뻔하지 않겠냐고 퉁명스럽게 손을 젓던 남편은 준우의 대답을 듣지도 않은 채 일방적으로 전화를 끊어버렸다.

뭐라 드릴 말씀이 없습니다.

두 남자의 의례적인 인사를 듣고 있노라니 왠지 모르게 화가 났다. 자신의 삶을 세우지 못한 채 남자를 통해 생의 디딤돌을 얻고자 했던 무책임한 여자와 과거를 제대로 매듭짓지 못한 채 다른 여자와 결혼을 해버린 준우. 두 사람의 문제라면 그것만으로도 충분했다. 나는 치밀어 오르는 욕지기를 내뱉듯 남자를 향해 속사포로 말을 쏟아냈다.

저희 집에 함께 가보실래요? 우리 집 대문에 어떻게 낙서를 해놓았는지 확인해 보게요. 어린아이가 집에 들어서기를 두려워하고 밤마다 잠을 못 자요. 어른도 대문 앞에 서면 머리가 쭈뼛쭈뼛 서는데, 어떻게 그 집에서 살 수 있겠어요? 이런 일이 또 일어난다면, 그때는 경찰을 부르겠어요.

내 말은 칼날이 되어 남자의 가슴에 꽂혔으리라. 그런데도 남자는 끝까지 절제된 목소리로 고분고분하게 응대해 왔다.

죄송합니다. 다시는 이런 일이 생기지 않도록 각별히 신경을 쓰겠습니다.

남자의 태도에 한 풀 수그러진 나는 할 말을 잊어버렸다. 그러자 남편이 낮은 목소리로 입을 열었다.

제 동생은 고시를 접은 지 오래됐고, 늦게서야 가족들이 서둘러서 결혼을 시켰습니다. 돌 지난 아들도 하나 있고요. 하지만 채무관계로 숨어 지내는 처지다 보니 혼인신고도 못한 상태입니다. 그러니 서로 양해해 주는 차원에서…….

마무리를 했으면 좋겠군요, 라는 말을 남편은 차마 잇지 못했다. 허공에 시선을 놓고 있는 남자의 얼굴이 딱딱하게 굳어져 있었기 때문이었다.

결혼을…… 했군요.

한참 동안 침묵에 잠겨 있던 남자는 고개를 끄덕이며 혼잣말처럼 중얼거렸다.

어쩐지 친구를 만났다던 그날, 넋 빠진 얼굴로 횡설수설하더라니.

남자와 헤어져 돌아오는 내내 우리는 아무런 말도 꺼내지 못했다. 나는 무거운 침묵에 어깨를 짓눌린 채 자동차 시트에 기대어 눈을 감았다.

다음 날 아침이었다. 남편이 출근을 서두르고 있는데 남자에게서 전화가 왔다. 다급한 목소리였다 결혼했다는 사실을 알고 있으면서도 믿으려고 하질 않습니다. 어떡하죠? 부모님까지 나서서 설득을 했지만 소용이 없어요.

남자의 목소리가 떨리고 있었다. 간밤에 여자의 집이 발칵 뒤집혔다고 했다. 부모님들은 결혼도 안한 딸이 남자문제로 정신 병력을 앓고 있다는 것이 사람들에게 알려질까 봐 전전긍긍하는 모양이었다. 남편은 올 것이 왔다는 듯, 차분하게 가라앉은 목소리로 입을 열었다.

어떻게 도와드리면 될까요?

결혼사진을 직접 봐야 믿을 모양입니다.

남편이 기가 막힌다는 듯 내 쪽을 돌아본 다음, 냉정한 목소리로 덧붙였다.

그렇게까지 할 필요가 있을까요?

남자가 길게 한숨을 내쉬었다.

결혼사진도 두 사람만 찍은 거 말고, 가족 전체가 같이 찍은 사진이라야 믿을 겁니다.

…….

죄송합니다. 눈으로 직접 확인하게 해서 포기를 시키는 것이 가장 빠를 것 같습니다.

알겠습니다.

남편이 막 수화기를 내려놓으려는 순간, 남자가 잡아채듯 덧붙였다.

혹시, 준우씨가 돈 이야기는 안하던가요?

무슨 말씀이죠?

급전이 필요하다고 해서 몇 번 빌려준 적이 있는 모양이에요.

남편은 아연한 얼굴로 수화기를 내려놓았다.

남자가 여자의 이름으로 된 통장 사본을 팩스로 보내온 것은 그 날 오후였다. 세 번의 송금처가 모두 준우 통장번호로 되어 있었다. 남편은 곧 준우에게 이 사실을 확인했고, 준우는 그런 적이 있었던 것은 사실이나, 두어 번은 갚은 것 같다는 애매한 대답으로 끝을 흐렸다.

결혼을 결심한 여자가 악착같이 돈을 벌어 가난한 고시생을 뒷바라지했다는 이야기는 신파적인 드라마에만 나오는 게 아니었다. 채무로 쫓기기 시작한 남자에게 해결해야 될 사안은 앞뒤 가릴 수 없을 만큼 시급했을 것이고, 급기야 여자에게 요청해야 하는 상황까지 급진전되었을 것이다. 여자는 손을 뻗어도 좀체 닿지 않던 상대가 비로소 자기 품 안으로 들어왔다고 느꼈을 것이고, 그런 만큼 오히려 남자의 요청이 기꺼웠을 것이다. 고난을 같이 나누고 있는 듯한 일체감이 여자를 행복하게 만들었을 것이다. 여자는 기쁜 마음으로 돈을 건넸을 것이고, 남자는 조만간 되갚으리라고 생각했을 것이다.

이런 멍청한 자식!

남편은 분을 삭이지 못하고 한참 동안이나 씩씩거리고 있더니 떨리는 목소리로 덧붙였다.

너는, 그 여자가, 불쌍하지도 않냐?

남편은 시골에 가서 부모님 몰래 벽에 걸린 액자를 떼어 왔다. 그렇잖아도 막내의 부채 때문에 화병을 얻게 된 시어머니가 이 일까지 알면 무슨 변고가 생기고 말 것이라는 불안 때문에 남편은 일련의 모든 일을 흔적 없이 처리해야 했다. 남편은 액자를 떼어낸 자리에 달력을 걸어놓고 왔다고 했다.

사진 속의 얼굴들은 모두 웃고 있었다. 잘 생긴 신랑에 기댄 신부는 누구보다도 화사하고 행복한 표정을 지었고, 가족들은 무거운 짐 하나를 털어낸 기분을 감추지 못했다. 이제 더 이상 형제들에게 기대지 않고 스스로 살아가리라 생각했을 것이다.

그 속에서 유일하게 고개를 갸우뚱 기울이고 있는 사람은 준우였다. 이렇게 되어도 좋은가? 싶은 표정 같았다. 눈을 동그랗게 뜨고 있던 준우는 웃고 싶은지 울고 싶은지 종잡을 수 없는 얼굴로 가족들에게 둘러싸인 채 외로운 섬처럼 떠 있었다.

정말 미안해, 그리고 고맙고…….

대출을 받는데 선뜻 동의해준 내게 남편은 그렇게 말했다. 나는 고개를 흔들었다. 여자에 대한 도의적인 책임감이라기보다는, 머리채를 잡아끄는 듯한 두려움에서 한시바삐 벗어나고 싶었을 뿐이었다. 불그죽죽한 낙서로 흉흉하게 얼룩진 대문을 들고날 때마다 거기에 달라붙어 울고 있는 한 영혼에 두려움을 느낀다는 것만으로 여자의 고통을 온전하게 이해한다고 할 수는 없었다. 돈으로 무마시키려는 우리들의 태도가 야비하고 잔인하게 느껴지지 않는 것은 아니었으나, 아무리 우리가 차가운 두 손을 맞비빈다 해도 여자의 상처를 따뜻하게 쓸어줄 다른 방도는 없었다. 어쨌든 이 모든 일도 내일이면 끝난다. 사진을 확인하러 나오는 여자와 만나게 될 테니까.

약속된 시간이 다가오고 있었다. 남편은 담배를 피워 문 채 자꾸만 시계와 출입구를 번갈아 쳐다보았다. 남편의 얼굴에 초조한 기색이 역력했다. 하릴없이 사진의 가장자리를 만지작거리고 있던 내 손바닥에도 땀이 배어났다. 과연 여자는 나타날 것인가.

십여 분이 더 흘렀을 무렵에야 남자가 출입구로 모습을 드러냈다. 남자의 뒤에는 초록색 벙거지 모자를 쓴 여자가 주춤주춤 따라오고 있었다. 남자의 체구에 가려 보이지 않을 만큼 작고 마른 몸을 가진 여자였다. 예쁘게 생긴 얼굴은 아니었으나 그렇다고 밉상이라고 할 수도 없는 얼굴이었다. 펑퍼짐한데다 윤곽이 그다지 선명치 않은 여자의 얼굴은 어디에서나 한 번은 봤음직한 평범한 인상을 풍겼고, 그런 만큼 뒤돌아서면 금방 잊혀져버릴 수 있는 여자였다.

남자가 자리에 앉으면서 여자를 향해 옆에 앉으라는 신호를 보냈다. 그러나 여자는 앉을 생각이 없는지 고개를 외로 튼 채 탁자 옆에 서성거리기만 했다. 여자는 이곳저곳에 자꾸 곁눈질을 하는, 산만하고 불안정해 보이는 눈빛을 하고 있었다. 남자는 좀체 우리와 눈을 마주치려고도 하지 않는 여자를 보고, 대화가 어렵겠다고 판단했던지 서둘러 말을 꺼냈다.

사진은 가져오셨겠지요?

남편은 신문지를 벗기고 사진을 탁자 위에 올려놓았다. 그러자 딴 데를 쳐다보고 있다고 생각했던 여자가 재빨리 탁자 위에 놓인 사진을 움켜들었다. 숨이 멎을 듯한 침묵이 흘렀다. 이어 여자의 입이 점점 벌어지더니 어, 어, 어…… 신음 소리가 흘러 나왔다. 소리는 커졌고 눈동자도 점점 치켜 올라갔다. 그러다가 고통스러운 듯 가쁜 숨을 껵, 껵, 토해냈다. 급기야 여자는 사진을 팽개쳐버렸고, 짐승처럼 울부짖으며 밖으로 뛰쳐나갔다. 당황한 남자가 황급히 여자의 뒤를 쫓았다. 커피숍 안에 있던 사람들이 일제히 우리를 쳐다보고 있었다. 남편과 내가 당황해하며 사진을 추스르는 사이, 밖으로 나갔던 남자가 다시 뛰어 들어왔다.

돈은, 가져오셨나요?

남편이 반사적으로 속주머니를 더듬어 수표가 든 봉투를 꺼냈다. 그러자 남자가 낚아채듯 봉투를 받아든 다음, 미리 준비해온 듯한 종이를 내던지고 황망히 뒤돌아섰다. 남자가 던진 종이에는 날짜와 함께 수령인으로 된 여자의 이름이 적혀 있었다.

여자의 방문은 거기서 끝났다. 그러기에 뒷이야기는 알지 못한다. 다만 나는 여자가 겨울 내내 불었던 바람에도 쓰러지지 않았기를 바랐을 뿐이다. 우리가 건넸던 돈이 무너진 가슴을 추스르는데 도움이 되었을까. 여자가 살아가야 할 단단한 집을 짓는데 주춧돌 하나의 구실이라도 했기를 바라지만, 그건 알 수 없는 일이다.

그 뒤 우연히 사진을 다시 보게 되었을 때, 나는 준우의 가슴 언저리에 깊이 팬 손톱자국을 발견할 수 있었다. 뜨거운 울음을 어쩌지 못한 여자가 움켜쥐듯 사진에 손톱을 박던 그 순간, 준우의 가슴도 움찔했을까. 산다는 것이 이토록 가슴 패는 일이라는 것을, 그는 과연 알게 되었을까.

많은 시간이 흘러갔다. 그 사이 겨울이 점차 물러났고, 겨울이 사라진 쪽으로부터 부드러운 바람이 불어왔다. 꽃이 피고, 새가 울었다. 꽃잎이 후르르 떨어져 내렸고, 마른 가지에 연초록 새싹이 고개를 내밀었다. 앙증스런 이파리들 위로 비가 내리기도 했다. 그렇게 봄이 가고 있었다.

그러던 어느 날이었다. 어깨에 가늘게 떨어지는 봄비를 털어내며 집 안에 들어서던 나는, 우편물 사이에 긴 정체모를 편지 한 통을 발견했다. 발신자와 수신자가 명확하지 않는 걸로 보아 우편배달부가 놓고 간 것은 아닌 성 싶었다. 나는 까닭모를 긴장에 몸이 움츠러드는 것을 느끼며 봉투를 뜯었다.

작년 십일월을 기억하시나요. 돈은 잘 받았습니다. 돈 받으려고 한 것은 아닌데 일이 이상하게 되어버렸더군요. 그러느라 몇 년째 준비해온 임용고시를 치르지도 못했습니다. 태어나서 가장 준비를 많이 했던 시험인데도 말이지요.

듣자하니 경찰에 신고한다고 했다면서요? 그 내용이 경찰에 신고할 내용이었습니까? 누군가가 나를 괴롭히니 도와달라는 내용이었는데요. 그 내용이 협박하는 걸로 해석이 되던가요? 그러면 가족을 협박하지 말라는 뜻으로 돈을 해주셨습니까? 저는 협박한 적 없습니다. 난 거짓말을 하고 살아본 적이 없어요. 작년에 내가 당한 수모는 절대 잊지 않을 것입니다. 이것도 협박처럼 들립니까? 신고하고 싶으면 하세요. 진실의 그림자는 계속 저를 지원하고 있을 테니까요.

편지를 든 손이 가뭇없이 떨렸다. 새로운 국면의 2라운드가 시작되는 건가 싶었다. 그러나 한편으로 생각해보니 어쩌면 나는 여자의 소식을 기다리고 있었는지도 모른다는 생각이 들었다. 어떤 식으로든 여자의 건재함을 확인하고 싶었던 것 같기도 했다. 결말이 해피엔딩이 될지 비극이 될지 알 수는 없는 노릇이지만, 어차피 삶은 계속될 터였다. 여자의 삶이 계속되어야 하는 것처럼.

나는 여자의 편지를 곱게 접어 봉투에 집어넣은 다음, 저녁 준비를 하기 위해 부엌으로 들어갔다. (2006)

알바트로스, 날다

당신이 만약 머리를 식히기 위해 자동차를 몰고 도시 외곽으로 나간다면, 당신은 한적한 국도변 자락에 위치한 몇 개의 카페들과 마주치게 될 것이다. 운 좋은 날에는 강가의 어귀에 막 출항 준비를 마친 듯한 거대한 함선 모양의 배 카페도 만날 수 있다. 허공에 뜬 돛은 거대한 새의 날개처럼 하늘을 향해 펄럭이고 있을 것이다. 늘 어딘가로 떠나고 싶어 했던 미완의 꿈을 떠올리며, 당신은 그곳 주차장에 차를 세우게 될지도 모른다.

　더위가 맹렬한 기세를 높이는 늦여름, 땡볕 아래 풀기 없이 늘어진 봉숭아와 채송화가 잡풀 속에 피어있는 뜰을 지나 카페 안으로 들어서면, 계산대에 앉아 잡지에 얼굴을 파묻고 있던 여자 하나가 당신을 향해 몸을 일으킬 것이다. 물 빠진 긴 치마를 입고, 화장기 없는 얼굴에, 생머리를 질끈 동여맨 창백한 얼굴의 여자가 카페 창턱에 피어나는 백일홍 꽃들을 무심히 바라보며, 간간이 드나드는 손님들에게 커피나 홍차를 팔면서, 손님이 없는 빈 시간에는 철 지난 여성지에 고개를 묻은 채 무료한 표정으로 하루를 보내는 여자가, 물방울이 엉긴 컵을 쟁반에 받친 채 주문을 받으러 올 것이다. 그러면 당신은 여자를 향해 이렇게 말하면 된다.

　태풍이 올 모양이에요.

　여자는 깜짝 놀란 얼굴로 당신을 바라볼 것이다. 그때 당신은 여자의 어깨 너머로 병약한 노인이 지하실 계단을 밟고 올라오는 모습을 보게 될지도 모른다. 비쩍 마른 노인의 바짓가랑이가 지하에서 올라오는 바람을 받아 깃발처럼 펄럭일 것이다. 연장통을 들고 계단을 올라오던 노인이 혼잣말을 하듯 중얼거리지만, 말소리는 바람소리에 묻혀 알아들을 수 없을 것이다. 그러면 당신은 노인의 말을 흉내 내어 한 번 더 중얼거리면 된다.

　아무래도 바람이 심상치 않아요.

　노인의 한쪽 어깨가 눈에 띄게 쳐져 있을 것이다. 연장통의 무게가 아니더라도 한 걸음씩 내딛는 노인의 걸음걸이가 몹시 힘겨워 보일 것이다. 노인의 몸은 세월에 풍화되는 낡고 퇴락한 담장처럼 허물어지고 있는 모습이다. 허리를 곧추세우지도 못한 채 엉거주춤 절름거리며 다가온 노인이 연장통을 여자에게 내밀면, 여자는 계산대 안쪽에 마련된 수납장에 연장통을 받아 넣으며 퉁명스럽게 내뱉을 것이다.

　제발 가만히 좀 계시라니까요!

당신은 여자의 말에 딴청을 부리는 노인처럼 유리창 바깥에 핀 백일홍 꽃가지에 고개를 돌리면 된다. 그러면 백일홍 나무 뒤편으로 가느다랗게 흐르고 있는 강물이 시야에 들어올 것이다. 양쪽으로 아스라이 펼쳐진 푸른 들판. 알곡을 매달기 시작한 벼이삭들이 바람에 우줄우줄 춤추고 있는 모습을 바라보고 있노라면, 강물은 천천히 흘러 당신의 발부리 아래서 찰랑이는 물소리를 낼지도 모른다. 그러면 당신은 돌아가야 한다는 것을 잊어버릴 수도 있다. 들판과 강물과 백일홍 나무가 내다보이는 고즈넉한 풍경 하나로 남고 싶어질 것이므로.

*

여자의 이름은 김미아. 아름다울 美, 아이兒. '아름다운 아이'다. 여자가 세상에 태어날 때, 아버지는 원양 어선을 타고 아프리카 근해의 인도양에 떠있었다니, 여자의 이름을 지은 사람은 엄마가 틀림없다. 엄마는 자신을 지켜봐줄 남편이 없는 변두리 후미진 산부인과 분만실에서 혼자 아이를 낳았다. 뿐만 아니라 작명은 물론 산후 조리도 변변치 않는 몸으로 호적에 등재하는 일까지 혼자 처리해야 했다. 아버지가 아프리카 잔지바르 섬에서 찍어 보낸 멋진 마도로스 복장의 사진에도 불구하고, 엄마는 육아수첩에 욕을 빽빽이 적어놓음으로써 아버지 부재에 대한 분풀이를 대신했다. 엄마는 수시로 딸아이의 작명에 대한 자신의 미학적 안목에 대해 으스대기를 좋아했는데, 그때마다 사진 속의 아버지는 엄지

손가락을 치켜 올려 엄마의 수고를 위로했다.

그러나 엄마가 죽고, 아버지마저 간암 말기의 환자로서 언제 세상을 떠날지 알 수 없는 지금, 여자는 자신의 미래 또한 어디로 흘러갈지 알 수 없게 되고 말았다. 그렇다면 엄마는 자신이 지은 딸아이의 이름이 아름답기는커녕, 길 잃은 아이가 될 수도 있다는 것을 예견했던 것일까. 여자는 자신의 이름을 '미아(迷兒)'라고 부른다.

미아의 나이 스물 넷. 고등학교를 졸업한 지 오년이 되었다. 고3 야간 자율학습 시간에 불의의 습격처럼 찾아온 엄마의 죽음을 접한 지 오년이 지났다는 뜻이다. 미아는 그때 선생님의 눈을 피해 소설책을 읽고 있었다. 소설 속의 주인공은 물 빠진 긴 치마를 입고 시골 국도변의 휴게소에서 커피와 홍차를 파는 시골 웨이트리스가 되고 싶다고 했다. 생의 중립국이며 완충지대인 그곳에서, 국도변에 흐르는 시간처럼 자동차들이 천천히 지나치는 길을 내다보며, 콧등에 검은 점이 박힌 고양이 한 마리를 키우고 싶다고 했다.*

미아는 코웃음을 쳤다. 소망을 이루기 위해서 자신의 전부를 버리고 집을 뛰쳐나가는 주인공이라면, 미아는 노력하지 않아도 얼마든지 주인공이 소망하는 여건을 갖추고 있었다. 그게 뭐 어려운 일인가. 야간 자율학습을 하느라 밤늦게 하교하는 여름이면, 지난 밤 누가 누구랑 어쨌다는 소문이 심심치 않게 퍼지는 남녀 공학인 시골 학교에서, 수학의 기

---

* 전경린의 〈염소를 모는 여자〉 중에서

초 문제에도 머리카락을 쥐어뜯는 시골 아이들에게, 전망 있고 폼 나는 대학은 애초부터 만만한 일이 아니었다. 그러므로 미아의 처지는 친구들의 부러움을 사기에 충분했다. 얼마나 근사한가. 소설 속의 주인공처럼 살아갈 수 있다니.

죽기 전 엄마는 시골 국도변에 위치한 근사한 레스토랑의 주인이었다. 소설 속의 주인공처럼 물 빠진 긴 치마를 입거나 커피나 홍차 따위를 파는 국도변 휴게소 주인이 아니라, 유럽식 정통 레스토랑을 운영하고 있는 카페 여주인이었다. 오랜 세월 동안 원양 어선을 타고 외국을 넘나들었던 아버지는 자신의 전 재산을 털어 엄마에게 일급 레스토랑의 카운터 자리를 내주었다. 강물이 찰랑대는 강가에 축조된 거대한 함선 모양의 레스토랑은 건물의 외관부터 지나가는 사람들의 시선을 사로잡았다.

주말마다 파티가 이어졌다. 전속 악단이 연주하는 라이브 공연이 옥상 테라스의 휘황한 불빛 아래에 펼쳐졌고, 도시 인근에서 모여든 근사한 양복 차림의 남자들과 아슬아슬한 끈으로 가렸을 뿐 어깨를 훤히 드러낸 드레스 차림의 여자들이 쌍쌍으로 포개어 춤을 추었다. 아버지는 흡족한 얼굴로 파티를 지켜보았고, 엄마는 발갛게 젖은 얼굴로 손님들 사이를 오가며 술잔을 부딪쳤다. 음악에 맞춰 파트너는 수시로 바뀌었고, 엄마는 손님인지 주인인지 알 수 없는 얼굴로 대열에 합류했다. 공들여 치장한 화장덕분에 엄마의 눈동자는 샹들리에의 휘황한 불빛 아래에서 유리알처럼 빛났다. 그다지 예쁜 얼굴은 아니었지만 매력 있는 몸

매와 교태가 몸에 밴 엄마는, 일급 카페 여주인으로서의 면모를 유감없이 발휘했다. 호화 여객선에서나 볼 수 있는 선원 복장의 웨이터와 늘씬한 웨이트리스들이 커다란 쟁반을 어깨 위로 치켜 올린 채 수시로 주방을 들락거렸고, 어린 미아는 악단의 흥겨운 가락에 어깨를 들썩이며 사람들 사이를 헤집고 다녔다. 그러느라 술잔이나 술병을 수시로 깨뜨리기도 했지만, 누구 하나 화를 내는 사람은 없었다. 아버지의 얼굴은 평생 낯선 이역의 항구를 돌아다녔던 삶의 고단함 따위는 완전히 잊었다는 듯 미소를 머금고 있었다. 인생의 봄날이 오십의 나이에 시작될 수도 있다는 감격스러운 표정 같기도 했다. 시골에서 좀처럼 보기 드문 정통 레스토랑의 딸이었던 미아는 아침마다 아버지가 태워주는 자가용을 타고 학교에 갔다.

그러나 인생의 봄날은 길지 않았다. 얼마지 않아 시샘이라도 하듯 인근 여기저기에 화려한 외장을 한 배 카페가 들어서기 시작했다. 손님들은 새로 문을 연 카페의 외관과 실내 장식에 대해 은밀한 정보를 나누었고, 그곳의 고객 명단에 VIP로 등재되었음을 과시하며 썰물처럼 빠져나갔다. 레스토랑의 꽃이었던 주말 파티도 점점 시들해졌다. 그러자 아버지는 대출까지 받아가며 방대한 규모의 리모델링에 착수했다. 그러나 한 번 빠져나간 손님들은 다시 돌아오지 않았다. 그들은 계속해서 새로운 곳을 찾아나서는 탐험가들 같았다.

주방장마저 터무니없는 조건으로 임금 인상을 요구했다. 물론 다른 곳으로 옮겨가기 위한 핑계였다. 약속이나 한 듯 웨이트리스들도 하나

둘 주방장을 따라 자리를 옮겼다. 찾아드는 손님들의 수가 급격히 줄어들었다. 무리하게 시도된 리모델링으로 인해 상환되지 못한 대출금은 이자에 이자를 거듭하며 부피를 늘려갔지만, 그때까지 큰 문제는 아니었다. 〈알바트로스〉라는 거대한 함선이 남아있는 한, 그럭저럭 살아가는 데 별 지장은 없을 터였다.

그런데 엄마가 죽다니. 그것도 스스로 목숨을 끊어버리다니. 누군가는 자신의 평생을 걸고 커피나 홍차 따위를 파는 휴게소 웨이트리스로 살고 싶다는데, 엄마는 그보다 훨씬 나은 조건들을 거침없이 차버린 것이다. 라이브 공연이 이루어졌던 옥상 테라스에서, 저 멀리 출렁이는 강물을 내려다보던 엄마는 영화 타이타닉호의 주인공 로즈처럼 두 팔을 벌렸던 것이다. 눈을 감고 허공을 향해 자신의 몸을 내던지는 순간, 엄마는 자신이 한 마리의 거대한 알바트로스처럼 날아오를 수 있다고 믿었던 것일까. 섣부르게 시도한 날갯짓으로 자신의 두개골이 강가의 자갈밭에 부딪혀 박살나 버릴 수도 있다는 것을 엄마는 몰랐던 것일까.

아무리 생각해봐도 이해할 수 없는 일이었다. 엄마에게 주어진 그만한 삶도 적지 않은 수혜일 터였다. 한 아이의 엄마, 한 남자의 아내, 게다가 엄마는 정통 독일식 레스토랑의 주인이라는 호사까지 누렸다. 살아가는데 이 밖에 뭐가 더 필요하단 말인가. 엄마의 시신을 떠나보내면서 미아는 대학이니 뭐니 골머리 아프게 생각할 필요도 없이, 소설 속 주인공 같은 삶을 살아보기로 마음먹었다. 바로 오년 전의 일이었다.

*

　제발 가만히 좀 계시라니까요!

　노인은 미아의 말에는 들은 척도 하지 않은 채 무표정한 얼굴로 중얼거렸다.

　요만한 게 어찌나 단단히 박혀있던지…… 빼느라 혼났다.

　노인은 미아 앞에 검지를 펴 보였다. 살점이라곤 느껴지지 않는 메마른 손가락이었다. 미아는 노인의 손가락에서 시선을 거두며 잡지를 소리 나게 덮었다.

　약은 드셨어요?

　노인은 가쁜 숨을 내쉬며 중얼거렸다. 목구멍에서 그렁그렁 가래 끓는 소리가 났다.

　구멍이 뻥 뚫렸어.

　딴청을 부리듯 혼잣말을 하던 노인은 미아가 앉아 있던 계산대 안쪽으로 들어왔다. 사개가 들뜨기 시작한 나무 바닥에서는 발을 디딜 때마다 삐걱거리는 소리가 났다.

　어서 수리를 해야 할 텐데…….

　노인은 미아를 지나쳐 벽 쪽으로 바투 다가섰다. 이어 모나리자가 그려진 액자의 귀퉁이를 잡아당겼다. 액자가 젖혀지는 순간 벽의 안쪽으로부터 어두컴컴한 동굴이 모습을 드러냈다. 문이 열리자마자 퀴퀴한 냄새가 풍겨 나왔다. 칙칙한 이부자리가 일 년 내내 펼쳐져 있는 노인의 거처였다. 미아는 이마를 찌푸렸다. 냄새는 라디오 소음에 섞여 한꺼번에 쏟아졌다.

속보를 전해드립니다. 지금 북상 중인 제 11호 태풍 '갈매기'는 중심기압이나 최대풍속, 강풍의 반경 등 매우 강한 초대형급 태풍으로써, 우리나라에 직접적인 영향을 줄 것으로 보입니다.

동굴 속으로 막 머리를 밀어 넣으려던 노인이 걱정스러운 눈빛으로 돌아보았다. 미아는 노인의 시선을 외면하듯 고개를 저었다. 노인은 어두운 얼굴로 쪽문 안에 몸을 밀어 넣었다. 허리를 잔뜩 굽힌 채 몸을 웅크린 노인의 머리와 발목, 어깨와 굽은 잔등이 차례차례 벽 속으로 스며들었다.

현재 남부 해안이 태풍의 영향권에 들어 점차 물결이 높게 일기 시작했습니다. 기상청은 태풍의 피해를 보지 않도록 철저한 대비를 당부 했습니다.

동굴 속에서 삐져나온 노인의 손이 액자 뒷면의 끈을 잡아당기자, 기상캐스터의 목소리가 뚝 잘리며 문이 닫혔다. 그러자 화들짝 돌아앉은 액자 속의 모나리자가 시치미 떼듯 미아를 향해 싱긋 웃어 보였다.

미아는 몸을 뒤로 젖히며 길게 기지개를 켰다. 룸으로 만들어진 선실 안에 젊은 남녀가 들어 있을 뿐, 넓고 큰 카페의 홀은 고적하기만 했다. 미아의 맞은 편 벽면에는 팥빙수, 냉커피, 라고 세로로 길게 늘여 쓴 종이가 머리를 맞댄 채 붙어 있고, 아래쪽 유리창에는 잘게 쪼아놓은 얼음 알갱이 같은 백일홍나무 꽃잎이 창턱에 얼굴을 올려놓고 있었다. 긴 여름내 피고지고를 반복하는 꽃이었다.

오후 다섯 시. 해가 지기에는 아직 이른 시간이었지만, 창으로 내다보이는 들판이 빠르게 어두워지고 있었다. 날씨가 흐린 탓이기도 했지만, 입추가 지나면서부터 한낮의 길이가 당겨진 고무줄을 놔버린 듯 순식간에 짧아져버렸다.

창밖으로 향한 미아의 눈동자 속으로 들판의 풍경이 스며들었다. 미농지에 물감이 번져가듯, 어둠에 젖어가는 창밖 풍경은 한 폭의 수묵화 같았다. 해질 무렵은 미아가 가장 좋아하는 시간이었다. 사물의 윤곽이 분명하지 않는, 밝음과 어둠이 서로의 경계를 잃고 한 몸으로 섞여드는 모습을 바라보고 있노라면, 까닭 모르게 아릿한 슬픔이 배어들기도 했다. 어디론가 먼 곳으로 떠나고 싶은 마음이 드는 것도 항상 이때였다. 그럴 때마다 걷잡을 수 없을 만큼 마음이 허허로워졌다.

들판 사이로 자동차들이 잇달아 지나가고 있었다. 그때마다 국도변에 서둘러 핀 코스모스들이 여린 몸을 가누지 못한 채 이리저리 흔들렸다. 아침이면 이쪽에서 저쪽을 향해 달려가던 자동차의 행렬이, 해질 무렵이 되면 되감기는 필름처럼 저쪽에서 나타났다가 이쪽으로 사라졌다. 미아는 자동차의 행렬 속에서 누군가를 찾아내기라도 할 것처럼 코스모스가 핀 국도변에 오래오래 눈길을 주곤 했다.

국도변 아래쪽으로는 여린 강줄기가 끊일 듯 말 듯 이어지고 있었다. 가는 물줄기는 흐르고 흘러 마침내 강 하구에 이를 것이다. 카페의 어귀에까지 강물이 출렁거렸다는 이야기는 까마득한 전설이 되어 버렸다.

산마루에서 쏟아져 내린 토사가 강 언저리를 메우고, 이유 없이 말라붙던 물줄기가 강심(江深)을 저만치 밀어내버린 것이었다.

무심코 긴 한숨을 내쉬던 미아는 자신의 한숨 소리에 놀라 주위를 살폈다. 노인이 든 골방에서는 아무런 기척도 나지 않았다. 노인은 자신을 위해 약이나 끼니를 챙겨주는 일에 손이 빠져도 크게 나무란 적은 없었다. 그러나 먼 곳을 향해 망연히 시선을 놓고 앉아 있는 미아의 모습을 볼 때마다, 노인은 눈에 띄게 신경질을 부렸다. 소소한 일에 트집을 잡았고, 언성을 높였다. 미아는 까닭 없이 예민해지는 노인의 어깃장과 싸우느라 눈물을 흘리기도 여러 번이었다.

그러던 어느 날, 미아는 노인에게 화를 내고 돌아서는 자신의 얼굴이 생전의 엄마와 똑같다는 사실을 발견했다. 조울증을 앓는 환자처럼 감정의 기복이 심했던 엄마는, 갈수록 손님이 줄어드는 카페를 견뎌내지 못했다. 우울은 엄마의 몸을 숙주삼아 점점 크게 부풀어 올랐다. 엄마는 끝내 스스로의 의지로 삶을 마감해버린 것이다.

불행은 저 혼자 오는 법이 없다는 것을 입증이나 하듯, 이번에는 노인의 몸에서 암세포가 발견되었다. 노인은 어디에선가 홀연히 찾아든 불행의 씨앗이 엄마의 죽음에서 비롯되었다고 믿는 것 같았다.

실내등을 켜야겠다고 생각한 미아가 자리에서 몸을 일으킨 순간, 선실에서 젊은 남녀가 문을 열고 나왔다. 남자가 계산을 치르는 동안, 옷매무새를 고친 붉은 원피스의 여자가 종종거리며 남자의 등에 따라 붙었다.

여긴 한적해서 좋아. 아는 사람 만날 염려도 없고…….

상기된 얼굴의 붉은 원피스는 계산을 마치고 돌아서는 남자의 허리를 꼭 껴안았다. 남자는 여자의 어깨에 팔을 두른 채 출입문을 향해 걸어갔다. 자동차 앞에 선 그들은 마주 선 채 허리를 꼭 끌어안으며 긴 입맞춤을 나눴다.

이윽고 남자는 조수석의 문을 열어 붉은 원피스를 태운 후, 자신은 운전석으로 가 몸을 실었다. 미아는 유리창 너머로 그들의 모습을 망연히 바라보고 있었다. 일련의 모든 순간들이 슬로모션으로 전개되는 영화의 한 장면 같았다.

자동차가 들판 사이로 접어드는 것을 지켜보던 미아는 탁자를 정리하기 위해 선실로 들어갔다. 탁자 위에 놓인 과일 안주에는 손을 댄 흔적이 없었다. 다만 어지럽게 뒤틀려 있는 소파만이 열정의 흔적인 양 급하게 꿰맞춰져 있었다. 무심코 소파를 바라보고 섰던 미아는 바닥에 떨어져 있던 머리핀을 주워들었다.

미아가 머리핀을 들고 밖으로 뛰쳐나갔을 때, 자동차는 이미 좁고 긴 농로를 빠져나가 국도로 접어들고 있었다. 미아는 국도변 코스모스길 사이로 멀어지는 자동차의 꽁무니를 한참동안 쳐다보았다. 점점 작아지던 자동차가 시야에서 완전히 사라진 후에야 미아는 손에 들려 있던 붉은 머리핀으로 자신의 머리를 틀어 올렸다. 미아의 긴 목덜미가 창백하게 드러났다.

강 쪽으로부터 불어온 바람이 미아의 치마를 쿨렁 뒤집어놓았다. 미아는 황급히 자신의 치마를 허벅지에 찍어 눌렀다. 그러자 머리 위쪽에서 두두두, 날개 펄럭이는 소리가 났다. 옥상의 돛이 어둑어둑한 들판의 풍경 속에 하얗게 모습을 드러냈다. 미아는 고개를 뒤로 젖힌 채 까마득한 높이에서 하늘을 배경으로 펼쳐져 있는 돛을 올려다보았다. 돛은 금방이라도 바람을 거스르며 힘차게 날아오를 거대한 새의 날개처럼 보였다. 신천옹이라고 불리는 세상에서 가장 큰 새 알바트로스. 새는 지상에선 미아를 금방이라도 낚아채버릴 듯 위압적이었다. 사위가 빙글 돌았다. 자신의 몸이 새의 날개에 안겨 허공에 둥실 떠오르는 것 같았다.

고개를 돌리자, 출입구 가장자리에 세워진 카페 간판이 눈에 들어왔다. 간판은 초등학생의 가슴팍에 채워진 이름표처럼 얌전히 붙어있었지만, 군데군데 녹물이 흘러내려 이미 볼썽사나워진 모습을 하고 있었다.

〈레스토랑 알바트로스〉

—세상에서 가장 높이 날고 꿈을 이루기 위해 대륙을 횡단하는 알바트로스처럼, 항상 고객분께 최선을 다하는 레스토랑이 되겠습니다.

바람이 수런거리며 들판을 휘돌았다. 머리핀으로 묶어놓은 미아의 머리카락이 바람에 제멋대로 흐트러졌다. 미아는 흐트러진 머리카락을 내버려둔 채, 탁자를 정리하기 위해 선실로 들어갔다. 한동안 헝클어진 소파를 망연히 내려다보며 서 있던 미아는 힘없이 소파에 주저앉았다. 손을 뻗어 빈 술잔에 남은 붉은 색 체리를 꺼내 입안으로 밀어 넣었다. 이빨로 지그시 누르자 술에 젖은 과즙이 입안에 고여 들었다. 체리만으로도 취하게 되는 것일까.

미아의 눈빛이 촉촉해졌다. 미아는 붉은 원피스가 취했음직한 똑같은 포즈를 상상해보며 소파 위에 길게 드러누웠다. 양쪽 다리를 한껏 벌린 다음, 왼쪽 다리를 등받이 위에 걸쳐 놓았다. 미아는 누군가를 껴안기라도 할 듯 간절한 얼굴이 되어 두 팔을 치켜들었다.

땀에 젖은 그의 얼굴이 미아의 시야에 어른거렸다. 자신의 목덜미를 쓸어내리는 미아의 손은 그의 입술이 되고 혀가 되었다. 벌겋게 달아오른 그의 얼굴이 목덜미 안쪽으로 파고들었다. 혀가 목에서 가슴을 거쳐 아래로 내려가는 동안 손은 미아의 치마를 들춰냈다. 몸이 풍선처럼 부풀어 올랐다. 몽롱한 표정으로 반쯤 눈을 감은 미아의 이마에선 씨알 굵은 땀방울이 솟아올랐다. 양쪽 다리가 한껏 벌어졌다. 선실은 거대한 소용돌이에 휩싸였다. 한껏 달아오른 몸이 물고기처럼 뒤틀리며 요동을 치는 순간, 몸이 수면 위로 치솟는 물고기처럼 둥실 떠올랐다.

미아는 파정의 나른함에 젖어 주검처럼 누워 있었다. 그는 곁에 없었다. 언제부턴가 미아는 소파 위에 혼자 누운 채, 눈앞에 어른거리는 그를 온몸으로 받아들였다. 몸을 일으킨 미아는 붉은 원피스가 그런 것처럼 옷매무새를 추스르기 시작했다. 블라우스의 마지막 단추를 채우기 전, 미아는 자신의 손을 가만히 내려다보았다. 그의 체취를 더듬듯 미아는 자신의 손바닥에 얼굴을 묻었다. 손끝에선 밤꽃향이 진하게 떠돌았다.

뭐해요? 심심해 죽겠어요. 나도 심심해. 여긴 곧 비가 쏟아질 것 같아요. 거긴 어때요? 바람이 많이 불고 있어. 좀 있으면 수업이 시작될 거야. 태풍이 북상중이래요. 알고 있어요? 응, 거긴 괜찮겠어? 모르겠어요……. 당신, 보구 싶어요. 나도 보고 싶어. 정말요? 그럼, 진짜지!

미아는 휴대폰을 만지작거리고 있었다. 자판을 누르는 미아의 손가락은 빨랐다. 주거니 받거니 빠르게 오가는 문자메시지가 미아의 눈과 손가락을 통해 허공에서 만났다. 그럴 때의 미아의 얼굴은 1인 2역을 하는 모노드라마의 주인공 같았다. 수신자와 발신자의 번호가 다르지 않은 까닭이었다. 미아는 이런 놀이에 익숙해져 있었다. 타전할 곳을 잃어버린 휴대폰은 독백용 장난감으로 전락한 지 오래였다.

손가락의 움직임을 멈춘 미아는, 되새김질을 하듯 자신의 휴대폰에 저장된 수신, 발신 메시지를 다시 훑었다. 미아의 눈빛에 쓸쓸함이 감돌았다. 미아가 휴대폰을 내려놓으려는 순간, 진동과 함께 메시지의 수신을 알리는 불빛이 깜박였다. 미아의 눈빛이 환해졌다. 기다렸다는 듯 즉시 휴대폰을 열었다.

〈소방방재청:남부지방태풍경보발령.집중호우대비.위급상황시긴급대피요망.〉

그때 문이 열리며 중년의 남녀가 카페 안으로 들어섰다. 미아는 휴대폰을 계산대 위에 내려놓으며 자리에서 일어섰다. 그들은 창가에 나란히 자리를 잡고 앉았다. 미아는 주방으로 들어가 냉수가 든 컵과 함께 메뉴판을 쟁반에 받쳐 들고 나왔다. 미아가 다가가자 서로 고개를 맞댄 채 기대앉아 있던 남녀가 자세를 고쳐 앉았다. 미아가 탁자에 물 컵을 놓는 사이, 여자는 미아의 눈을 피해 창 쪽으로 시선을 돌렸다. 여자가 보고 있는 창 쪽에는 보랏빛 습자지를 잘게 찢어놓은 듯한 백일홍 꽃잎이 보풀보풀 부풀어 있었다. 미아는 무심코 여인의 뒤통수로 시선을 옮겼다. 건너편 강가의 모텔에서 막 빠져나왔다는 것을 증명이라도 하듯, 여자의 뒷머리가 납작하게 뭉개져 있었다. 여자가 실내를 한번 주욱 훑어보더니 이맛살을 찌푸렸다.

겉은 그럴싸하더니…….

주문을 받기 위해 서 있던 미아의 표정이 일순 딱딱하게 굳어졌다. 그러자 남자가 분위기를 바꾸려는 듯 재빨리 메뉴판을 뒤적이며 중얼거렸다.

원래 허름한 곳의 음식이 더 맛있는 법이야. 이거 봐, 독일 정통식 소시지 요리잖아. 내가 독일에 있을 때 질리도록 먹은 거거든.

남자는 고개를 끄덕이며 흐뭇한 미소를 지었다. 그런데 과연 그 맛이 날까? 남자는 의구심 가득한 얼굴로 메뉴판을 읽었다.

은은한 스코크 향의 순살코기, 훈제 소시지의 담백함과 천연 향신료가 돋보이는 화이트 부어스트와의 트윈 콤보 요리. 이거 줘요.

미아는 남자가 짚은 손가락을 바라보다가 공손하게 말을 말했다.

죄송합니다. 그 요리는 지금 안 됩니다.

그래? 남자는 눈꼬리를 치켜세운 채 힐난하듯 미아를 올려다본 다음, 다른 메뉴를 짚었다. 둘둘 말린 독일식 소세지와 나쵸.

그것도 안 됩니다.

남자의 목소리가 삐딱해졌다.

그럼, 뭐가 되는데?

미아는 긴 숨을 몰아쉬며 벽면에 대각선으로 붙여진 종이를 가리켰다. 팥빙수, 홍차, 커피……. 미아는 들릴 듯 말듯 작은 목소리로 덧붙였다

주방에 사람이 없어서요.

그런데도 이 따위 메뉴판을 갖고 온단 말야?

미아의 얼굴이 벌겋게 달아올랐다. 남자는 자신의 목소리가 지나치게 컸다고 생각했던지 주위를 한 번 둘러보더니 애써 목소리를 가라앉혔다.

그럼, 레몬 홍차로 줘요.

미아는 고개를 숙인 채 자리에서 물러났다. 그러자 비아냥거리는 여자의 목소리가 미아의 귓전에 바짝 따라붙었다.

엉터리 메뉴판으로 사기를 치네.

미아는 걸음을 멈추었다. 맵고 뜨거운 국물을 단숨에 들이켠 기분이었다. 메뉴판을 바꾸는 일은, 어쩌면 미아의 일상을 바꾸는 일보다 훨씬 쉬울 것이다. 그럼에도 메뉴판을 바꾸지 않고 버티는 이유는 뭔가. 삶을 변화시키지 못하면서 겨우 메뉴판만 바꿀 수는 없다는 것인가. 뜨거운

국물이 식도를 타고 흘러내렸다. 목구멍이 불에 탄 듯 쓰라렸다.

어제는 내기 골프를 쳤다는 대여섯의 사내들이 한꺼번에 몰려와 탁자를 차지하고 떠들어댔다. 전작이 있었던 듯 모두 불콰해진 얼굴이었다. 운이 좋았단 말인가? 그럼, 두 타 만에 홀 컵으로 쏙 들어가 버릴 게 뭐람? 알바트로스로군, 우리 모두의 꿈! 버디, 이글…… 그러고 보니 모두 새 이름이네? 저 푸른 초원 위에, 날아가는 새들처럼! 사내 하나가 비틀거리며 일어나더니 엉덩이를 흔들어댔다.

미아가 술병을 들고 탁자로 다가가는 순간, 목덜미를 풀어헤친 사내 하나가 미아의 허리를 바짝 껴안으며 얼굴을 들이댔다. 입 냄새인지 술 냄새인지 알 수 없는 악취가 코를 찔렀다. 이봐, 문 닫아. 매상은 내가 책임질 테니까. 알았지? 미아는 엉겁결에 뒤로 물러섰다. 술 좀 채워봐. 술맛 안 나잖아. 미아는 무연한 눈빛으로 남자의 얼굴을 빤히 쳐다보았다. 이년이 어디서! 남자는 벌건 눈알을 희번덕거리며 미아를 향해 거칠게 을러댔다. 자네가 참아, 알바트로스 일진이 아무에게나 붙는 줄 알아? 호옹, 그런가? 제 몸을 가누지 못해 비틀거리던 사내는 널브러지듯 소파에 주저앉았다. 그러자 사내 하나가 술잔을 추켜들며 일어섰다. 앞으로 이 집에서 술을 마시자구, 우리의 알바트로스를 위해, 자 건배!

미아는 빈병을 쟁반에 올려놓은 채 넘어지지 않도록 조심조심 걸었다. 빈병을 들고 걷는 것이 훨씬 힘들기 때문이었다. 미아는 빈병 같은 사람들을 조심해야한다는 것을 알고 있었다. 운 좋은 기록이 카페의 이름 덕이라고 추어올리는 사람이라면, 좋지 않은 기록 또한 카페의 이름

탓으로 돌릴 사람들이기 때문이었다. 이런 화법에 대응하기란 빈 술병을 꼿꼿이 세우고 걷는 일보다 더 힘든 일이었다.

주방으로 돌아온 미아는 레몬홍차를 끓이기 위해 티포트에 물을 부었다. 끓기를 기다려 덜어놓은 찻잎에 물을 부었다. 제대로 차 맛을 내기 위해서는 우려내는 시간을 잘 맞추어야 한다. 시간이 너무 짧으면 제대로 우러나지 않고, 너무 길면 떫은맛이 강해지기 때문이다. 차를 우려내는 데도 나름의 비법이 필요하듯, 사람들 또한 저마다의 화법을 가지고 살아갈 테지.

미아는 불현듯 그와 처음으로 말을 섞던 때를 떠올렸다. 그의 화법은 어떨까. 그는 어떤 화법으로 수강생들 앞에서 강의를 할까. 시험문제를 콕콕 집어내야 하는 고시학원의 생리에 따라 직설법만이 효력을 발휘하는 현장에서, 은유적인 그의 화법이 어떻게 버텨낼 수 있을까.

그 날 미아는 계산대에 앉아 누군가 놓고 간 공무원 시험 문제집을 들춰보고 있었다. 알듯 말듯 아리송한 문제에 시선이 걸려 있던 차였다.

날고 싶으신가요?

계산대 앞에 선 남자가 미아를 향해 물었다. 좀처럼 손님이 드문 평일 오전이었다. 남자의 말뜻을 알아듣지 못해 멀뚱하게 뜬 미아의 눈이 차차 부드러워졌다. 미아는 애매한 얼굴로 슬그머니 웃었다.

부석한 얼굴로 창가에 앉아 조용히 커피를 마시고 가던 사람이었다. 한결 따스해진 햇살이 메마른 백일홍 나무를 부드럽게 어루만지던 봄날의 초입이었다. 미아가 남자를 눈여겨보게 된 것은 지친 눈빛 때문이었다. 물기라곤 소진되어버린 메마른 일상이 그의 얼굴에 밑그림처럼 배어 있었다. 샘물이 고이기를 기다리듯, 남자는 자신에게 겨누어진 세상의 총구 따위는 잊어버린 얼굴로 천천히 커피를 마셨다. 미아는 카운터에 앉아 헐렁한 바지로 감싸인 무릎에 맥없이 손을 놓은 채 커피를 털어넣는 남자를 훔쳐보았다. 한동안 생각에 잠긴 얼굴로 유리창에 시선을 놓고 있던 남자는 풀어놓았던 총대를 둘러매듯 가방을 메고 일어섰다. 민달팽이처럼 부드러웠던 그의 몸짓이 다시 단단해졌다.

나는 법을 가르쳐 주는 곳이에요.

그는 자신의 명함을 꺼내 문제지 위에 올려놓았다. 명함에는 '취업의 명문'이라는 고시학원의 광고와 함께 그의 연락처가 적혀 있었다. 무심한 얼굴로 남자의 뒷모습에 눈길을 주고 있던 미아는 명함을 대리운전 명함꽂이에 끼워 넣었다. 그뿐이었다. 그의 모습은 미아의 뇌리 속에서 곧 사라졌다.

한동안 모습을 드러내지 않던 그가 다시 카페에 찾아들었을 때는, 들판의 봄기운이 한층 완연해져 있었다. 툭툭 탄성을 내지르듯 새순을 매달기 시작한 백일홍 가지가 부드러운 바람을 맞아 어쩔 줄 모르겠다는 듯 몸을 흔들어댔다. 그는 커피를 내려놓던 미아를 향해 혼잣말처럼 중얼거렸다.

수많은 조종사들이 알바트로스에 탑승해 자신의 첫 에이스를 달성해 냈다는군요.

네?

미아가 뜨악한 얼굴로 그를 바라보았다.

알바트로스는 이차대전 때 독일에서 가장 많이 사용했던 전투기 이름이에요.

미아는 쟁반을 두 손으로 맞잡고 선 채 그를 바라보았다. 잘 생긴 얼굴은 아니었으나 요란하지 않는 표정과 어눌한 듯 천천히 이어가는 말투가 어딘지 진실한 느낌을 주었다. 창 밖에서 기웃거리고 있던 새순이 낮게 읊조리는 듯한 그의 말에 귀를 기울이느라 창틱에 바짝 얼굴을 들이대고 있었다.

고시생들에게 하루하루는 전쟁터에요. 거기서 제가 하는 일이란 출제예상 문제를 적중시켜 적기를 격추시키는 알바트로스 조종사의 일이죠.

그가 미아를 향해 씨익, 웃었다. 붉은 잇바디 속에 박힌 흰 이가 고르게 드러났다. 미아는 그의 고르고 흰 치열이 마음에 들었다. 미아는 기울어지는 마음을 다잡듯 고개를 까닥이고 돌아섰다.

여긴 참 이상해요. 아침에 출근할 때 보면 착륙한 전투기처럼 보이는데, 밤에 일을 마치고 돌아가다 보면 강물에 뜬 여객선처럼 보이거든요.

미아가 놀란 얼굴로 돌아보자, 남자는 창밖으로 시선을 들렸다. 눈빛이 꿈꾸는 듯 아련해졌다.

물 위에서 한없이 출렁이는 불빛을 보고 있으면, 이 배가 금방 어디론가 떠날 것 같아요.

미아는 인상을 찌푸렸다. 늦은 밤까지 시험에 나올 문제를 꼭꼭 집어내면서 수업을 해야 하는 고시학원 강사에게는 어울리지 않는 낭만이라고 생각했다. 부드러운 것은 언제나 무섭다. 미아는 까닭 없이 불안해졌다. 남자의 이야기를 듣는 것은 여기까지만, 이라고 생각했다. 그러자 어깨를 짚기라도 할 듯 남자의 다급한 목소리가 따라왔다.

수강생들은 합격해서 떠나는데, 저는 못 떠나고 있거든요.

일순 사방이 조용해졌다. 절벽에 선 듯 시야가 아득했다.

10년, 20년이 걸려도 못 떠날지 몰라요…….

*

내내 누워만 있던 노인은 오후 무렵이 되면 3층 옥상에서부터 지하에 이르기까지 안팎을 둘러보는 것으로 하루 일과를 마감했다. 단 한 차례의 거동이었지만, 그것만으로도 몸에 허용된 하루 운동량을 훨씬 초과했다. 그럼에도 노인은 필사적으로 걸음을 놀렸고, 손이 닿는 어디든 망치질을 하면서 허물어져 가는 배의 곳곳을 수리했다. 빠른 속도로 낡아가는 선체는 노인의 육체와 영락없이 닮아 있었다. 미아는 선체 수리보다 더 시급하게 노인의 몸이 수리되길 바랐지만, 노인은 자신의 몸 따위는 안중에도 없는 것 같았다. 선체의 곳곳을 꼼꼼하게 들여다보는 노인의 눈길은 순례자처럼 경건해 보였다.

지하 계단으로부터 서늘한 바람이 불어왔다. 오래되고 눅진한 것들이 만들어내는 습한 기운이었다. 어두워진 탓인지 날씨가 흐린 탓인지 분간할 수 없는 하늘 또한 점점 음울하게 내려앉았다. 채 이삭이 패지 못한 논과 이제 막 빨간 고추를 매달기 시작한 고추밭의 경계는 무성히 자라난 들판의 어스름 속으로 스며들어 버렸다. 바람이 점점 거세지는지 벼이삭들이 몸을 흔들어댔다. 어쩌면 비가 오고 있는지도 몰랐다.

미아는 비오는 풍경을 좋아했다. 초록 숲을 배경으로 주렴처럼 떨어지는 빗방울을 바라보고 있으면, 마음이 더할 나위 없이 고요해졌다. 이곳이 아닌, 다른 곳에 가 있는 기분이 들어 좋았다. 비를 좋아하는 사람은 '자신이 사는 세상이 사막이라는 것을 아는 사람'이라고 했던가. 책에서 이 문장을 발견했을 때, 미아는 어쩐지 위로받는 기분이 들었다.

그는 지금 무엇을 하고 있을까. 유리창 밖으로 내다보이는 국도변의 자동차 행렬 속에 그가 있을 것만 같았다. 자동차의 방향을 틀어 이곳으로 들어선다면 얼마나 좋을까. 아니, 미아는 고개를 저었다. 그는 안 올 것이다. 여기에만 오면 어디론가 떠나고 싶어진다고, 그 마음을 감당할 수 없어 두렵다고 하지 않았던가.

그때였다. 돌연 사위가 캄캄해지더니 이내 소란스러워졌다. 투둑 투둑. 기어이 장대비가 쏟아지는 모양이었다. 이어 번개가 번쩍 하더니 폭탄을 터트리듯 천둥이 내리쳤다. 순식간의 일이었다. 미아는 황급히 창문을 닫기 시작했다. 창밖의 백일홍 나무가 두려움에 질린 듯 창안으로 얼굴을 들이 밀며 격렬하게 몸을 흔들어댔다. 색색의 백일홍 꽃잎이 후려치는 바람을 이기지 못해 가닥가닥 흩어졌다. 관 뚜껑이 닫히듯 세상이 한순간에 내려앉았다.

유리창에 부딪는 바람 소리가 요란했다. 누군가 안으로 들어오려고 두드려대는 소리 같기도 했다. 모세가 지팡이로 홍해의 물을 가르듯, 번개가 내리칠 때마다 세상이 좍악 갈라졌다. 불바다를 만들기라도 할 듯 번개가 쾅쾅대는 동안, 창 곁을 서성이는 백일홍 나무는 빗물을 뒤집어쓴 채 두려워 어쩔 줄 모르는 어린아이처럼 울어댔다.

세상은 온갖 것들이 목 놓아 우는 소리로 가득 찬 듯싶었다. 울음과 울음이 뒤섞이고, 하늘과 땅이, 생명과 생명이 아우성을 쳐대는 아비규환의 세상에서 백일홍나무는 허공에 손을 휘저으며 애처로이 떨고 있는 것이다.

비는 숫제 양동이로 퍼붓는 듯 더욱 거세졌다. 전조등을 켠 자동차들이 어둠과 비를 뚫고 쉴 새 없이 지나쳐갔다. 주렴에 갇힌 창밖이 감옥처럼 낯설었다. 갇힌 것이 세상인지 자신인지 가늠할 수가 없었다.

바람은 손에 닿는 무엇이든 요절을 내고야 말겠다는 듯 으르렁댔다. 어디선가 관 뚜껑이 뜯겨나가는 듯 요란한 소리가 들려왔다.

뭐냐?

미아가 고개를 들었다. 노인이 잔뜩 겁에 질린 얼굴로 골방 앞에 서 있었다. 미아가 고개를 젓는 사이, 천둥이 또 한 차례 우르릉 쾅쾅 소리를 내며 지나갔다. 그러자 창틀이 바닥에 떨어지면서 유리창이 산산조각이 났다. 엉겁결에 노인이 뒤로 물러서며 뒷걸음질을 쳤다.

태풍이다!

노인의 외침은 천둥소리에 파묻혀 버렸다. 뻥 뚫린 창으로 바람과 함께 빗물이 들이붓듯 쏟아져 들어왔다. 풀어헤쳐진 커튼이 솟구쳐 올랐다. 바람을 맞은 미아의 몸이 균형을 잃고 휘청거렸다. 미아의 머리칼이 물기에 젖은 채 얼굴을 덮었다. 소용돌이는 산이라도 무너뜨릴 기세였다. 세상이 거대한 물웅덩이로 변해버린 것 같았다.

힘겹게 탁자를 잡고 섰던 노인의 몸이 바람에 휘청 기울더니 이내 엉덩방아를 찧으며 주저앉았다. 파도의 물마루에 올라선 것처럼 사위가 뱅뱅 돌았다.

어서 들어가세요!

미아가 노인을 향해 소리 질렀다. 그러나 노인은 이미 사라지고 없었다.

커튼이 미친 여자의 앞섶을 풀어헤치듯 제멋대로 날아올랐다. 대홍수로 세상을 심판했다는 성서의 구절이 눈앞에서 그대로 재현되는 것 같았다. 그렇다면 이 배가 노아의 방주란 말인가. 하나님은 자신이 가진 바람과 천둥과 번개와 폭우라는 무기로 세상을 질타하면서, 미아와 노인만 배 안에 남겨 놓은 것일까.

그때였다. 요란한 소리를 내며 출입문이 젖혀졌다. 비바람이 맹렬한 기세로 파고들었다. 미아가 비명을 지르며 뒤를 돌아본 순간, 환영처럼 그가 서 있었다. 비에 흠뻑 젖은 그가 공포에 질린 얼굴로 미아를 바라보고 있었다.

자동차가 물에 잠겨버렸어요! 집으로 가는 길이에요. 강물이 넘쳐서 길인지 들판인지 구분할 수가 없어요.

그는 황망히 미아의 손을 끌고 선실 안으로 들어갔다. 요란하고 거친 그의 숨소리가 미아의 귓불에 잡힐 듯 혹혹거렸다.

여기 가만히 있어요!

어찌할 줄 모르는 듯 망연한 얼굴로 서성거리던 그가 돌연 선실 유리창에 걸려있던 커튼을 걷어내기 시작했다. 거칠게 잡아당기느라 커튼이 찢겨져 나가기도 했다. 그의 모습을 지켜보던 미아가 허둥지둥 출구 쪽으로 내달았다. 그가 선실 커튼을 걷어내는 동안, 미아는 홀 쪽의 커튼을 걷어내기 시작했다. 걷어낸 커튼을 한 아름 품에 안은 그가 옥상을 향해 뛰어올랐다. 미아가 그의 뒤를 따라 쿵쿵 소리를 내며 따라붙었다. 세상이 흔들리듯 사위가 뱅뱅 돌았다.

계단을 다 오른 그는 품에 든 커튼 뭉치를 끌어안은 채 옥상 문을 밀어냈다. 문이 열리자 바람이 해일처럼 두 사람의 몸을 덮었다.

어서, 커튼을 묶어요!

그는 도르래를 이용해 밧줄을 끌어 내렸다. 그들의 얼굴 위로 비바람이 사납게 몰아쳤다. 밧줄에 묶은 커튼이 넓은 치마폭을 휘날리며 어둠 속 하늘을 향해 솟아오르기 시작했다. 두두두둑, 깃발 소리가 요란했다. 선체가 다시 요동을 쳤다. 그동안 마른 땅 위에 정박한 채 오도 가도 못하게 붙들려 있던 배는 이제 불어난 강물을 타고 세상 어디로든 넓고 먼 곳으로 자유롭게 항해를 하게 될 것이었다. 빗물로 흥건한 두 사람의 얼굴은 바윗덩어리를 힘겹게 끌어 올리는 시시포스의 얼굴처럼 환하게 빛났다.

그때였다. 미아의 입에서 신음소리가 터져 나왔다. 남자가 뒤를 돌아본 순간, 도르래의 밧줄이 급격히 풀리면서 미아의 몸이 뒤로 벌렁 나자빠졌다. 미아는 밧줄을 놔버린 채 허겁지겁 계단 아래로 달려 내려갔다.

아버지! 아버지!

미아는 실성한 사람처럼 노인을 찾아다녔다. 그러나 노인의 기척은 어디에서도 느껴지지 않았다. 동굴 속에도, 홀 안에도, 선실 속에도 노인은 없었다. 미아는 지하 계단을 타고 정신없이 달려 내려갔다.

지하에 들어서자, 고장 난 전자제품과 너덜거리는 소파, 다리가 부서진 탁자나 녹슨 철제의자 따위가 미아를 가로 막았다. 지하실은 고요했다. 세상의 모든 소음으로부터 완벽하게 차단된 적막의 공간이었다.

미아가 숨을 헉헉거리며 서 있는 사이, 어디에선가 고양이 울음소리가 새어나왔다. 신음 소리였다. 미아가 소리 나는 쪽으로 몸을 돌리자, 들쭉날쭉한 젖은 판자 사이에 온몸이 끼워진 채 신음하고 있는 노인의 모습이 눈에 들어왔다. 틈새에 등허리가 끼인 채 모로 눕듯 웅크리고 있던 노인의 입술이 새파랗게 질려 있었다.

안 돼요!

미아는 미친 듯 노인의 몸을 끌어내기 시작했다. 그러나 노인은 절대로 끌려나오지 않겠다는 듯 버텨내느라 미아의 손을 밀어냈다. 어디서 그런 힘이 나오는지 알 수 없었다. 노인의 몸이 끼인 틈새로부터 강물이 새어들고 있는 중이었다. 새어든 물은 선실 바닥을 천천히 채워가기 시작했다. 탈진해버린 듯 노인의 눈이 힘없이 감겨들었다. 물이 차오르는 지하실에는 천둥이나 번개 바람 소리는 전혀 들리지 않았다. 물속처럼 차분해진 고요가 미아와 노인의 몸을 에워싸고 있을 뿐이었다.

　당신은 창밖을 내다보고 있다.

　잔디밭 위로 떨어져 내리던 백일홍 꽃잎은 사윈 지 오래, 이파리마다 단풍으로 곱게 물들어 있다. 엊그제 다녀간 가을비에 날씨가 많이 쌀쌀해졌다.

　하늘은 마냥 푸르다. 그러나 당신의 마음은 덧없이 쓸쓸하다. 뭔가를 잃어버린 것처럼 가슴 한 구석이 텅 비었다. 긴 한숨을 쉬며 가슴을 쓸어내린다. 수상한 기운이 당신을 향해 손짓하고 있다는 생각이 든다. 뭘까.

　당신은 기어이 길을 나선다. 코스모스 대궁이가 마른 들풀처럼 엉킨 시골 국도변을 운전해가는 동안, 당신은 그토록 풍성하던 들판이 어느덧 텅 비어버렸다는 것을 알아차린다. 계절이 오고가는 게 어제 오늘 일은 아니련만, 가뭇없는 파고드는 쓸쓸함은 당신의 가슴을 더욱 스산하게 한다. 국도변에 늘어선 음식점들이 여름 장사를 위해 마당에 늘어놓았던 평상과 의자를 거둬들이고 있다.

　햇살이 하얗게 수면에 부서지고 있는 강물을 옆구리에 끼고 달리던 당신은, 퍼즐 한 조각이 빠져버린 듯한 풍경 하나를 찾아낸다. 길가에 자동차를 세운 당신은 한참동안 풍경에서 시선을 떼지 못한다. 수상함의 정체가 바로 이거였나 싶다.

　이윽고 당신은 자동차의 머리를 돌려 농로로 들어선다. 강물이 찰랑대고 있는 자갈밭 언저리까지 들어온 당신은 차문을 열고 밖으로 나온다. 알바트로스, 신천옹이 날개를 접고 앉았던 자리가 텅 비어 있다. 한동안 무연한 얼굴로 서 있던 당신은 손차양을 한 채 허공을 올려다본다. 저 먼 곳을 향한 당신의 눈빛이 아련하다.

　당신은 떨구고 간 새의 깃털을 주워 올리듯 흰 돌멩이 하나를 집어 든다. 돌멩이를 만지작거리던 당신은 허공을 향해 힘껏 날린다. 돌멩이는 허공 속으로 가뭇없이 스며든다. 당신은 돌멩이가 사라진 곳을 한참동안 바라보고 서 있다가 손가락을 바짓가랑이에 문지르며 돌아선다. 순간, 팻말 하나가 당신 앞을 막아선다.

　〈이곳은 상수도 보호구역이오니 일체의 취사와 야영을 금합니다.〉
(2007)

스
무
살

아버지가 죽었다. 대문 앞 철길 레일을 베개처럼 베고 누웠던 아버지는 마주 오는 기차의 불빛을 온몸으로 받았다. 눈송이가 간간이 흩날리고 있던 겨울밤이었다. 아버지가 누워 있던 철길은 내 방에서 몇 미터도 채 떨어지지 않는 곳이었다. 어쩌면 술에 취할 때마다 흥얼거리던 노랫가락이 들려왔는지도 모른다.

그때 나는 시를 읽고 있었다. 막차는 점점 빠르게 다가왔고, 바퀴소리는 점점 커져갔다. 심장의 박동 소리도 빨라졌다. 나는 쫓기듯 소리 내어 시를 읽었다. '막차는 좀처럼 오지 않았다……. 대합실 밖에는 밤새 송이 눈이 쌓이고……' 기차가 집 앞을 지나치는 순간, 내 목소리는 바퀴 소리에 금세 파묻혀 버렸다. 오랫동안 구들장이 들썩거렸다. 방구들이 내려앉을까 두려웠다. 지난겨울 구들장의 금간 틈으로 연탄가스가 새어드는 통에 죽을 뻔 했던 일이 있기 때문이었다.

나는 촉수 낮은 전등 아래에 시집을 들이밀고 큰 소리로 읽었다. '흰 보라 수수꽃 눈 시린 유리창마다…… 톱밥난로가 지펴지고 있었다…….' 철거덕, 철거덕, 바퀴 소리는 길었다. 바퀴가 굴러가는 동안 수북하게 쌓인 창턱의 먼지가 풀썩 풀썩 일었다. '산다는 것이 때론 술에 취한 듯…… 한 광주리의 사과를…… 만지작거리며 귀향하는 기분으로…… 침묵해야 한다는 것을…… 모두들 알고 있었다…….'* 기차 소리는 점점 멀어졌다. 심장의 박동도 차츰 느려졌다. 정적이 다시 찾아들었다. 온몸에 맥이 풀리면서 의식마저 후줄근해졌다. 시집이 방바닥에 떨어졌다.

책상 위에 놓인 고구마 싹이 창문을 향해 여린 순을 뻗어 가는 중이었다. 어둡고 침침한 방에서 힘겹게 틔운 싹이 햇살 새어드는 유리창을 향해 다가가고 있었다. 햇살 가득한 낙원을 향해 뻗어가는 새싹처럼, 기차 소리를 들을 때마다 나는 어디론가 떠나고 싶어졌다. 기차는 내가 꿈꾸는 곳이면 어디든 데려다 줄 것만 같았다. 나는 시를 읽으며 밤마다 길을 떠났다.

창문을 열면 기찻길이었다. 나는 잠자리에 들 적마다 선로에 몸을 누이는 듯한 기분에 사로잡히곤 했다. 밤마다 기차는 가슴 위로 지나갔다. 육중한 기차 바퀴에 깔린 꿈은 늘 흉흉했다. 누워 있던 나를 향해 기차

---

*곽재구 〈사평역에서〉 중에서

가 돌진해오기도 했다. 비명에 놀라 깨어날 때마다 온몸이 땀으로 범벅이 되어 있었다. '저승이 바로 문 밖'이라던 어른들의 말이 떠올랐다. 아버지는 그 말을 증명해 보이고 싶었던 것일까. 아니면 술에 엉망으로 취한 채 당신이 누워야 할 방바닥과 선로를 구분하지 못했던 것일까.

그때 우리가 살던 집은 낡고 허름한 집들이 다닥다닥 붙어있던 도시 외곽에 자리 잡고 있었다. 동네 아이들은 끼리끼리 몰려다니며 이유 없이 낄낄거렸고, 군데군데 빠진 이빨 사이로 침을 뱉었으며, 상스러운 욕설들을 함부로 날리곤 했다. 그럴 때마다 얼굴 붉어진 처녀애들은 더욱 빠르게 종종걸음을 쳤고, 간혹 사내들이 던지는 돌멩이들이 아이들의 뒤를 쫓곤 했다. 기찻길 옆으로 철망이 덧대어져 있었지만, 아이들은 여기저기 뚫린 개구멍으로 쉴 새 없이 기찻길을 들락거렸다. 기찻길은 아이들의 놀이터였다.

새벽녘에야 마을 사람들의 비명 속에서 발견된 아버지의 주검은 형체를 알아볼 수 없을 정도로 부서져 있었다. 몸체에서 완벽하게 분리되어버린 아버지의 머리통은 시궁창 냄새를 풍기는 도랑의 잡풀 속에서 발견되었다. 그곳에는 지난가을에 피었다 말라버린 잡풀들이 어지럽게 우거져 있었다. 푸르뎅뎅해진 아버지의 얼굴이 그 속에 나뒹굴고 있었다. 화가 나면 어김없이 두 눈을 부릅뜬 채 우리들을 노려보던 예전의 모습 그대로였다. 아버지의 잘려진 머리통을 보는 순간, 고사상의 안쪽에 차려져 있던 돼지머리가 떠올랐다. 아버지가 수없이 죽이고 갈랐던 돼지머리들. 그와 똑같아짐으로써 아버지는 그들의 죽음에 동참할 수 있게 된 것이다.

*

아버지는 얼마 전까지 제법 규모 있는 중소기업의 사장이었다. 각 지방에서 공급하는 물량들을 한꺼번에 넘겨받아 소매상에 유통시키는 중간도매상이었다. 그런데 지난 해 봄, 사업 확장의 일환으로 새롭게 기획한 아버지의 일은 시작도 하기 전에 불발로 끝나고 말았다. K시의 한 사업자에게 사기를 당한 것이었다. 계속 돌아오는 어음을 제때에 막을 수 없었던 아버지는 결국 부도 앞에 무릎을 꿇고 말았다.

아버지의 성(城)이 무너지는 데는 많은 시간이 걸리지 않았다. 채권자들이 불시에 들이닥쳤고, 아버지는 쫓기기 시작했다. 모든 집기에 차압이 붙었고, 집은 경매에 부쳐졌다. 집안 살림을 맡았던 파출부와 남동생의 과외 선생이 차례로 모습을 감추었다.

딱지가 붙은 집안에서 나는 사지를 결박당한 사람처럼 갇혀 지냈다. 사춘기에 이른 남동생의 외출이 점점 잦아들었다. 끊임없이 울려대던 전화벨 소리. 초조하게 흔들리던 눈동자. 창백한 낯빛. 어머니의 한숨 소리가 낮게 떠다니는 집안은 을씨년스러웠다. 불시에 추락해버린 현실 속에서 나는 이방인 같았다. 연극 무대에 어정쩡하게 서 있는 기분이었다. 그러나 학교 무대에조차 서 본 적이 없는 내 연기는 너무나 어설펐다.

나는 자폐아처럼 집안에 틀어박혀 지난 시절을 회상하는데 대부분의 시간을 보냈다. 학교 수업을 마치고 늦은 시간까지 과외를 받던 지난 일상들을 그리워하기도 했다. 대학 입시를 준비하는 수험생은 땅 속에 묻힌 씨앗이고, 씨앗은 캄캄한 어둠과 절망을 견디는 법이라고 여겨왔던 일상들이었다.

전국의 모든 대학들이 일제히 입시공고를 내걸기 시작했다. 학창 시절의 마지막 겨울 방학이 시작되고 있었다. 겨울 방학은 내게 긴 휴면기를 예고하고 있었다. 나는 땅 속에 묻혀 꽃피우지도 못한 채 썩어 가는 씨앗이 될지도 모른다는 불안감에 시달렸다.

아버지가 돌아왔다. 없다고 생각하지도 않았지만, 한 번도 있다고 생각해 본 적이 없는 아버지였다. 가진 것이라곤 돈과 여자뿐이라던 아버지가 돈도 잃고 여자도 잃은 모습으로 들어서는 모습은 이방인처럼 낯설었다.

늦은 밤, 아버지는 집에 들어서자마자 방안을 휘 둘러보았다. 오금이 꺾인 사람처럼 순식간에 무릎을 접은 아버지는 손을 불끈 쥐고 방바닥을 쳤다. 아버지의 손등에선 검붉은 힘줄이 팽팽하게 부풀어 올랐다. 핏줄은 통통하게 살이 찐 거머리 같았다. 몇인지조차 가늠할 수 없는 정부(貞婦)의 사타구니를 주무르면서도 반성할 줄 모르는 탐욕스러운 손이었다. 나는 이물감에 몸을 떨며 아버지에게서 물러섰다. 충혈된 아버지의 눈동자가 핏빛이었다.

가자!

아버지가 말했다. 대문 밖에는 번호판이 선명하지 않은 낡은 용달차 한 대가 서 있었다. 다시 집안으로 들어간 어머니는 차압 딱지가 붙지 않는 자잘한 짐들을 차에 옮겨 싣기 시작했다. 어머니가 차에 실었던 것들은 겨우 빗자루나 우산이나 신발 같은 허섭스레기 같은 것뿐이었다. 옷장에 들어있던 모피 코트에는 손도 대지 못한 어머니의 몸놀림은 궁상스럽기까지 했다. 그만 두세요! 나는 소리쳤다. 어머니가 나를 쳐다보았다. 눈 밑 주름이 처지기 시작한 어머니의 얼굴이 한없이 무거워 보였다. 무표정한 얼굴로 몇 차례 집안을 들락거린 어머니는 대문 앞에 서서 이층집을 올려다보는 것으로 서울과의 마지막 작별을 고했다.

아버지는 생각에 잠긴 얼굴로 용달차 문 앞에 서 있었다. 동생이 아버지에게 물었다. 어디로 가는 거죠? 아버지가 짧게 대답했다. K시! 아버지의 눈에 불꽃이 튀었다. 동생이 의아한 낯빛으로 또 물었다. 거긴 왜요? 아버지는 관자놀이를 실룩이며 부르짖었다. 찾아야 해, 그 놈을! 나는 차갑게 내뱉었다. 지금 우린 도망가고 있잖아요. 창백해진 아버지의 얼굴이 나를 돌아보았다.

계기판 옆의 시계가 새벽 2시를 가리키고 있었다. 나는 아버지의 얼굴을 외면하며 엄마와 동생이 들어앉아 있던 조수석의 가장자리에 끼어 앉았다. 아버지가 운전석에 올라탔다. 자리가 비좁아 숨도 크게 쉴 수 없었다. 짐칸으로 가겠어요! 그러자 어머니가 말했다. 안 돼, 지금은 겨울이야.

용달차가 요란한 엔진 소리를 내며 출발을 알렸다. 우리는 막대처럼 등을 꼿꼿이 세운 채 앞만 주시했다. 용달차는 해소와 천식에 시달리는 늙은이처럼 가쁜 숨을 내지르며 어둠만을 골라 밤새 달렸다. 서울을 벗어나서 살아본 적이 없는 우리 가족들의 K시행은 전혀 예기치 못한 일이었다.

K시는 새벽이 부옇게 토해놓은 입김 속에서 천천히 모습을 드러냈다. 도시는 우울한 잿빛이었다. 어쩌다 지나가는 사람들도 꺾인 등뼈를 곧 추세우지 못한 환자들처럼 웅크리고 걸었다. 무표정이거나, 음울한 낯빛이었다. 낯선 사람들을 향한 경계의 시선 속에는 알 수 없는 적의와 살의가 복잡하게 엉켜 있었다. 나는 칙칙하게 가라앉은 도시를 보며 까닭 없이 가슴을 문질러댔다.

아버지는 씨앗 뿌릴 땅을 찾지 못한 사람처럼 여기저기를 기웃거렸다. 어디다 뿌리를 내려야 할지 알 수 없어 초조한 낯빛이었다. 오랜 탐사 끝에 아버지가 차를 멈춘 곳은, 도심에서 멀찍이 떨어진 외곽 지대였다. 가풀막진 마을 입구에는 기차 건널목이 가로막고 있었고, 낮은 집들이 기찻길의 양쪽에 호위병처럼 늘어서 있었다. 마을은 희부윰한 안개에 감싸인 채 깊은 잠에 빠져 있었다. 아버지의 용달은 구불구불한 마을의 골목을 뚫고 계속 들어갔다. 아버지는 우뚝 선 당산나무 아래에 차를 멈췄다. 비스듬히 기울어진 간판을 이마에 매단 가게가 코앞에 엎드려 있었다. 먼지가 낀 유리창엔 코팅 비닐이 너덜거리고 있었다. 차에서 내린 아버지가 구멍가게의 유리창을 두드렸다. 노인 하나가 고개를 내밀었다. 방 한 칸 빌립시다. 이제 막 잠자리에서 빠져 나온 듯 꾸깃꾸깃한 행색의 노인은 우리가 탄 용달차를 흘낏 돌아보았다.

오래되고 낡은 빈집을 구해 들어간 우리들이 찬 손을 비비며 서성거리는 동안, 이웃집 아낙으로 보이는 낯선 여자가 빼꼼하게 얼굴을 들이

밀었다. 구멍가게 노인에게서 이야기를 들은 모양이었다. 오메, 살림살이 하나 지대로 웁는 거시 굶어 죽을라고 작정헌 사람들인 모냥이여. 여자는 끌끌 혀를 차더니 그대로 돌아갔다. 금세 다시 돌아온 여자는 방안으로 보자기를 들이밀었다. 보자기 속 양푼에는 따뜻한 밥이 가득 담겨 있었다. 이걸로 우선 시장기 좀 채워봐. 이야기를 들었다는 듯 다른 집 아낙도 몇 명 다녀갔다. 그들은 자신의 집에서 퍼온 김치나 된장 같은 것들을 내밀었다. 어머니의 얼굴이 금방 울음이라도 터트릴 것처럼 일그러졌다. 그럴 것 웁써, 지난 번 사람들과도 다 그렇게 살았어. 아낙은 못 이긴 척 받아드는 어머니의 손을 따뜻하게 감싸 쥐었다. 사람이 살다 보면 별스런 일도 다 겪는 벱이니께, 여그 사람들은 더 험헌 꼴을 당했어…… 아낙의 말끝이 잦아들었다.

아낙이 돌아가자 어머니는 무릎을 꺾듯 방바닥에 주저앉았다. 아낙들에게 눈길 한 번 주지 않은 채 돌아앉아 있던 아버지가 어머니를 돌아보았다. 어머니는 잔뜩 몸을 옹송그린 채 차디찬 방바닥에 몸을 부렸다. 아버지가 품에서 담배를 꺼내 물었다. 연거푸 피워대는 아버지의 담배 연기가 방안을 부옇게 만들었다. 돌아누운 어머니가 기침을 내쏟기 시작했다. 점점 심해진 기침소리는 좀처럼 가라앉지 않았다. 기침 소리는 피라도 토해낼 듯 격렬해졌지만, 아버지는 담배 피우기를 멈추지 않았다. 남동생은 그런 아버지의 뒷덜미를 노려보았고, 나는 어머니의 기침 소리를 듣지 않기 위해 귀를 틀어막았다.

어머니의 기침 사이로 아기 울음소리가 간간이 새어들었다. 방문을 열면 이마에 부딪힐 듯 와 닿는 담장이 이웃 사이를 가르고 있던 동네였다. 어느 집엔가 뱃병 난 아기를 키우고 있는 모양이었다. 자지러질 듯한 어머니의 기침 소리와 점점 커진 아기의 울음소리는 쉴 새 없이 고막을 두드려댔다. 아기의 울음소리는 불길하고도 청승맞았다. 방바닥의 찬 기운 때문일까. 온몸이 떨리기 시작했다. 나는 한기가 스미지 않도록 두 다리를 가슴에 껴안았다. 몸이 둥글게 말리는 느낌이었다. 내장을 긁어내 듯 처절해진 울음소리는 마치 아기가 방문 앞에서 울고 있는 것처럼 선명해졌다.

나는 얼굴을 찌푸렸다. 그때 문지방에 담배를 비벼 끄던 아버지가 방문을 거칠게 열어 제치며 소리를 쳤다. 이 자식들, 저리 가지 못해? 그러자 담장 위에서 빠르게 도망치는 듯한 육중한 짐승의 몸놀림이 느껴졌다. 도둑고양이군. 재수 없어! 남동생이 이빨 사이로 침을 뱉었다. 나는 이불 밖으로 고개를 내민 채 방문을 닫아걸고 있는 아버지를 올려다보았다. 아버지의 눈이 술에 취한 듯 붉었다. 불현듯 술을 마시고 싶어졌다. 그러면 깊은 잠에 빠질 수 있을 것만 같았다.

푸른 초원이 끝없이 펼쳐져 있었다. 캐디 차림의 나는 무거운 가방을 어깨에 맨 채 필드에 서서 공과 채의 거리를 가늠하고 있는 아버지를 바라보았다. 이윽고 아버지가 힘차게 골프채를 휘둘렀다. 어깨 너머로 돌아간 골프채가 도끼 자루처럼 아버지의 등짝을 찍었다. 헉! 비명을 지르며 아버지가 넘어졌다. 선혈이 잔디밭을 홍건하게 적셔놓았다. 아버지는 벌레처럼 몸뚱이를 뒤집어 자신의 피를 들이마셨다. 애야, 너는 사람의 피가 얼마나 좋은지 아냐? 아버지는 피 묻은 입가를 손으로 닦아내며 말했다. 말소리는 다정했지만, 아버지는 내가 누구인지 알아보지 못한 것 같았다. 내 소원은 세상의 모든 피를 먹어보는 거란다. 아버지의 목젖이 꿈틀거렸다. 미처 닦아내지 못한 핏물이 목젖으로 흘러내렸다. 물론 먹은 것을 돌려줘야지. 그건 예쁜 여자의 몸속에 사정하는 거란다. 너도 생각해 봐라. 붉은 입술이 나팔꽃처럼 피었다 내 몸을 조여드는 황홀지경을. 돌연 아버지가 목소리를 낮추었다. 네게도 씨앗을 뿌려주랴? 우리들의 놀이가 천국으로 만들어줄 거다. 아버지는 달려들어 나를 넘어뜨렸다. 어서 다리를 벌려! 붉은 꽃이 가득 피어날게다! 나는 아버지의 무거운 몸에 눌려 숨도 제대로 쉴 수 없었다. 필사적으로 버둥거렸지만, 찰거머리처럼 달라붙은 아버지의 몸은 좀체 떨어지지 않았다.

눈을 떴다. 온몸이 발작을 하듯 흔들렸다. 기차가 방 앞을 지나가고 있는 모양이었다. 이윽고 기차 소리가 잦아들자 땀으로 범벅이 된 몸에 스멀스멀 한기가 찾아들었다. 나는 어둠 속에서 아버지를 찾았다. 아버지는 윗목에 누운 채 죽은 듯이 잠들어 있었다.

*

특별한 기술을 갖지 못한 아버지가 할 수 있는 일은 많지 않았다. 그때 아버지가 시작한 일은 도살장에서 수거한 돼지머리를 손질해 소매상으로 넘기는 일이었다. 한동안 일자리를 구하지 못했던 아버지가 용달차를 담보로 하여 어렵게 얻은 일이었다. 돼지머리는 일주일에 한 번씩 들어왔다. 골목 입구에 용달차가 당도하면, 수백 개의 돼지머리를 손수 레에 담아 마당으로 옮겨야 했다. 어머니 아버지가 종종걸음으로 수돗 가에 돼지머리를 쏟아내는 동안, 나는 방안에 들어앉은 채 꼼짝도 하지 않았다. 핏물이 흐르는 돼지머리를 손질하는 일 따위에 삶을 소진하고 싶지 않았다. 그건 어디까지나 아버지와 어머니의 인생일 뿐이었다.

운반 작업을 마친 아버지는 마루 기둥에 걸린 앞치마를 떼어내 목에 둘렀다. 입술을 앙다문 아버지의 표정은 결전을 앞둔 병사처럼 사뭇 비 장했다. 아버지는 수돗가에 쭈그리고 앉아 작업을 시작했다. 먼저 목 언 저리의 핏물을 세심하게 씻어냈다. 그런 다음 채 물기가 가시지 않은 손 으로 품에서 뭔가를 끄집어냈다. 손가락 길이의 단도(短刀)였다. 아버지 는 왼손으로 돼지머리를 잘 붙잡은 후, 면도를 하듯 털을 깎아냈다. 아 버지의 능숙한 칼질에 깎여진 털들이 바닥으로 떨어져 내렸다. 쉿 쉿, 아버지의 입가에선 바람 소리가 새어나왔다. 수백 개의 머리를 다듬는 동안 하루해가 설핏 기울었다. 일을 끝낸 아버지는 팍팍한 허리를 한 번 두드렸을 뿐, 오후의 석양이 눈언저리를 찌르는 수돗가에 앉아 숫돌질 을 계속했다. 칼날을 손끝으로 쓸어보는 아버지의 눈빛이 잘 벼려진 칼 날 같았다.

손질된 돼지머리를 소매상들에게 차례로 넘긴 아버지가 다음 작업을 기다리면서 하는 일이라곤 술 마시는 일 뿐이었다. 술을 마시면 언제나 취했고, 취하면 아무데서나 고꾸라져 잤다. 그럴 때마다 어머니가 발을 동동거리며 동네 술집을 순례했다. 길바닥에 쓰러진 아버지가 동생의 등에 업혀온 날들이 갈수록 늘어갔다. 헉헉거리며 대문을 넘어선 동생은 짐짝 부리듯 아버지를 마루에 내동댕이쳤다. 이어 급하게 뒤따라오던 어머니가 마루에 널브러진 아버지를 방안으로 끌어들였다. 뭐하고 섰니? 어머니가 말했다. 팔짱을 긴 채 마루에 우두커니 서 있던 나는 아버지의 몸뚱이를 노려보며 차갑게 내뱉었다. 놔두세요. 어차피 정해진 목숨 아녀요? 어머니의 손바닥이 내 뺨을 쳤다. 못된 년! 뺨이 얼얼했다. 분노로 얼굴이 일그러진 어머니가 아버지를 방안으로 잡아끌었다. 아버지는 신발도 벗지 못한 채 끌려갔다. 버둥거리며 끌려가던 아버지가 주먹으로 방바닥을 내리쳤다. 이놈들아. 내가 백정으로 보이냐? 내 이 놈을 찾아…… 갈가리 찢어놓고 말테다! 어머니가 방문을 닫았다. 동생은 욕지기를 내뱉듯 입술을 앙다물었다. 정말 지긋지긋해. 동생은 비릿한 피 냄새와 술 냄새로 찌든 집을 박차고 뛰쳐나갔다.

K시에 살고 있던 사람들의 표정은 아버지의 얼굴과 절묘하게 닮아 있었다. 포한(抱恨)이 진 사람처럼 살의로 가득 찬 얼굴이었다. 섬뜩한 눈빛으로 술을 마셨고, 마시면 반드시 취했다. 취하면 아무나 붙잡고 싸웠고, 싸우다가 끝내 얼싸안고 울음을 터트렸다. 삐질삐질 눈물을 흘리며 서로를 부둥켜안은 채 잠이 들었다. 술이 깨면 한 마디도 하지 않는 아버지 또한 그들과 다르지 않았다. 수돗가에 앉아 잘 벼려진 칼날로 비스듬히 털을 깎아내던 아버지의 날선 눈빛. 움찔거리던 관자놀이의 굵은 핏줄. 저러다가 아버지는 기어이 자신의 손목을 가르고야 말 것이다.

소매상에 미처 넘기지 못한 여분의 돼지머리는 커다란 양은솥으로 들어갔다. 어머니에게 돼지머리를 삶아 팔 수 있도록 가르친 것도 이웃 아낙들이었다. 어머니는 날마다 돼지머리를 삶았다. 마당 귀퉁이에 마련된 연탄 화덕 위에는 커다란 양은솥이 하루 종일 뜨거운 김을 내뿜었다. 어머니는 뼈를 발라낸 돼지머리를 보자기에 싸서 다듬잇돌에 눌러놓았다. 기름기가 빠진 머리고기를 가지런히 썰어 찬합에 옮겨 담은 어머니는 주문을 받아놓은 잔칫집으로 내달렸다. 팔고 남은 머리고기는 동네 집집마다 돌렸다. 사람들은 우리 집을 돼지머리 집으로 불렀다.

그 날도 어머니는 부엌 어귀에 쪼그리고 앉아 삶긴 돼지머리에서 뼈를 발라내고 있는 중이었다. 어머니의 손은 기름으로 범벅이 되어 있었다. 나는 어머니 가까이 다가앉았다. 어머니가 손등으로 이마에 얹힌 머리카락을 걷어 올렸다. 손에 묻은 돼지기름이 내 옷에 튀었다. 나는 움찔거리며 뒤로 물러앉았다. 나를 흘낏거리던 어머니가 말했다. 저리 가! 나는 손에 들고 있던 종이를 어머니 앞으로 내밀었다. 뭐냐? 코뼈를 막 빼내든 어머니가 나를 황망히 쳐다보았다. 등록금 고지서예요. 어머니의 입술이 실룩였다. 지독한 년! 이 형편에⋯⋯.

*

대학 생활이 시작되었다. 일에 지친 어머니는 밤이면 피곤한 허리를 꺾고 아랫목에 드러누웠다. 나는 어머니가 잠든 밤마다 돼지머리가 든

양은솥을 내려놓고 연탄 화덕에 물을 데웠다. 목욕을 하기 위해서였다. 알맞게 데워진 물을 양동이에 담아 수돗가 옆 창고로 날랐다. 창고 안에는 이미 손질되었거나, 미처 손질되지 못한 돼지머리가 널려 있곤 했다. 반쯤 뜬눈, 감은 눈, 살육의 현장을 똑똑히 지켜보았을 부릅뜬 눈들이 바닥에 뒤엉켜 있었다. 때론 잘린 목 부위가 너덜너덜한 살점을 내보이며 허공을 향하고 있기도 했다. 나는 애써 숨을 죽인 채 재빨리 목욕을 마쳤다. 핏물이 물줄기를 따라 수돗가로 흘러갔다. 목욕을 마치고 나면 나는 언제나 짙은 향수를 몸에 뿌렸다. 방 곳곳에도 뿌렸다. 아침에 집을 나설 때마다 손가락으로 긴 머리칼을 추켜올려 냄새를 맡았다. 노린내가 배어있나 살펴보기 위해서였다. 체취가 되어버린 아카시아 향이 나를 안심시켰다.

대학 캠퍼스엔 붉은 핏방울을 떨어뜨려 놓은 듯 영산홍이 한창이었다. 햇살을 등지고 선 영산홍 꽃잎이 선홍색 속살을 말끔하게 내비치고 있었다. 곧이어 꽃잎 위로 황사가 내려앉았다. 황사가 자욱한 학교 교정은 집회와 시위로 어지러웠다. 봄이 다 가도록, 수업은 제대로 이루어지지 않았다. 나는 등나무 벤치에 앉아 도서관 앞에서 시위를 하는 학생들을 멀찍이 바라보곤 했다. 바람에 떨어지는 꽃잎처럼 미처 사위지 못한 젊은 청춘들이 하나 둘씩 옥상으로부터 떨어져 내렸다. 최루탄은 곳곳에서 터져 올랐다.

나는 시위 현장으로부터 멀리 도망쳤다. 바늘로 찌르는 듯 매섭고도 독한 기운이 눈과 살갗을 후벼 팠다. 도망치는 내 뒷덜미를 누군가의 억센 손아귀가 낚아챘다. 놔! 나는 부르짖었다. 뒤돌아보면 아무도 없었다. 그러나 뒷덜미를 잡힌 채 허공에 매달린 기분은 좀처럼 가시지 않았다. 악령이었을까. 그는 내게 물었다. 넌 아느냐? 지난 해 얼마나 끔찍한 일이 일어났는지를. 나는 눈물 콧물 범벅된 얼굴로 세차게 도리질을 했다. 몰라. 제발 놔줘. 알고 싶지 않아. 그는 더 강한 힘으로 내 몸을 흔들어댔다. 나는 마른 가랑잎처럼 흔들렸다. 넌 알아야 해. 이 도시에서 무슨 일이 있었는지를, 왜 네가 이유 없이 눈물을 흘려야 하는지를. 나는 미칠 듯이 고개를 흔들어댔다. 싫어. 화장실로 숨어들었다. 가쁜 숨을 몰아쉬며 변기에 오물을 토해냈다. 화장실 거울 속엔 눈물로 어룽진 얼굴이 나를 바라보고 있었다.

내게는 그들과 함께 나눌 수 있는 사연이 없었다. 그들이 말한 지난 해 나는 여기에 없었다. 대한민국의 수도 서울에 살면서 이 도시의 이야기를 풍문으로 흘려들었을 뿐이다. 그때 나는 파출부가 달여 준 보약을 먹으며, 과외선생과 함께 수학 문제를 풀고 있었다. 나는 도서관 앞 잔디에 앉아 시위대의 외침들을 애처로운 마음으로 지켜보았다. 난 너희들의 아픔을 몰라. 강요하지 마. 너희들의 인생은 너희들의 것일 뿐이야. 내 삶은 이미 바닥으로 추락해버렸는걸. 그것만으로도 난 힘겨워. 교내 여기저기에 동문회, 동우회 현수막이 나붙었지만, 이방인이었던 내가 끼일 자리는 애초에 없었다. 나는 그들과 합류하지 못한 채 하릴없이 학교 앞 음악다방에 죽치고 앉아 시간을 축내곤 했다. 스모키나 아바의 노래들은 내게 위안이 되어 주었다.

그 날도 나는 음악다방에 앉아 있었다. 교정을 가득 채운 아카시아 향기가 교문 밖까지 넘쳐나던 오월이었다. 그러나 지하에 위치한 음악다방은 눅눅하기만 했다. 여러 무리의 전경들이 교문 앞에 죽치고 앉아 때늦은 점심을 먹고 있을 뿐, 교정은 한산했다. 연이은 시위 때문에 그들의 얼굴에는 피곤한 기색이 역력했다. 아무렇게나 퍼질러 앉아 도시락을 먹던 그들은 교문을 들고나는 학생들을 멀거니 올려다보곤 했다. 엊그제까지 같은 교정에서 어깨를 나란히 하며 걸었을 동갑내기들이었다. 학생들은 불길하게 옭아매는 그들의 시선을 억지로 떼어내며 종종걸음을 쳤다. 까닭 없이 어깨를 움츠린 채 걷는 학생들의 눈빛은 초조했다. 나는 짧게 허락된 평화에 가슴을 졸이며 초여름의 풍경화 속을 빠져 나왔다.

스모키의 노래 〈Living next door to Alice〉가 흘러나오고 있었다. 내가 신청한 노래였다. LP판이 가득 꽂힌 뮤직 박스 안에서 헤드폰을 머리에 낀 DJ가 나를 바라보며 멘트를 읽었다. 여길 떠나고 싶으신가요? 가지 마세요, 여긴 아름다운 도시입니다. 자, 음악 들려드릴게요. 떠나가는 엘리스에게…… 낮고도 굵은 음색을 가진 DJ였다. 그의 목소리는 부드럽게 내 몸을 감쌌다. 아름다운 음악과 그의 달콤한 목소리는 일상으로부터의 도피를 도와주었다. 나는 날마다 그가 들려주는 음악에 더 깊이 빠져 들어갔다. 호소하는 듯한 스모키의 노래가 이어지고 있었다. 제발 떠나지마, 엘리스.

그때였을까. 어지러운 발걸음 소리가 음악 속으로 섞여 들었다. 나는 소리 나는 쪽으로 고개를 돌렸다. 이마를 수건으로 둘러쓴 시위대의 무리가 지하로 쏟아져 들어오고 있었다. 매캐한 최루탄 냄새와 함께 여기저기에서 기침 소리가 터져 나왔다. 그들 또한 고개를 소파에 처박은 채 눈물을 질금거리고 있었다. 스모키의 음성은 점점 절정으로 치달았다.

그때였다. 어디선가 날카로운 괴성이 유리창 깨지는 소리와 함께 튀어 올랐다. 검정색 두건을 두른 시위대의 하나가 뮤직 박스를 향해 돌을 던진 것이었다. 비열한 놈, 음악이 다 뭐야. 집어치워! 뮤직 박스 안에 앉아있던 그가 이마를 감싼 채 나동그라졌다. 이봐, 그만 둬! 다른 이가 큰소리로 제지하자, 검정색 두건은 손바닥에 들고 있던 나머지의 돌을 주머니 속에 집어넣으며 가래침을 내뱉었다. 충혈된 눈으로 한참 동안 뮤직 박스를 쏘아보던 두건은 신호에 따라 다시 밖으로 뛰어나갔다.

이윽고 그가 뮤직 박스 안에서 비칠비칠 걸어 나왔다. 이마에서부터 피가 흘러내리고 있었다. 카운터 의자에 걸터앉은 그는 이마를 감싸 쥔 채 탁자를 더듬거렸다. 나는 그에게 다가가 손수건을 건네주었다. 그는 피가 흐르는 이마를 짚은 채 멀거니 나를 쳐다보았다.

이마의 피를 닦아낸 그가 내 손을 잡아끌고 지하 계단을 뛰어올랐다. 시위대는 저만큼 진군해 있었다. 여기저기 내던져진 최루탄 가루와 깨진 보도블록으로 도로는 어지러웠다. 우리는 때마침 다가오던 시내버스에 올라탔다. 버스는 시내를 벗어난 외곽의 강둑에 우리를 내려주었다. 어깨를 부딪치며 걸어야 할 만큼 좁은 둑길 주변에는 초록의 향연을 펼쳐 보이듯 잡풀들이 제멋대로 자라나 있었다. 우리는 향기로운 풀 냄새

에 이끌리듯 비탈에 나란히 앉았다. 도심을 관통하는 강 상류인 그곳에
는 개울물이 찰랑찰랑 물소리를 내며 흘러가고 있었다. 나는 개울가로
내려가 손수건에 물을 적셨다. 손가락에 닿는 물의 감촉이 아주 부드러
웠다.

그는 젖은 손수건을 이마에 꾹꾹 눌러대며 말했다. 오래 전부터 너를
보고 있었어. 항상 혼자더군. 누군가를 기다리는 것 같지도 않았고. 그
가 말을 멈췄다. 서쪽 하늘에 노을이 지고 있었다. 해는 핏덩이처럼 붉
었다. 왜 혼자 다니니? 그가 내 얼굴을 들여다보며 물었다. 노을에 비친
그의 얼굴이 핏빛이었다. 신입생들은 혼자 다니길 두려워하거든. 그러
자 잔뜩 잠겨있던 내 목소리가 거칠게 터져 나왔다. 잡아먹히나 보려
고……. 내 말은 중간에서 끊겼다. 그가 내 입술을 덮친 까닭이었다. 제
발 나를 잡아먹어줘. 나는 그의 몸을 힘껏 끌어안았다. 핏빛 노을이 그
와 나의 몸을 흥건히 적시고 강 하류를 향해 유유히 흘러갔다.

국문과 휴학생이라고 했다. 군대에서 막 제대한 짧은 머리에도 불구
하고, 그의 훤칠한 외모는 어디에서나 눈에 띄었다. 게다가 그는 부드러
운 목소리만큼 희고 고운 손을 가지고 있었다. 긴 손가락이 생각에 잠긴
듯한 그의 이마를 짚을 때마다, 나는 그 손가락에 입을 맞추고 싶은 갈
증에 시달리곤 했다. 그는 시큼한 막걸리 냄새가 배어든 국방색 바지에
아무렇게나 장발을 헝클어뜨린 촌뜨기 남자애들과는 달랐다. 부드러운
손으로 기타를 쳤고, 굵고도 낮은 음색으로 노래를 불렀다. 내가 부르는
노래에 적절한 화음을 연출해내기도 했다. 역시 우린 환상적인 커플이

야! 노래 하나가 끝날 때마다 그는 만족스러운 미소를 지었다.

그와 함께 있는 동안 나는 행복했다. 우리는 시간이 날 때마다 학교 뒷산으로 올라가 기타를 치며 노래를 불렀다. 바람이 불 때마다 아카시아 꽃잎이 눈발처럼 쏟아져 내렸다. 교문 밖으로 진출을 시도한 시위대의 무리들이 꽃잎 사이로 아스라이 멀어져 갔다. 기타를 한 쪽으로 치워 둔 그가 뜨거운 숨결을 귓전에 쏟아 부을 때마다 나는 어지럽고도 달콤한 환몽에 젖어 그를 받아들였다. 혼자가 아니라는 안도감이 마음을 따뜻하게 적셔주었다. 두 몸이 밀착될수록 오히려 틈이 생길까 두려워졌다. 몸과 몸이 탯줄처럼 연결되어 뗄 수 없기를 바랐다. 다시는 혼자였던 과거로 돌아가고 싶지 않았다. 그는 가쁜 숨을 헉헉거리며 내 안으로 들어왔고, 내 몸은 빨판처럼 그를 끌어당겼다. 대못을 박듯 거칠게 파고드는 그의 몸에 긴 손톱을 박으며 내 의식은 산산이 흩어졌다.

행위가 끝나면 나는 습관처럼 그의 가슴에 엎드려 심장의 박동 소리를 들었다. 파정의 고즈넉함이 전신을 부드럽게 감쌌다. 바람이 얼핏 불어왔다. 저거 봐! 눈을 휘둥그레 뜬 그가 하늘을 가리키며 말했다. 하얀 꽃 타래에 주렁주렁 매달린 꽃들이 바람에 일제히 날리고 있었다. 수천 마리의 나비 떼가 일시에 날아오르는 것 같지 않니? 그의 말이 끝나기도 전에 아카시아 꽃잎이 그의 얼굴 위로, 우리의 벗은 몸과 몸 위로 함박눈처럼 내려앉았다.

우리는 축제에 초대된 사람들처럼 서로의 눈 속을 오래 들여다보곤 했다. 그럴 때마다 해질 무렵이면 텅 빈 강의실에 앉아 서쪽 창을 내다보던 내 모습이 그의 눈 속으로 떠올랐다. 맑고 청량한 오월의 바람이 진한 아카시아 향을 몰고 들어오던 창가. 차츰 수묵화처럼 젖어드는 어둠 속에 들어앉아 노래를 부르던 때를 생각하자 아련해지는 느낌이었다. 아카시아 꽃은 5월에 내리는 폭설이야. 생명력이 강해 어디서나 잘 자라지. 내 어머니는 시골에서 아카시아 꿀을 따고, 난 여기서 네 꿀을 따는 거구. 그가 쿡쿡 웃으며 내 가슴에 얼굴을 들이밀었다. 내가 왜 너를 좋아하는지 아니? 나는 고개를 저었다. 네 몸에서 나는 향기가 좋아.

*

날씨는 점점 더워졌다. 더워질수록 더욱 지독해진 노린내가 콧속을 후벼 팠다. 냄새 때문에 현기증이 날 지경이었다. 목욕의 횟수가 점점 늘어났다. 나는 결벽증에 사로잡힌 채 향수를 뿌려댔다. 날씨가 더워 문을 닫고 잠들 수 없는 밤이 이어졌다. 나는 밤마다 목욕을 마친 후, 화장실 지붕에 만들어진 조그만 옥상으로 올라가곤 했다. 구멍이 숭숭 뚫린 철제계단을 밟으며 올라간 그곳은 된장이나 고추장 단지들이 몇 개 놓여있을 뿐이었지만, 어둠 속으로 몸을 감추기에는 더없이 좋은 곳이었다. 밤기차가 연이어 지나갔다. 기차가 지나가면서 일으키는 바람이 선선했다. 바람은 치맛자락을 나붓이 들어 올려 속살을 간질이고 달아났다. 나는 기차가 지나갈 때마다 차창을 내다보고 있던 피곤한 얼굴들에게 손을 흔들어 주었다. 그들에겐 어둠 속에서 손을 흔드는 내가 보이지 않을 것이다. 하지만 나는 아득히 먼 곳의 누군가와 교신하는 기분이었다.

그렇게 여름이 가고, 가을이 왔다. 어제가 그랬듯 달라질 것 없는 오늘이 계속되면서 또 겨울이 들어서고 있었다. 아버지는 여전히 돼지머리를 다듬었고, 숫돌질을 했다. 일이 끝나면 술을 마셨고, 일거리가 없는 날에는 외출을 했다. 어머니는 날마다 연탄화덕의 불을 피워 올렸지만, 수입은 그다지 나아지지 않았다. 아버지는 술을 마시면 아무 곳에서나 쓰러져 잤고, 어머니는 그런 아버지를 찾아다녔다. 점점 삶은 지리멸렬해졌다.

그는 가을 학기에도 복학을 하지 못했다. 동생들은 눈치를 보면서 그에게서 돈을 타갔다. 아르바이트 자리는 자꾸 끊겼고, 학내 시위는 좀처럼 줄어들지 않았다. 눈발이 스러지듯 목숨을 끊는 젊은이들의 행렬도 이어졌다. 그의 얼굴도 점점 어두워졌다. 나는 짙게 드리워지는 어둠의 실체를 해독할 수 없어 불안했다. 나는 불안감에 시달리며 그의 고통을 이해하려 애썼다.

말해봐, 무엇 때문인지! 나는 그의 몸을 흔들며 소리쳤다. 술에 젖어 몸을 가눌 수 없어진 그가 가로수에 고개를 처박은 채 뜨거운 숨을 토해냈다. 모르겠어. 몰라…… 나는 허기진 사람처럼 그를 힘껏 껴안았지만, 취기에 젖은 그의 몸은 힘없이 내 몸에서 빠져나갔다. 땅바닥에 주저앉은 그가 깨진 보도블록에 엉덩이를 찔렸는지 고통스럽게 이마를 찌푸렸다. 붙잡을 수 없는 거리에 그가 멀찍이 물러앉은 기분이었다.

나는 떨리는 목소리로 그에게 물었다. 내가 어떻게 해주면 좋겠어? 그는 게슴츠레해진 눈으로 멀뚱히 나를 쳐다보았다. 한동안 슬픈 눈빛으로 바라보던 그가 힘없이 고개를 꺾으며 중얼거렸다. 너는 몰라. 모른다구! 순간, 가슴에 불이 붙듯 뜨거워졌다. 그럼, 네가 아는 게 뭔데? 그의 고통을 공유할 수 없어 불안해진 내가 초조한 목소리로 다그쳤다. 몰라, 나도 모르겠어…… 그는 땅바닥을 향해 푹 고개를 꺾었다.

우리는 이곳에 스며들지 못한 채 너겁처럼 떠있는 존재일 뿐이었다. 우리들이 잡을 수 없는 이 고통의 실체는 뭐란 말인가. 무엇이 그와 나를 한 몸으로 묶어 허방에 빠뜨리고 있는가. 그의 말대로 아는 것이라곤 아무 것도 없는 이곳에서 하루하루를 살아내는 일은 힘에 겹기만 했다. 그저 우리는 시위 군중과 최루탄 가스로부터 도망쳐 숨어든 그의 자취방에서, 가진 것이라곤 육체뿐이라는 것을 증명이라도 하듯, 부질없는 몸짓으로 뒤엉킨 채 젊은 날들을 흘려보내고 있을 뿐이었다.

지리멸렬한 나날이 흘러갔다. 지루하고 지루하다보면 하릴없이 목구멍에 손가락이라도 집어넣고 싶어지는 것일까. 피비린내와 노린내를 견딜 수 없었던 나는 시도 때도 없이 고개를 처박아야 했다. 핏물이 스며든 수돗가 눈덩이 위에, 눈송이들이 가뭇없이 빠져들던 철길 시궁창 속으로 목구멍이 컥컥 패이도록 속을 비워냈다.

눈물 아롱아롱한 얼굴로 고개를 쳐들던 나는 뭔가 머리를 치고 달아나는 것을 느꼈다. 퍼뜩, 정신이 들었다. 후들거리는 다리로 땅을 꾹꾹 눌러 밟으며 그를 찾아 나섰다. 바람에 휩쓸린 눈송이들이 사정없이 얼굴을 할퀴고 달아났지만, 몸은 알 수 없는 열기로 달아올랐다. 허공으로 둥실 떠오르는 것 같았다.

음악다방으로 갔다. 그는 거기에 없었다. 그가 갈 만한 곳을 찾아 다녔다. 그런 내 모습은 어머니를 떠올리게 했다. 그는 학교 뒤편의 막걸리 집에 혼자 있었다. 영락없는 아버지의 모습 그대로였다. 인사불성으로 취해 있던 그는 문을 열고 들어서던 나를 게슴츠레한 눈빛으로 올려다보았다.

너는 누구야?

비틀거리며 자리에 일어서던 그의 팔이 무심코 탁자를 쳤다. 막걸리 대접이 탁자 아래로 떨어졌다. 흔들거리던 그의 몸이 기어이 막걸리 자국을 덮치며 넘어졌다.

여기 친구들, 다 어디로 갔어?

이빨을 앙다문 그의 얼굴이 일그러졌다. 입술에서 피가 방울방울 배어나고 있었다. 핏빛으로 물든 그의 눈동자가 금방이라도 불거져 나올 것처럼 부풀어 있었다.

나는 고개를 돌려버렸다. 은밀한 상처를 보여주는 행동 따윈 연약한 바보들이나 하는 짓이다. 기쁨을 나누면 커진다는 말이 거짓말이듯, 고통을 나누면 반이 된다는 말 또한 턱없는 속임수일 뿐이다. 고통을 나누다 보면 물먹은 솜처럼 그 무게가 훨씬 커져서 마침내는 고통을 나누었다는 사실마저 후회하게 될 뿐이다. 어쩌면 그를 떠나야할 때가 되었는지도 모른다고 생각했다. 그의 상처를 다독이고 감당해줄 자신이 없다면 지금껏 나는 그를 사랑하지 않았는지도 모른다. 초점 없이 나를 올려다보던 그의 눈빛을 사랑할 자신이 없었다.

나는 제대로 가누지 못하는 그의 고개를 벽 쪽으로 기대놓고 막걸리집을 나왔다. 내게 어떻게 살아야 하는지를 설명해주는 사람은 아무도 없었다. 곧장 병원으로 갔다. 그의 흔적이 몇 번의 가위질 속에 가뭇없이 사라졌다.

검은 구름으로 뒤덮인 하늘은 우중충했다. 금방이라도 폭설이 쏟아질 것 같은 날씨였다. 오후가 되자 사위는 금세 어둠 속으로 잠겨버렸다. 하릴없이 여기저기를 배회하던 나는 늦은 밤에야 집에 들어섰다. 무심코 마루에 올라섰을 때였다. 안방으로부터 울음소리가 흘러나오고 있었다. 흐으윽. 아버지가 울고 있었다. 그놈, 오늘 만났어…… 등잔 밑이 어둡다더니. 시장통에서 말여. 작년 오월에…… 아들딸 두 놈이 한꺼번에 험한 꼴로 당했다지 뭔가. ……놈을 죽이려고 얼마나 찾아다녔는데. 알콜 중독자, 그 놈이 내게 죽여 달라고 사정을 하데. 발목을 얼마나 콱 움켜잡던지, 무서워서 도망을 쳤어……. 실성한 사람처럼 떨던 아버지의 목소리가 차츰 사위어졌다.

정말 악령이 아버지에게 뒷다리를 걸었던 것일까. 결국 아버지는 다리를 접지르듯 악령 앞에 무릎을 꿇고 말았던 것일까. 주검 중 온전한 형태를 유지했던 것은 아버지의 두개골뿐이었다. 여기저기 어지럽게 흩어져 있던 아버지의 유해는 한 줌의 가루도 만들지 못했다. 흔적 없는 목숨으로 허공 속에 스러졌을 뿐이다.

*

나는 몇 날 며칠 동안 앓았다. 의식이 비몽사몽간에 한 자락 연기처럼 떠돌았다. 나는 세상과 유리된 채 자폐 환자처럼 음습한 동굴 속으로 들어앉았다. 아침과 밤이 제멋대로 다가왔다가 스러지곤 했다. 시간은 달력 속에서 빠르게 흘러갔다.

어느 날이었다. 그가 집으로 찾아왔다. 아버지의 위패를 안고 절에 들어가 버린 어머니, 가출해버린 동생으로 인해 집은 텅 비어 있었다. 세상과 절연해버린 시간이 너무 길었던 것일까. 그는 몰라보게 초췌해져 있었다. 어떻게 내 집을 알았을까. 그의 출현은 너무도 뜻밖이었다. 어지럼증 때문에 기둥에 머리를 기댄 채 마루에 앉아 있던 나는 아연한 얼굴로 그를 맞았다. 한껏 몸을 굽혀 쪽문으로 들어선 그가 주위를 둘러보았다. 굴욕감이 엄습했다. 때에 찌든 남루한 속옷을 들켜버린 기분이었다. 그가 여기까지 와서는 안 되는 일이었다.

그런데도 무슨 이율배반의 감정이었을까. 그를 보는 순간, 나는 그의 품안에 무너지고 싶은 충동을 느꼈다. 한때 버팀목이 되어주었던 그의 품안으로 숨어들고 싶었다. 그와 내가 한 몸으로 뒤엉켰던, 그의 가장 깊숙한 곳이라면 안전할 것 같았다. 나는 입안에서 맴도는 무수한 언어들을 발설해내지 못한 채 힘없이 눈을 감았다. 그에게서는 아무런 기척이 없었다. 눈을 떴다. 그가 나를 내려다보고 있었다. 그의 얼굴이 괴로운 듯 뒤틀렸다. 한참 동안 팔을 내려뜨리고 서있던 그가 한 걸음 더 가까이 내게 다가왔다. 그는 마른 침을 억지로 삼키는 듯한 얼굴로 손을 내밀었다. 한때 내 깊숙한 곳까지 알뜰하게 다독여주던 손이었다.

잘 있어라.

그의 말이 탁하게 갈라졌다.

견딜 수 없어 떠난다.

불현듯 귓속에서 윙, 소리가 나는 듯 싶더니 시야가 음소거된 TV 화면처럼 멀어졌다. 언제 돌아올지는 모르겠어. 그의 입이 물속의 고기처럼 뻐끔거렸다. 안돌아올지도 모르겠다……. 말소리는 분절된 마디처럼 가닥가닥 흩어졌다. 나도 모르게 고개를 흔들었다. 꿈을 꾸고 있는 것 같았다. 그가 내 손을 가만히 잡았다. 차가운 손의 감촉이 전류처럼 등줄기를 따라 발끝으로 훑어 내렸다. 그러자 그의 말소리가 다시 밀물처럼 쏟아져 들어왔다.

너를 다시 찾게 될지, 그것도…… 모르겠다.

시야가 물그림자처럼 흔들렸다. 대상을 알 수 없는 집착과 열망이 연기처럼 빠르게 몸을 빠져나갔다. 허깨비가 된 느낌이었다. 한참 동안 나를 내려다보고 섰던 그가 이윽고 등을 돌렸다. 나는 대문 밖으로 사라지는 그의 모습을 전생처럼 바라보고 있을 뿐이었다.

무너질 듯 피로감이 빠르게 엄습해왔다. 스무 해 저편이 까마득하게 느껴졌다. 마루에 몸을 누였다. 나락으로 빠져들듯 몸과 마음이 가라앉았다. 눈을 감았다. 막이 내리듯 세상이 순식간에 어두워졌다. (2008)

나쁜
피

이 사진 잘 봐. 두 팔과 두 다리를 각각 밧줄로 묶어 나무 막대에 매달아 놓았지? 인도의 국경지대 로아마리에서 굶어죽은 주민인데, 사람들이 시체를 태우기 위해 강가로 메고 가는 모습을 찍은 거야. 두 사람이 막대의 가장자리를 어깨에 둘러매고 걸어가는 모습이 마치 당나귀나 돼지를 장에 팔러 가는 것처럼 보이지 않니?

사진을 유심히 바라보고 있던 아이의 눈동자가 점점 커진다. 흰 얼굴이 더욱 창백해진다. 사진에서 눈을 뗀 아이가 고개를 수그린 채 끊일 듯 가냘픈 목소리로 중얼거린다.

선생님! 무서워요.

무섭긴! 지금 이 순간에도 지구상에는 수많은 사람들이 굶어 죽어가고 있어. 우리가 맛있는 음식을 먹으며 편안하게 살아가는 동안, 한 조각의 빵을 얻기 위해 목숨을 잃는 사람들이 있다는 것을, 너는 잊지 말아야 해.

나는 엄숙한 목소리로 말한다. 아이가 알아든든 못 알아든든 상관없다. 어차피 아이에게 수준이 너무 높다는 것을 알고 있다. 실핏줄이 들여다보일 만큼 투명한 얼굴의 초등학교 4학년 여자아이. 배고픔이나 고통을 느낄 수 있는 코드가 아예 생략된 아이다.

당장 앞에 놓인 욕구에 만족하며 사는 사람들은 배부른 돼지들과 똑같아. 가치 있는 삶이란, 고통 받고 핍박받는 자들을 위해 살아갈 때에야 비로소 가능한 거야.

그러니까 오늘 숙제는 이 사진에 관해 글을 쓰는 일이야. 사진을 보고 느낀 점을 써도 좋고, 죽은 사람에게 편지를 써도 돼. 아니면 직접 죽은 사람의 입장이 되어보든지. 그건 네가 알아서 해. 그리고 또 하나, 이 사진에 제목을 붙여 와. 알았니?

아이는 굳은 표정으로 말없이 앉아 있다. 갈래 머리로 단단히 묶은, 하얗다 못해 푸르게 굳어있는 아이의 넓은 이마에 몇 오라기의 머리칼이 에어컨 바람결에 천천히 흩날린다.

나는 다시 사진을 본다. 영혼이 빠져나가버린 육체, 말라비틀어진 껍질. 거적때기 위로 내다보이는 시체의 얼굴과 손등이 온통 까맣다. 얼굴색이 주는 계급성. 얼굴색은 단순히 멜라닌 색소의 정도가 아니라, 신산한 삶을 대변해 주는 상징인 것이다. 온 몸의 진액이 다 빠져나가 버린 시체는, 불구덩이에 던져져 장작더미와 함께 활활 타오를 것이다. 언제한 번이라도 온전한 생이 있었겠느냐고 비웃듯, 아무도 영혼에 따뜻한 옷을 입혀주지 않아 낮고도 초라한 삶을 살아내야 했던 생에 복수하듯, 시체는 뜨겁고 맹렬하게 타오를 것이다. 완고한 의지로 내디뎠던 발뒤꿈치는 불 속에서 먼지처럼 바스러지겠지.

알맞게 식힌 실내의 공기. 세련된 감각에 맞춰 장식된 유럽풍의 거실. 은은한 향내가 어우러진 이곳은 내가 있을 곳이 아니다. 팔뚝에 으스스 소름이 돋는다. 때 이른 더위가 세상을 점령해버린 6월. 사진을 봉투 속에 집어넣으며 나는 아직도 겁에 질려 있는 아이를 향해 시선을 옮긴다.

원고지 석 장이면 돼. 더 써도 되고.

내 목소리가 에어컨에 잘 냉각된 얼음 조각처럼 풀풀 날린다. 마치 우주 밖 어느 먼 곳에서 들려오는 타인의 소리처럼 낯설다. 사실 나는 아이에게 이 사진을 보여주려고 했던 것은 아니다. 애초에 나는 푸른 숲을 배경으로, 흰 물새의 어미가 자신의 알껍데기를 물고 있는 사진을 준비했다. 새끼의 탄생을 위하여 자신의 부리로 쪼아서 깬 알껍데기를, 새끼의 안전을 위해 둥지에 남겨두지 않고 다른 곳에 버리는 어미 새의 모습을 통해서 '어머니의 사랑'을 화제로 끌어낼 생각이었다. 하지만 어쩌면 오늘 아이와 마지막 수업을 하게 될지도 모른다는 생각을 하면서 내용을 바꿨던 것이다.

에어컨 바람에 목구멍이 아릿해진 나는 작은 기침을 두어 번 내뱉는다. 그때 아이의 엄마가 쟁반을 들고 주방에서 나온다. 여자가 입은 긴 실내복의 앞섶에는 굵은 해바라기 꽃이 커다랗게 그려져 있다. 여자의 허리선 부근이 둥글게 퍼져있는 모양이 빽빽이 들어찬 해바라기 씨알처럼 탱탱하다. 나는 여자의 배가 봉긋하게 부풀어 있는 것을 못 본 체하고 서둘러 아이의 과제물 노트를 편다.

여자는 주스가 담긴 컵을 책상 위에 내려놓는다. 방금 갈아서 만든 토마토 주스다. 불그스름한 액체 속에 푸릇한 씨알들이 내다보이는 길쭉한 유리컵 둘레에는 자잘한 물방울들이 엉겨 있다. 나는 서둘러 과제확인란에 사인을 하면서, 맞은편에 앉는 여자를 흘깃 일별한다. 틀어 올린 머리칼 아래로 하얗게 드러나는 탐스러운 목덜미가 눈부시다. 어루만지고 싶다. 부드러운 피부를 쓰다듬을 수 있다면, 나는 손가락 사이에 면도날을 감추기라도 한 듯 단숨에 긋고 싶어질 것이다. 투명한 피부만큼 오염되지 않는 선홍색 피가 목덜미 위로 방울방울 배어나겠지. 사금파리 같은 여자의 비명 소리가 순식간에 이 잔잔한 거실을 찢어놓고 말겠지.

노트에 고개를 숙인 채 사인을 하고 있는 손가락 끝에 아릿한 전율이 인다. 나는 손아귀에 잔뜩 힘을 준다. 여자에게서는 향수 냄새가 엷게 풍겨온다.

우리 아이, 어떤가요?

청량한 물방울이 톡, 떨어지듯 여자의 음성은 맑다. 생전 어려움이라고는 한 번도 경험해보지 못한 여자와 아이의 모습은, 내겐 아름다운 빛깔로 채색된 실내 장식용 그림처럼 낯설다. 그들의 모습은 배경과의 구별이 뚜렷하지 않아 그저 색채만을 느끼게 만드는 정물화 같다. 나는 눈앞에 드리워진 화폭을 확, 찢어버리고 싶은 충동을 느낀다. 냉방된 공기

속에 설화석고처럼 굳어 있던 나는 심각한 얼굴을 지어 보이며 천천히 입술을 뗀다.

주어진 숙제는 잘 해요. 그렇지만 자신의 생각을 조리 있게 말하는 법이나, 논리적으로 전개해야 하는 글쓰기는 많이 약한 편이에요. 글쓰기라는 게 금방 향상되는 게 아니니 조급하게 생각하지는 마세요. 점점 좋아지고 있으니까요.

그러자 여자가 고개를 갸웃거리며 혼자 중얼거린다.

이상하다. 애 아빠는 어렸을 때 시를 잘 썼다던데……. 나를 닮았나?

여자는 자신의 말이 재미있다는 듯 웃음을 터뜨린다. 지금은 못 쓰지만 점점 좋아지고 있다는 말에 안심이 되는 모양이다. 하지만 아이에겐 그다지 재능이 있어 보이지는 않는다. 그럼에도 나는 물의 흐름에 따라 적절히 미끼를 던지는 낚시꾼처럼 아이의 가능성에 여운을 남긴다. 눈먼 고기가 올라오면 어떤가. 헛된 희망에 꿰인 채 몸부림치는 물고기가 많을수록 더욱 좋다. 수요는 공급을 필요로 하는 자본이니까. 자본은 이 시대의 유일한 도구이니까. 자본 자체에 도덕성을 물을 수는 없다.

나는 여자가 내민 주스 잔을 가져다 입술에 댄다. 그러나 시늉만 낼 뿐, 그대로 탁자에 내려놓는다. 가방을 들고 일어선다. 옆구리가 불룩한 가방은 제법 무겁다. 내게 개인지도를 받는 아이들에게서 걷은 과제물 때문이다. 집에 돌아가서도 나는 이 과제물에 코를 박고 밤새워 첨삭을 해야 한다. 현기증이 이는 이마를 손가락으로 지그시 누른 채 어금니를 앙다물고 이루어질 작업은, 질긴 동아줄만큼이나 나를 옥죄는 사슬이다. 날마다 그래왔던 것처럼, 오늘 밤도 나는 짐을 잔뜩 진 당나귀처럼 힘겹게 버텨야만 한다. 불룩한 가방에 여자의 시선이 머문다.

논술지도에는 참고도서가 많이 필요하거든요.

나는 묻지도 않는 말에 대꾸하듯 중얼거리며 가방을 왼쪽 어깨로 바꿔 맨다. 여자의 입가에 미소가 스쳐간다. 남루한 인생의 짐을 꿰뚫어보는 듯한 여자의 눈빛이다. 현기증이 인다. 내게 어지럼증은 통증 없이 찾아오는 고통이다. 현관문에 몸을 기대고 선다. 여자를 배경 삼아 아이가 허리를 숙여 인사 한다. 두 사람이 서 있는 풍경은 한 쌍의 캥거루 같을 뿐, 원근감이 느껴지지 않는다.

문을 나서자마자 닫힌 현관문 안쪽에서 딸깍, 잠금쇠 소리가 난다. 열쇠를 걸어 잠그는 소리다. 자신들의 영역 안에 한 치도 허용치 않겠다는 완강함에 가슴이 서늘해진다. 엘리베이터 앞에 서 있던 나는 이마 위에 드리워진 머리카락을 손가락으로 밀어 올린다.

그 날이 언제인지 모르겠다. 현기증이 무법자처럼 찾아들기 시작한 날. 피곤에 지친 몸을 간신히 버티고 서서, 바뀌고 있던 엘리베이터 숫자를 눈으로 세던 그 날, 바로 여기에서 무슨 일이 있었던가. 엘리베이터 문이 열리자마자 부딪힐 뻔했던 남자는 누구였던가. 고개를 들어 내게 미안하다고 말하던 남자. 술기운이 느껴지던 남자의 얼굴을 무심히 바라보던 내 어깨가 마른 판자처럼 딱딱하게 굳어지던 그때, 황급히 엘리베이터에 몸을 실은 내가 서둘러 닫힘 버튼을 누르고 있을 때, 나를 돌아보던 남자. 한순간 눈동자가 복잡하게 얼크러지던 그는, 누구였던가.

아파트 건물을 나서자마자 후끈한 열기가 와락 달려든다. 숨이 막힐 지경이다. 끝없이 이어지는 아파트와 오피스텔로 이루어진 복합단지의 출입구에 서서 나는 아뜩한 심정이 된다. 잘 조경된 나무 이파리에 부서지던 햇살은 금방 날선 사금파리처럼 퉁겨 올라 눈 속으로 파고든다. 나는 눈을 감았다가 뜨기를 여러 번 반복한다. 여기에서 버스 승강장까지 가려면 한참을 걸어야 한다. 북한산 인왕산 자락을 배경으로 조성된 이곳의 조경 녹지에는 경복궁을 비롯해, 여러 궁궐의 정원이 현대식으로 복원되어 있다.

가방에서 양산을 꺼내든다. 양산은 달구어진 무쇠 솥처럼 뜨거워진 정수리를 덮는다. 몇 걸음 걷기도 전에 다리에 벌써 힘이 빠진다. 승강장을 향해 걷는 동안, 자동차는 한 대도 보이지 않는다. 지하에 잘 만들어진 도로 시스템 덕분이다. 〈운현궁의 봄〉이라는 이름으로 지상에 재현된 건물만큼, 지하에 건설된 도로망 또한 미래 세계에서나 가능할 만큼 정교하게 만들어놓았다. 뜨거운 햇볕과 어깨의 무거운 짐을 견디지 못한 나는 정자의 그늘 속으로 들어간다.

아침나절, 전화벨이 울렸던가. 정신없이 출근을 서두르고 있던 그때. 전날 늦게까지 마신 숙취를 견디지 못한 남편이 시체처럼 퀭한 모습으로 누워있는 동안, 나는 줄줄이 늘어뜨린 기저귀 빨래를 개키고, 하루내 먹어야 할 아이의 우윳병을 준비하느라 바빴다. 경황없이 서두르느라 얼룩진 얼굴을 막 거울 속으로 들이밀고 있던 순간, 전화벨 소리가 크게 들려왔다. 남편이 잠에서 깬 듯 돌아누우며 수화기를 들고 서 있는 나를 돌아봤다. 술기운 탓인지 남편의 눈동자에 핏발이 서 있었다.

누구야?

전화를 끊은 뒤, 한참 동안 무연하게 서 있던 내게 남편은 가래가 괸 목소리로 물었다.

응, 상담.

애써 심상한 표정을 가장하고 있던 내 목소리가 떨렸던가. 남편이 끄응, 하며 돌아누웠다. 숨 막힐 듯한 침묵. 돌연 남편이 벌떡 몸을 일으켜 앉았다. 아무렇게나 헝클어진 머리칼 사이로 충혈된 눈동자가 나를 쏘아보고 있었다. 누렇게 뜬 얼굴색이 병자처럼 파리했지만, 눈동자만은 섬뜩했다. 남편이 날카로운 목소리로 되물었다.

금방 전화한 사람, 남자였지?

학부모야, 학생 아버지…….

그러니까 남자 맞잖아! 어때, 내 말이 틀렸어?

무엇인가 날아왔다. 물 컵이었다. 컵은 나를 비켜나가 방문에 부딪쳐 산산조각이 났다. 잠에서 깬 아이가 자지러지듯 울음을 터뜨렸다. 나는 아이를 반대편으로 안아 옮긴 후, 무릎을 꿇고 앉아 유리 조각을 주워 담기 시작했다. 걸레질까지 끝내고 났을 때, 무릎 언저리에선 욱신욱신한 통증이 느껴졌다.

어찌 그 목소리를 잊을 수 있겠는가. 낮고도 선명한 그 목소리. 해독하지 못한 채 음화처럼 뇌리에 새겨져 있던, 거칠고 어두웠던 흑백의 기억을 단 한 번의 낚싯줄로 끌어올리는 그 목소리를 어찌 잊을 수 있단 말인가. 웃자란 등뼈를 깎아 내리던 한숨에도 감히 '아프다'고 말할 수 없었던 목마름의 시절. 내내 날선 면도날을 손가락 사이에 감추고 살았던 젊은 날을. 회한 없이는 돌아볼 수 없던 그 시절을.

증권 딜러였던 남편이 불황의 손실을 만회하기 위해 여기저기에서 끌어넣었던 자금마저 깡통계좌로 전락해버린 것은 순간이었다. 신체 장기를 다 팔아도 갚을 수 없을 만큼 커져버린 빚은, 내장을 들어내 버린 박제처럼 남편을 빠르게 추락시켜 놓았다. 악머구리처럼 달려들었던 빚쟁이들을 피해 연립주택 반지하의 단칸방으로 숨어든 지 2년. 못질된 유리창틀 위에 수북하게 쌓인 먼지처럼 피폐한 일상들이 이어졌다. 창틀에 흘러내리는 빗줄기에도 목마른 입을 들이대고 싶던 날들이었다. 그 갈급한 조갈증에도 불구하고, 생의 빗줄기는 나를 놔둔 채 어디로 흘러가고 있었던 것일까.

아야, 얼른 일어나 보거라이.

엄마의 낮고도 불길한 목소리. 방문 앞까지 바투 쳐들어온 캄캄한 어둠이 먹물처럼 빼곡하게 포진하고 있던 겨울밤. 죽음처럼 고요한 사위. 우우, 소리를 내며 스쳐가던 메마른 바람. 악몽이라도 꾼 듯 진저리를 치며 몸빼 바지에 치마를 덧입던 엄마. 나를 흔들어 깨우던 그 황급한 손길. 아야, 일어나 보그라이. 아무래도 느그 애비한테 뭔 일이 있는 모양이다이. 울컥, 치밀던 역증. 가만히 내버려둬도 용케 제 집은 찾아올

줄 아는 아버지의 이름은 알콜 중독자가 아니었던가. 변변한 땅 한 뙈기 가지지 못한, 지지리 가난한 살림을 대물림할 능력 밖에 없었던 아버지. 수전증이 심한 탓에 술에 젖은 바짓가랑이가 마를 날이 없었다던 아버지. 그 아버지가 하는 일이라곤 남은 생애의 눈금을 한 칸씩 채워가듯 자신의 내장에 술을 채워 넣는 일뿐이었다. 술에 취해 돌아온 아버지가 내뱉던 푸념과 욕지거리와 손찌검. 가슴을 졸이며 얕은 잠에 서성이던 네 명의 어린 자식들. 차라리, 뒈…… 져…… 버려요! 혼몽한 의식으로 중얼거리던 비몽사몽의 나날.

　허둥지둥 댓돌 아래로 내려서며 허리끈을 질끈 동여매던 엄마. 부리나케 벽에 걸린 낡은 잠바를 꿰입으며 엄마의 뒤를 따르던 열 두 살의 나. 대문을 막 넘어서던 엄마가 오메, 이것이 뭐시다냐! 마디 굵은 목소리로 벌렁 나자빠졌다. 장작처럼 얼어버린 아버지의 몸에 걸려 넘어진 거였다. 뼈 시린 바람이 마당을 넘나들던 겨울 밤. 30년 만에 찾아온 추위라고 했던가. 얼어버린 아버지의 몸을 관속에 집어넣느라 애를 쓰던 뒷집 남자의 관자놀이가 불끈거렸던가. 입술을 앙다문 남자의 이마에서 쉴 새 없이 흘러내리던 땀. 아버지의 두 팔은 삭정이처럼 부러지고서야 겨우 뚜껑을 닫을 수 있었다.

　아버지는 사라졌다. 아니, 사라진 게 아니었다. 아버지는 여전히 대문 턱에 널브러진 모습으로 뇌리 속에 음각되었다. 기억은 음습한 구석에 똬리를 틀고 엎디어 있다가 시시때때로 살모사처럼 고개를 쳐들어 댔다. 자식에 대한 부양의무를 무책임하게 방기해버렸던 아버지가 죽어서도 악머구리처럼 나를 붙들고 놓아주지 않다니. 나는 무섬증에 시달리며 밤마다 오줌을 쌌다.

우리들은 산자락 너머에 살고 있던 숙부 집에 남겨졌다. 엄마가 떠나버린 것이다. 엄마는 떠나기 전, 검지를 세우며 낮은 목소리로 속삭였다. 딱 1년만 지달려. 자리를 잡으면 모두를 데리고 갈팅께. 그때까지 동생들을 잘 보살피라는 엄마의 말을 흘려들으며, 나는 곁에 선 숙모의 얼굴만 바라보았다. 동생들이 필사적으로 그러쥔 엄마의 치마말기에서 우두둑, 솔기 뜯겨지는 소리가 났다.

그 때의 기억을 떠올리면 지금도 온 몸이 가려워지는 것 같다. 이(蝨) 때문이었을까. 부모 없이 자란 아이들에게 필수 품목이었던 이. 그 시절 내내 우리들은 영양실조와 함께 찾아든 어지럼증과 가려움증에 시달렸다. 머리카락을 쥐어뜯었고, 온 몸에 피멍이 들도록 손톱자국을 내며 긁어댔지만, 가려움증은 쉽게 스러지지 않았다. 어지럼증과 허기와 가려움으로 조각조각 덧대어진 나날들이 지루하게 이어졌다.

어머니가 파란색의 두툼한 털 코트를 입고 고향에 나타난 것은 3년 만이었다. 동생들은 기계총이 난 머리통을 긁어대며 수줍은 듯 자꾸만 대문 뒤로 몸을 숨겼다. 동네 여자들은 정전기 때문에 머리카락이 덕지덕지 묻어나는 질 나쁜 코트를 만지면서도 금의환향한 엄마를 부러워했다. 엄마가 숙모에게 봉투를 건넸다. 늘상 구겨져 있던 숙모의 얼굴이 처음으로 환해졌다.

그 날 밤, 우리들은 서울행 야간열차에 몸을 실었다. 새벽 무렵, 우리가 도착한 곳은 영등포역이었다. 여기저기 내뱉어진 토사물을 흘깃거리며 주춤주춤 기차역을 빠져나온 우리들은 미처 잠에 덜 깬 두 눈을 비벼 댔다. 엄마는 잿빛 매연이 두텁게 깔린 신림동 언덕배기 단칸방으로 우리들을 데리고 갔다. 엄마가 일한다는 국밥집은 우리가 살게 될 방으로부터 십 여분 거리에 있었다. 식당에서 주방을 보던 엄마가 가겟집 창고를 개조하여 낸 국밥집은, 탁자 다섯 개를 가진 자그마한 식당이었다. 엄마는 입고 온 코트를 세탁소 여자에게 돌려주고 다시 설거지통에 손을 담갔다. 지문이 닳아 없어진 손가락으로 엄마는 부지런히 가게를 쓸고 닦았다. 소주와 대포를 들여놓고 늦게까지 술손님을 받던 엄마는, 식당에서 잠자리를 해결했기 때문에 집에 들어오는 날이 드물었다. 우리들은 손님들이 먹다 남긴 음식을 모아 다시 끓인 국밥으로 부양되었다.

나는 좀처럼 식당에 발걸음을 하지 않았다. 정말이지 찌그러진 양은 탁자에 덕지덕지 달라붙은 남루함을 더러운 행주로 닦아내는 일 따위는 절대로 하고 싶지 않았다. 더군다나 좁은 부엌에 쪼그리고 앉아 설거지통에 불어터진 손을 담그고, 양은솥을 닦아내는 일은 불길한 삶의 전조처럼 느껴졌다. 이런 인정머리 없는 년! 엄마는 나를 볼 때마다 악다구니를 퍼부었지만, 나는 끝내 돌아보지 않았다.

세월은 어느덧 발 빠르게 나를 고3의 언덕배기에 부려놓고 사라졌다. 암울한 10대가 빠르게 마감되고 있었지만, 상황은 더 나빠졌다. 중학교와 고등학교 문턱에 한꺼번에 선 동생들이 내 선택만을 기다리고 있었다. 아무런 기대도 설렘도 없는 20대가 두려운 발소리를 내며 성큼성큼

다가오고 있었다. 무엇인가 움켜잡고 싶었지만, 아무 것도 쥘 게 없는 빈손은 그대로 막막하기만 했다.

그해 가을이었다. 창문으로 내다보이는 교정의 단풍이 그대로 핏빛이었다. 그때 나는 교실 맨 뒷자리에 혼자 앉아 있었다. 아이들의 뒷덜미는 제각기 미래를 향한 밑도 끝도 없는 확신을 드러내고 있었다. 소설책을 넘기고 있던 나는 그들의 완강한 뒤통수를 바라보며, 그들과 똑같이 전개되지 못하는 인생에 절망을 느꼈다.

그러자 두려움이 엄습해왔다. 이대로 죽어버렸으면 좋겠다고 생각했다. 꿈도 없이 앉아있으면서 꿈꾸는 인생을 바라보는 것은 참을 수 없는 고통이었다. 나는 하릴없이 창밖을 내다보다가 소설책 갈피 속에 끼워둔 면도날을 꺼내어 손목을 그었다. 선연한 핏방울이 창밖의 단풍잎보다 더 아름다웠다. 나는 백랍처럼 희디흰 손목 위로 점점 넓게 퍼져가는 핏방울을 황홀하게 지켜보았다. 나는 곤한 잠에 빠지듯 책상 위에 엎드린 채 의식을 잃었다.

그는 다짜고짜 내게 다가와 자신의 시 동아리에 들지 않겠느냐고 제의해 왔다. 백일장 시상식 연단에서 막 내려오던 참이었다. 그는 자신을 동아리 전임 회장이며, 지금은 예비대학생이라고 소개했다. 예비대학생? 나는 그를 뜨악하게 쳐다보았다. 응, 재수하고 있어. 그러자 픽, 웃음소리가 새어나왔다. 재수생이라니, 더럽게 재수 없는 날이군! 그러자 그의 얼굴이 벌겋게 달아올랐다. 모두가 며칠 남지 않은 학력고사에 코를 박고 있을 시간이었다. 사실 나는 시험에 겁을 내지 않고 있는 이 아웃사이더가 마음에 들긴 했다. 그에게서는 아나키스트적인 분위기가 훨씬 배어났다.

그는 내게 집까지 바래다주겠다고 제의해 왔다. 못이긴 척 앞장섰다. 지하철과 마을버스를 갈아타는 동안, 그는 사르트르와 야스퍼스 따위의 실존주의나 현실적 낭만주의와 낭만적 현실주의 사이의 길항작용에 대해서 장황하게 설명했다. 그의 설명이 하나도 귀에 들어오지 않았다. 간간이 부딪히는 그의 단단한 어깨의 감촉을 생각하고 있을 뿐이었다. 집 앞에 이르렀을 때는 이미 짙은 어둠이 사위를 점령해버린 후였다. 그가 내게 만나서 반가웠다고 제법 단정한 얼굴로 손을 내밀었다. 목 언저리에 차가운 바람이 휩쓸고 지나갔다.

손이 차가워. 시체를 만지고 있는 기분이야.

내가 그의 손을 놓으며 말했다.

그럼, 따뜻하게 데워줄래?

장난기가 그의 얼굴에 빠르게 스쳐갔다.

좋아.

나는 그를 데리고 집 안으로 들어갔다. 쪽문이 덧대어진 북쪽 방이 우리가 살던 단칸방이었다. 동생들은 모두 나가고 없는지 방은 비어 있었다. 방구석에 놓인 쌀자루와 사과 박스 위에 놓인 몇 권의 책, 개켜지지 않은 채 뒹굴고 있던 낡은 이불이 삶의 남루함을 드러내 보이는 것 같아 좀 걸리긴 했지만 개의치 않기로 했다. 비루함이나 남루함을 정면으로 볼 수 없는 자는 제대로 된 글을 쓸 수 없다고 생각한 탓이었다. 내 가난이 타인에게 상처를 주지 않는다면야 누구에게든 부끄러워할 필요는 없는 것이다. 더구나 나는 내 반경 안으로 걸어 들어온 그를 밀어내고 싶지 않았다. 어쩌면 무언가 붙잡을 일이 생길지도 모르겠다는 기대감마저 뻗쳐오르고 있는 중이었다.

이쪽으로 와, 여기가 따뜻해.

그는 주뼛거리며 어색하게 이불 속에 발을 들이밀었다. 나는 그를 좀더 단단하게 붙들고 싶은 강렬한 충동을 느꼈다. 지금껏 살아오면서 어느 하나도 내 것이라고 느끼지 못했던 허망함에 꽃씨 하나를 심고 싶었다. 날마다 물을 주면서 정성껏 키울 수 있는 것이 하나라도 있다면 삶이 이토록 허망하지는 않을 것 같았다.

그는 사과 박스 위에 놓인 책에 시선을 모으고 있었다. 내 얼굴을 보려고 하지 않았지만, 그의 목울대가 파르르 떨리고 있는 것을 볼 수 있었다. 그의 시선이 닿은 곳에는 〈설국〉이나 〈금각사〉, 〈광인일기〉 같은 소설류이거나, 백석이나 김수영 등의 시집들이 놓여 있었다.

그는 한참 동안 숨을 쉬지 않고 있다가 몰아쉬듯 숨을 토해냈다. 숨을 쉴 때마다 그의 뜨거운 입김이 곁에 앉아 있는 내게 훅훅 끼쳐 들었다. 어색한 침묵으로 가득 찬 방안은 점점 터질 듯 부풀어 올랐다. 나는 빙그레 웃었다.

너, 지금 나를 만지고 싶지?

그가 나를 돌아보았다. 눈동자가 잔뜩 충혈되어 있었다. 그의 얼굴이 고통스럽게 일그러졌다.

　이리 와, 네 손을 따뜻하게 해 줄게.

　나는 그의 손을 가져다가 스웨터 안쪽으로 집어넣었다. 차가운 손이 가슴에 닿는 순간, 그의 몸이 움찔거렸다.

　괜찮아, 그대로 있어도 돼.

　애써 반대편에 눈길을 주고 있던 그가 나를 향해 얼굴을 돌렸다. 불판 위에 얹힌 듯 무섭게 일그러져 있는 그의 입술이 신음 소리를 토해내며 가슴 안으로 파고들었다.

　나는 아무 것도 두렵지 않았다. 내 몸은 내 마음대로 할 수 있을 때 주인이 된다고 생각했을 뿐이었다. 마음대로 되는 게 없었던 생에 반기를 들 듯 나는 용감해졌다. 모두 똑같은 곳을 향해 돌진해가고 있을 때 처져 있어도 누군가와 함께 있다면, 적어도 불행한 삶은 아닌 것이다.

　그의 벌떡이는 심장의 박동 소리는 점점 커졌다. 시골 뒤뜰 우물에서 바가지로 마중물을 부어 올리던 펌프질처럼, 벌떡거리던 그의 가슴팍 사이로 땀이 배어들기 시작했다. 저릿저릿한 기운이 뜨거운 물처럼 발가락 끝까지 흘러내렸다. 꽉 다문 입술 사이에서 신음 소리가 새어 나왔다. 나는 그의 허리를 힘껏 끌어당겼다.

　바람이 창문을 우우 두드리며 지나쳐 갔다. 나는 그의 등허리를 껴안은 채 서툰 솜씨로 발린 천장의 도배지를 바라보고 있었다. 엄마가 사다리를 타고 올라 허리를 꺾으며 바른 도배지는 마름모꼴 무늬 하나 제대로 맞추어지지 못한 채 틀어져 있었다. 나는 얼른 고개를 돌렸다. 맞대어지지 못한 천정의 무늬가 마치 뒤틀린 인생에 대한 불길한 조짐 같았다.

나는 그때까지 내 위에 엎드려 있던 그의 몸을 가만히 밀쳐냈다. 그가 나를 바라보고 있었다. 복잡한 감정으로 얽힌 얼굴이었다. 나는 씨익, 웃으며 말했다.

이제 따뜻해졌니? 그럼 가봐.

한참 동안 천천히 숨을 고르고 앉아있던 그가 말했다.

앞으로도 만나줄 거지?

물론, 필요하면 언제든지 와.

나는 흔연스런 얼굴로 대답했다. 땀에 젖은 얼굴로 환하게 웃던 그는 촘촘한 어둠 속으로 뛰듯이 사라졌다. 그의 뒷모습을 지켜보고 있던 나는 잔뜩 쥐고 있던 주먹을 폈다. 손바닥이 텅 비어 있었다. 쥐었다고 믿었던 그의 실체가 물살처럼 빠져나가고 없었다.

나는 밤마다 대문을 열어놓고 그를 기다렸다. 골목길을 지나치는 사람의 발걸음 소리에도 귀를 기울였다. 그를 기다리는 일 말고는 달리 할 일이 없었다. 취직을 위해서 배워야 할 주산, 부기, 타자, 그 어떤 것도 손에 잡히지 않았다. 막막한 시간을 그의 존재로 채우고 있었다. 물론 그가 내 희망이 되어 주리라고 믿었던 것은 아니었다. 그저 내 몸은 그를 향해 굴광성 식물처럼 뻗어갔을 뿐이었다. 간혹 허탈감이 밀려오기도 했지만, 달리 삶을 바꿔볼 방도가 없었다.

그는 밤마다 나를 찾아왔다. 동생들은 쫓겨날 때마다 노골적으로 싫은 내색을 했지만, 나는 상관하지 않았다. 내 기다림은 그를 위한 것이 아니었다. 오히려 그가 수고롭게도 내 안에 주체할 수 없는 불덩이 하나씩을 터트려준다고 생각했다. 터트리고 터트려서 재가 되는 날이 오면 비로소 나는 고요해질 것이기 때문이었다.

그러는 동안 나는 서서히 육체 안에 감추어진 놀라운 힘을 깨달아가는 중이었다. 정신이 육체를 지배한다고 믿었던 지금까지의 의식에 변화가 생긴 것이다. 육체에 의해 사고와 의식의 좌우될 수도 있다는 것, 지금껏 생각지도 못했던 삶의 이면을 발견하고 있다는 일말의 만족감도 생겨났다. 몸이 체득하는 다양한 삶의 양태. 타인의 몸 없이 내 몸을 느끼는 것이 불가능하다는 것, 기쁨이란 몸의 기쁨이고, 그리움 또한 몸의 그리움이라는 것 또한 차츰 알게 되었다. 내가 지금껏 절망이라 일컬었던 것들은 수없이 덧칠한 유화처럼 욕망을 덧씌우다 보면 마침내 형체를 지워갈 수 있으리라고 생각했다. 미세하게 떨던 그의 몸과 어깨언저리에 돋아있는 솜털 하나까지 기억 속에 새겨놓은 채.

만남은 오래가지 못했다. 학력고사를 전후로 그는 더 이상 찾아오지 않았다. 나는 바람이 끊임없이 문풍지를 쥐어뜯던 방안에 가로누워 그를 기다렸다. 차가운 방구들에서 올라온 냉기가 온 몸을 훑고 지나갔지만, 손가락 하나도 움직이지 않았다. 그저 내가 할 수 있는 일이라곤 자폐증에 걸린 사람처럼 오로지 그를 기다리는 일뿐이었다. 가슴에 난 솜털까지도 전부 안다고 믿었던 그에 대해, 아는 것이라곤 아무 것도 없다는 것을 인정하는 일은 너무나 고통스러웠다. 내 몸에 커다란 구멍 하나를 뚫어놓았을 뿐, 아무 것도 내 삶을 달라지게 하지 못했던 그와의 관계를 아프게 회상했다. 가끔씩 마시는 술이 위안이 되어주기도 했다. 그가 오지 않는 시간을 온전한 정신으로 버텨낼 수가 없었다.

친구들이 하나 둘 대학문으로 들어서고 있던 그해 봄날, 내가 엄마에게 끌려가다시피 하여 취직한 곳은 주류 도매상이었다. 커다란 창고 문을 열자, 산더미처럼 쌓인 술 박스가 내다보였다. 술이라면…… 일해주지. 나는 고개를 끄덕였다. 엄마는 만족스런 얼굴로 돌아갔다. 상고를 나오지 않은 내가 할 수 있는 일이란, 몇 박스의 물건이 나가는지 수량을 체크하고, 전화 받고 메모하기, 사무실 청소, 손님이 올 때마다 커피 심부름을 하는 일이었다. 그다지 어려운 일이 아니었다. 날마다 술을 마실 수 있는 곳이면 됐다고 생각했다.

무자료로 거래가 이루어지는 그곳은 온통 이중장부 투성이었다. 그것을 빌미로 나는 날마다 한두 개의 술병을 가방에 담아올 수 있었다. 어차피 부조리는 부조리를 낳게 마련이니까. 나는 밤마다 가방 속에 담아온 술을 마시면서 청춘이 허랑하게 흘러가는 것을 지켜보곤 했다.

그러던 어느 날이었다. 사무실의 박부장이 나를 불렀다. 커피 심부름을 할 때마다 엉덩이를 토닥이던 40대 배불뚝이 남자였다. 너, 자꾸 술병이 비는데, 아는 거 있냐? 글쎄요. 나는 고개를 저었다. 어라? 이 년이! 박부장은 짓씹듯 짧게 내뱉었다. 나는 내심 찔끔했지만, 기왕 옆질러진 일이었다. 정말 몰라요! 모른다고? 그럼, 따라와! 확인할 게 있으니까.

나는 장부를 든 박부장을 따라 창고로 들어섰다. 너, 내가 따로 관리하는 장부가 있었다는 거 몰랐지? 나는 이를 꽉 물었다. 정말 몰라요! 내 얼굴을 빤히 바라보고 서 있던 박부장은 장부를 박스 위에 올려놓은 후 얼굴을 들이밀었다. 내 말 들어! 사장한테 이르진 않을 테니. 어때? 느글느글한 표정으로 속삭이는 그의 입에서 심한 군내가 풍겼다. 나는 어깨를 감싸 안으려는 그를 힘껏 밀쳐냈다. 하지만 마음먹고 달려드는 그에겐 역부족이었다. 내 말 들으면 해로울 것 없어! 거친 손짓으로 블라우스를 풀어헤친 그가 가슴에 얼굴을 들이밀었다. 나는 손끝에 닿은 술병을 집어 그의 이마를 후려쳤다. 병은 산산조각이 났고, 박부장은 술에 젖은 이마를 짚은 채 벌렁 나자빠졌다. 나는 미친 듯이 뛰었다. 내 덜미를 붙잡고 있던 악머구리 같은 생으로부터 도망치기 위해.

'사랑은 혁명이다. 똑같은 혁명은 절대 반복되지 않는다. 무상한 생의 바다에 몸을 내던지는 여정으로서의 사랑. 자신의 벽을 계속 뛰어넘는 사랑만이 참된 혁명이다.'

나는 흔들거리는 지하철 의자에 앉아 눈을 감고 있었다. 출처를 알 수 없는 책의 한 구절을 여전히 반추하는 중이었다. 그 구절은 아침에 그의 전화를 받은 이후 하루 내내 뇌리 속에 맴돌았다. 나는 구절을 애써 털어내기라도 할 듯 고개를 흔들었다.

약속된 장소에 들어서자, 그가 미리 와서 기다리고 있었다는 듯 손을 들어 보였다. 바로 어제 만난 적이 있는 사람처럼 익숙한 표정을 하고 있었다. 그러나 가까이에서 본 그의 얼굴에는 피로가 눅진하게 퍼져 있었다. 질감 좋은 와이셔츠에도 불구하고 그의 얼굴은 피로를 감추지 못했다. 마치 장거리 마라톤 경기를 마치고 돌아온 사람처럼 기진맥진한 얼굴이었다. 늙어버린 것일까. 그와 나 사이에 그만큼의 세월이 흘러버린 것이다.

오랜만이군. 20년쯤 됐나?

나는 웃었다. 그간의 세월이 두 문장 안에 들어앉는 것이 경이로웠다.

아이 과외 선생이라는 거, 정말 몰랐어. 그 날 우연히 부딪치지 않았더라면, 앞으로도 모른 채 살아갔을 거야.

말을 끝내기도 전에 그가 담배에 불을 붙였다. 내 입에서 갈라진 목소리가 튀어나왔다.

능력 있는 부자 아빠가 바로 너였더군.

그가 담배 연기를 길게 내뱉으며 쓴웃음을 지었다.

그래, 시 쓰는 일은 진작 그만뒀어. 재능이 없는 것 같아서……

돈 버는 일에는 재능이 많나 보지?

그가 나를 빤히 쳐다보았다.

여전하군. 네 말버릇. 하긴 그 도도한 말투가 나를 끌어당겼지.

어차피 너나 나나 똑같이 필요해서 만났을 뿐인데 뭘.

하지만 몸이 먼저 원했다고 해서 좋아하지 않았다고 말할 수 있을까. 한 남자와 성적인 친밀감을 나누면서 성숙의 과정을 지나왔다는 것, 좋아하는 사람과 몸과 마음으로 관계 맺는 것이 무엇인지를 경험해 보았다는 것, 과도한 의미 부여인 줄 뻔히 알면서도 뒤틀려버린 내 삶을 어떤 식으로든 합리화하지 않고서는 견딜 수가 없던 시절이었다. 그는 담뱃재를 떨어내며 혼잣말로 중얼거렸다.

그동안 너무 피곤했어, 좀 쉬고 싶다고 생각했는데, 너를 다시 만나게 된 셈이야.

명치끝을 치받고 올라오는 통증. 그 시절로 다시 되돌아 갈 수 있다면, 그를 이대로 보내진 않으리라. 그런데도 내 목소리는 전혀 다르게 울렸다.

우리에게 좋은 과거가 있다면, 그것은 그 순간의 진실이었을 뿐이야. 지금은 아냐. 기대하지 마.

한동안 묵묵히 침묵을 지키던 그가 고개를 끄덕이며 말했다.

그래, 영원한 것은 없겠지. 모든 것은 끊임없이 변하니까.

나는 대답 대신 물을 들이마셨다. 시원한 물이 식도를 타고 내려갔다. 손끝에 닿은 물방울이 치마 위로 떨어졌다. 막강한 부와 미인의 아내, 견고한 가정에도 불구하고 중년의 문턱을 넘어선 그에게서 연민이 느껴지는 이유는 뭘까. 그와 처음 만났을 때로 돌아가는 느낌은 뭘까. 먼 길을 돌아와 지친 날개를 접은 새처럼, 지치고 파리해진 그가 내 앞에 앉아 있다는 느낌. 나는 그에게 기대고 싶은 충동을 애써 억눌러야 했다. 나는 밀린 숙제를 해결하는 사람처럼 빠르게 지껄였다.

과거라는 돌덩이를 짊어진 채 불볕 사막을 걸어갈 순 없어. 이제는 하나씩 부려놓을 참이야. 내 생애 가장 나쁜 적은 바로 내 안의 욕망이었어. 세상에 대해 욕망으로 화답한 죄, 나는 지금껏 그 죄를 용서받지 못한 거야.

그의 윤기 잃은 손가락에 끼워진 담배가 사위어가고 있었다. 지친 재가 힘없이 뚝 떨어졌다. 그는 재떨이에 담배를 비벼 끄며 말했다.

사실, 너를 떠난 것은 두려움 때문이었어. 네가 너무나 뜨거워 녹여버릴 것 같았거든. 그때 마음의 빚이 지금까지 남아 있어. 이제 빚을 갚고 싶다면, 어떻게 하면 좋을까.

그가 고개를 들고 나를 쳐다보았다. 얼굴이 홧홧하게 달아올랐다. 그의 시선을 감당할 수 없어진 나는 끝내 자리에서 일어서고 말았다.

문을 막 나서려는데, 불현듯 그가 나를 부르는 듯한 환청이 느껴졌다. 무거운 학습지 가방이 그의 손길처럼 내 어깨를 잡아끌었지만, 나는 뒤돌아보지 않았다. 대신 가방이 흘러내리지 않도록 힘주어 치켜 올렸을 뿐이었다.

밖으로 나오자, 내 앞에는 빗살무늬 손금처럼 수많은 길들이 펼쳐져 있었다. 그 길 위로 인파들이 이리저리 휩쓸려가고 있었다. 어둠이 내려앉는 거리마다 네온사인이 피어올랐다. 대학로 거리 곳곳에서는 요란한 축제가 한창이었다. 어둠이 깊어가는 골목골목마다 발을 헛디딘 혼란스런 영혼들이 질펀한 욕망의 난장을 벌이고 있었다.

불현듯 뇌리 속에 단단히 음각된 사진 한 장이 펼쳐졌다. 빗장을 풀어버린 대문을 바라보며 수없이 눈길을 주던, 터질 듯 부풀어 오른 달맞이꽃봉오리가 달빛 아래 화석처럼 굳어있는 사진이었다. 그러자 눈자위에 뜨거운 열기가 한꺼번에 치받고 올라왔다. 금세 눈동자가 젖어들었다. 나는 눈물에 젖어 모자이크처럼 조각조각 나누어진 거리를 보며 어디로 가야할지 몰라 망연히 서있을 뿐이었다. (2008)

근대적 일상과 공명(共鳴)하는 가족의 음영(陰影)

고인환(문학평론가, 경희대 교수)

1. 근대적 일상과 가족

'현실 속에서 현실 너머'를 꿈꾸는 소설은, '타락한 시대 타락한 방식으로 진정성을 추구'(루카치)하는, 근대 서사의 모순된 운명을 체현한다. 장정희의 소설은 이러한 근대 소설의 모험에 기꺼이 동참한다. 오늘날 근대 소설의 모험을 이야기하는 것은 시대착오적인 발상이라 여겨질 수도 있겠다. 하지만 과연 그런가? 돈이 지배하는 세상에 진절머리가 나기도 하지만, 그렇다고 돈의 위력을 전면적으로 거부하기도 힘들지 않은가. 근대를 살아가는 개인이라면 이러한 근대 사회(서사)의 모순된 운명에서 자유로울 수 없다는 것이 필자의 생각이다. 전통적 서사 기법에 충실한 장정희의 소설이 내심 반가웠던 이유도 이와 무관하지 않다. 기본기가 탄탄한 묘사, 현재와 과거가 교차되는 꽉 짜여진 구성, 인물의 내면을 섬세하게 포착하는 감수성 등은 근대 소설의 문법을 일탈하지 않는다.

문학적 '진정성'에 대한 추구가 낯설음으로 다가오는 포스트 담론의 시대, 장정희의 소설은 우리 사회의 '맨 얼굴'을 응시하고 있다는 점에서 역설적으로 새롭다. 이 새로움의 이면을 들여다보면, 거기에는 꿈(환상)과 현실, 자아와 세계의 양극에 거미줄처럼 얽혀 있는 삶과 문학에 대한 근원적 화두가 꿈틀거린다. 현실의 행복한 삶을 위협하는 근원적 요소를 탐색하고, 고통스럽지만 그 조건들을 끊임없이 환기하는 작업은, 변하지 않는 문학의 본질적 기능이다. 이러한 기능이 은폐된 자본의 논리에 의해 침윤당하고 있는 현실에서, 다시 문학은 사회 현실에 대한 응전과 더불어 스스로에 대한 비판의 시선을 날카롭게 벼려야 한다.

장정희의 소설 대부분이 직·간접적으로 가족의 테두리 안에서 전개되고 있다는 점은 주목을 요한다. 소외된 가족 구성원들과 부부 관계 그리고 가족의 해체와 재구성에 관한 이야기가 주류를 형성하고 있는 셈이다. 가족의 붕괴와 재결합 문제는 '자아'의 정체성, 나아가 우리 사회의 정체성에 대한 근원적 성찰을 요구한다. 가족을 매개로 흔들리는 자아의 정체성을 탐문하는 작품들은 이런 점에서 근대 서사의 운명을 소환한다. 이러한 '되돌아봄'은 앞만 보고 달려온 우리의 현실에 대한 반성임과 동시에 물질문명에 쫓기는 현대인의 초상을 되새김질하는 행위이다.

2. 일그러진 가족의 풍경

장정희의 소설은 일그러진 가족의 현주소를 절제된 시선으로 응시하면서도 끝내 가족에 대한 희망의 끈을 놓아버리지 않는다는 점에서 문제적이다. 그럼 그의 작품 속으로 자맥질 해 보자.

「봄비」는 삶과 죽음의 공명(共鳴)을 통해, 가족 이데올로기의 안과 밖을 탐색하고 있는 작품이다. 사업이 망해 종적을 감춰 버린 남자를 기다리며, 아이와 함께 살아가는 여자가 있다. 여자는 남자에 끌린 것이 아니라, 그를 둘러싼 환경, 즉 전통적 공동체에 기반한 가족 이데올로기를 뿌리치지 못했다. 남자가 고향의 어머니를 떠올리며 처음으로 울었던 날, 여자는 남자의 등을 쓰다듬으며 술에 취한 남자가 잠들기를 기다린다. 여자는 남자를 자신의 품 안에 끌어안고, 천천히 자궁 안으로 밀어넣는다. 이렇게 여자의 뱃속에 둥지를 틀어버린 한 생명 때문에 남자를 더 이상 물리치지 못한 것이다.

이렇듯, 여자의 인생을 붙잡아버린 것은 남자가 아니라, '생명'과 '노인의 세심한 손길'로 대변되는 '고향'의 이미지였다. 특히, 아이가 기르다 죽은 메추리를 통해 삶의 희망을 길어 올리고 있는 모습은, 파편화된 근대 사회의 가정을 공동체적 유대에 기초한 가족 이념으로 봉합하려는 의지를 반영한다.

땅 속에 묻힌 메추리는 소담스러운 목련 꽃봉오리를 피워내게 할 것이다. 목련의 꽃봉오리가 커질수록 아이의 키도 높아갈 것이다. 날개를 가지고도 날지 못했던 메추리를 대신하여 아이는 멀리 날아가는 꿈을 꾸게 될 것이다.(「봄비」)

'죽은 메추리→목련 꽃봉오리→아이의 비상과 자유의 꿈'으로 이어지는 연쇄는, 죽음이 새로운 생명을 잉태하는 순환적 세계관을 함축한다. 이러한 순환적 세계관은 붕괴된 근대적 가정의 버팀목으로 기능한다.

한편, '느티나무'의 상징 또한 근대적 가족의 신화와 대비되는 공동체적 삶의 방식을 환기한다. 남편이 태어난 것을 기념하여 심은 고향의 느티나무가 말라가고 있다. 더불어 '노인(남편의 어머니)'의 얼굴 또한 느티나무처럼 피폐해져 간다.

거기에 노인이 있다. 마을 어귀를 바라보는 노인의 몸이 망부석처럼 붙박혀 있다. 오래 전부터 앉아 있었다는 듯 형체를 잃어가고 있는 중이다. 촛농이 녹아내리듯 윤곽을 잃어버린 노인의 몸이 땅속으로 깊이 스며들고 있다.

느티나무와 한 몸이 되어버린 듯 노인의 겨드랑이에서 새순이 돋아나고 있다. 지난밤 내린 밤비에 구령이라도 맞춘 듯 느티나무 가지마다 일제히 새움을 내밀기 시작한다.

어머니……!

여자가 노인의 어깨를 부여잡는다. 등걸처럼 딱딱해진 노인의 어깨는 움직이지 않는다. 여자의 눈물이 느티나무 뿌리 위로 뚝 떨어진다. 눈물은 마르지 않을 봄비가 되어 느티나무 발부리를 적시고 땅속 깊이깊이 스며든다.(「봄비」)

'노인→느티나무 새순→여자의 눈물'로 이어지는 이미지의 변주 또한 삶과 죽음의 경계가 무화되는 지점을 향해 나아간다. 죽음이 새로운 생명과 몸을 섞는 순간이다. 이를 따스한 시선으로 지켜보는 화자의 '눈물'이, '봄비'가 되어 또 다른 생명의 탄생을 예고하는, 눈물겹도록 아름다운 장면이다.

봄도 가고, 메추리도 가고, 목련꽃도 떨어지는, 꽃 지는 아침이다. 아름다운 꽃잎이 한껏 피어오르다 화르륵 스러져가는 봄날 아침은 슬프다. 희망이 있다면, 꽃 진 자리마다 새 이파리들이 청신하게 돋아나는 그날을 기다리는 일 뿐이다.(「봄비」)

이러한 희망이 있기에 화자는 남편을, 봄을, 생명의 잉태를, 나아가 가정의 회복을 염원하며 기다릴 수 있는 것이다.

「꽃불」은 자살 욕망이 삶의 의지와 포개지는 장면을 섬세하게 직조한 작품이다. 냉혹한 자본의 논리에 함몰된 화자의 삶이, '아들 하나를 안고 졸지에 청상(靑裳)이 되어버린' '뼈만 남은 어머니', '출산의 위협을 견뎌내지 못하고 해고'된 아내, '차가운 바람 속에 몸을 움츠리며 아빠를 기다리고 있을 딸아이'의 '맑은 목소리'와 겹쳐지며, 보기 드문 진경을 연출하고 있다.

독자들은 작품에 전경화된 이국적 풍경에 매혹될 겨를이 없다. 이국적 풍경이 들뜨지 않고 화자의 내면에 차분하게 음각되어 있기 때문이다. 오히려 이국적 풍경은 한국의 구체적 현실과 길항(拮抗)하며, 삶과 죽음이 공명(共鳴)하는 신화적 공간을 열어젖히는 데 기여하고 있다. '삶과 죽음이 공존하는' '바라나시'의 낯선 풍경은, 한국에서의 '내리막길'을 소환하고, 화자의 내면에서 삶과 죽음을 마주보게 한다. 작가는 조용히 생의 의지 쪽에 손을 들어준다. 이 생의 의지는 공동체적 유대에 바탕한 원형적·신화적 상상력(지상을 떠난 영혼들이 머물러 있는 중음의 공간)에서 샘솟고 있는데, 붕괴된 가족의 재구성을 재촉하는 기능을 한다.

「봄비」와 「꽃불」은 현대의 물질적 풍요와 견고한 제도를 반성적으로 성찰하며 문명의 '저편'으로 비상하기를 꿈꾼다. 다소 진부하고 익숙한 주제의식을 담고 있기는 하지만, '문명과 인간'에 대한 근원적 성찰을 통해 '지금 여기' 그리고 '미래의 삶'과의 접속 의지를 놓치지 않는 한, 이러한 작품들이 지닌 생명력은 앞으로도 지속될 것이다. 특히, 장정희의 소설에 나타난 가족의 붕괴는 'IMF 구제 금융'뿐만 아니라, 현재의 경제위기로 대변되는 우리의 구체적 현실과 매개되어 있다는 점에서 더 큰 울림을 발산한다.

3. 소외된 개인들의 따스한 교감

「마이 트윈스(my twins)」에는 가족으로부터 소외된 자들끼리의 따스한 교감이 주조(鑄造)되어 있다. 아내에게 버림받은 한 남자가 있다. 그는 '무정자증'이라서 아이를 가질 수 없는 상황인데, 아내는 보란 듯이 임신 사실을 통보한다.

그리고 '남장이 잘 어울리는 여자'를 사랑한 여자가 등장한다. 가족의 반대로 이들의 사랑은 좌절된다. 그녀는 남장이 잘 어울리는 여자를 닮은 화자를 통해 '그/그녀'와의 사랑을 완성시키고자 한다. 화자의 '성기'까지 본을 뜬다. 이는 '남장이 잘 어울리는 여자'를 '남자'로 사랑했다는 사실을 암시한다. 그의 아기를 갖고 싶어 한 점은 이를 뒷받침한다.

이들의 만남은 가족의 해체·재구성에 관한 문제와, 근대 사회에서는 불가능한 합일의 욕망을 제기한다. 이들의 교감이 매개화(간접화)된 방식으로 존재한다는 사실은, 근대 서사의 모순된 운명을 시사하는 한 예이다.

무정자증의 화자는 어린 아이의 형상에, '남장이 잘 어울리는 여자'를 사랑한 여자는 화자에게 자신의 욕망을 투사한다. 이렇게 투사된 욕망은 다시 섹스를 통해 교차된다. 하지만 섹스는 완전한 합일의 욕망을 끊임없이 연기하며 순간적인 하나됨에 머물게 할 뿐이다.

이렇듯, 「마이 트윈스」는 '옹이가 없어 무늬가 없는 사람들이 난무하는 세상'에서 '세월의 야문 추위 속에 서성거려본 적이 있는 사람들'이

'그 속에서 입'은 서로의 상처를 따스하게 보듬어주는 작품이다. 이들에게 중요한 것은 '과거로의 회귀'가 아니라 '따뜻하게 주어진 현재'이다. '주름은 과거의 아픈 흔적임에 틀림없지만, 더 이상 미래의 음울한 예언이 되어서는 안 되기 때문이다.

> 나는 가면 같은 얼굴 모형을 몸통에 갖다 붙인다. 조그만 몸체의 아이가 어른의 얼굴을 하고 나를 올려다본다. 나는 두 손바닥으로 모형을 감싸 쥔다. 얼굴을 디민다. 똑같은 형상 두 개가 맞닿은 눈언저리에서 습습한 물기가 배어나고 있다.(「마이 트윈스」)

'남장이 잘 어울리는 여자'를 사랑한 그녀는 화자의 '성기' 모형을 통해, 무정자증의 화자는 '어린 아이의 몸체'에 자신의 얼굴 모형을 붙이는 행위를 통해, '튼튼하게 발아될 굵은 씨알'을 품게 될지도 모를 일이다.

「봄날」 또한 가족으로부터 소외당한 개인들의 소통 욕망을 다룬 작품이다. 한 여자가 있다. 그녀는 곱추이다. 알코올 중독에 폭력을 일삼다 죽은 아버지, 부도난 회사 때문에 가족을 팽개치고 캐나다로 떠나는 오빠, 치매에 시달리다 급기야 암 덩어리에 몸을 내준 어머니. 그녀에게 가족은 한 마디로 족쇄다. 화자는 어머니가 죽자 홀가분한 마음으로 아파트를 처분하고 지하의 단칸방에 정착한다.

가족의 족쇄로부터 해방되었지만, 여자는 여전히 '자신의 뒷덜미를 당기고 있는 뭔가에 사로잡'힌다. 여자의 의식이 자꾸만 예전에 살던 집

을 향해 뒷걸음질치고 있다. 이 뒷걸음질은 해체된 가족을 재구성하려
는 무의식적 욕망, 즉 붕괴되기 이전의 가족에 대한 그리움을 표상한다.

한편, 지금까지 자신의 자식이라 믿어왔던 아이가, 아내가 바람을 피
워 낳은 아들이라는 사실을 알고 별거 중인 한 남자가 있다. 이 남자는
여자의 아파트를 산다. 여자는 매매 계약을 하면서 남자의 '낮게 가라앉
은 눈동자 속에는 누구도 짐작하지 못할 삶의 비의가 숨겨져 있을 것' 같
은 느낌을 받는다. 여자는 남자가 왠지 마음에 든다.

여자는 '뒷덜미를 당기고 있는 뭔가'에 이끌려 자신이 살았던 집으로
간다. 밀폐된 통조림처럼 집안에 틀어박혀 살았던 여자의 흔적은 씻은
듯 사라지고 없다. 죽은 줄만 알았던 히아신스가 어느덧 따뜻한 봄 햇살
아래 부푼 꽃망울을 쳐들고 있었다. 여자는 날마다 그 집으로 간다. 메
마른 화분처럼 푸석했던 여자의 일상에 꽃대 하나가 쑥 밀고 올라온 느
낌이다.

드디어 여자와 남자는 마주친다. '누구야?' 혀 풀린 남자의 목소리가
몽롱하다.

남자의 몸이 여자의 몸 위로 덮치듯 쓰러진다. 남자의 뜨거운 입술이 여
자의 목덜미를 파고든다. 지독한 술 냄새에 정신이 아뜩할 지경이다. 남자
가 우악스럽게 여자의 가슴을 잡아챈다. 우두둑 소리를 내며 기모노의 솔
기가 뜯겨져 나간다. 버둥거리던 여자의 손이 남자의 등허리에 놓이는 순
간, 여자는 자신도 모르게 손아귀에 힘을 준다. 어쩌면 아주 오래 전부터

이 순간을 기다려왔는지도 모른다는 생각이 든다. 술에 젖은 남자의 몸이 불에 달아오른 램프처럼 뜨겁다. 남자가 헉헉거리며 여자의 가슴 안으로 파고든다. 여자는 힘껏 남자의 허리를 끌어당긴다.(「봄날」)

인용문은 왜곡되고 일방적인 상상적 소통의 파국을 잘 보여준다. 여자에게 아파트는 새로운 가족을 꿈꾸는 공간일 테지만, 남자에겐 가족으로부터 추방되어 격리된 해체의 공간일 뿐이다.

어긋난 마주침(섹스) 이후 여자는 다시 아파트를 찾는다. 열쇠를 구멍에 들이민다. 들어가지 않는다. 예전의 열쇠 구멍이 뜯겨지고 새로 갈아낸 흔적이 완연하다. 여자의 몸속에서 무언가가 뭉텅 쏟아져 내린다. 산산조각난 가족의 봉합이 얼마나 지난한 여정을 예비하는지 시사하는 대목이다.

「주유소」에는 혼자 있는 일에 익숙하고, 날마다 하루가 똑같다고 생각하는 고독한 화자가 등장한다. 그녀에게 삶은 그저 견디는 것이다.

앞산 너머에 엎드려 있을 단칸방의 식구들은 사장이 건네는 일주일 분의 지폐로 일주일 단위의 삶을 살아가고 있을 것이다. 내 손에 들어와 본 적이 없는, 내 노동의 대가로.

가족이란 어차피 그런 것이다. 애정을 담보로 하여 밑동이 닳아 없어질 때까지 서로를 쇠사슬처럼 옭아매는 관계, 질척거리며 끌려가더라도 가족은 가족인 것이다.(「주유소」)

여자는 '떠날 수만 있다면…… . 이곳에서 벗어날 수만 있다면, 자동차의 꽁무니에 매달려서라도 저 산을 넘어갈 수만 있다면, 밤새워 걸어도 좋을 것'이라 생각한다. 그녀는 '질척거리는 가족으로부터, 숨 막히는 기름 냄새로부터, 아무런 일상의 변화가 없는 단조로움'으로부터 탈주하여 도시 사람이 되기를 꿈꾼다.

이러던 화자의 일상에 한 남자가 끼어든다. 낮에 기름을 넣고 떠난 그는, 산더미 같은 눈을 머리에 이고 문을 두드린다. 20년 만의 폭설 때문에 눈 덮인 산을 넘지 못했기 때문이다.

잠들어 있는 남자의 와이셔츠와 넥타이 그리고 넥타이핀에는 화자가 꿈꾸던 도시의 공기가 스며 있다. 하지만 도시 생활에 찌든 남자에게 그것은 그의 목을 사슬처럼 옥죄었을 족쇄였을 수도 있다.

도시 생활에 찌든 남자와 도시를 동경하는 여자가 몸으로 서로의 상처를 보듬는다. 화자는 지금의 그녀가 아닐 수만 있다면, 누군가의 몸속에 스며서라도 흔적 없이 사라져 버릴 수만 있다면 좋겠다고 꿈꾼다. 기억조차 나지 않는 까마득한 시원으로 되돌아간 것 같은 착각에 빠진다.

이들의 교감에 조금 더 귀를 기울여 보자. 화자는 삶이란 그저 견디는 것이라고 생각하고, 남자는 삶이란 허우적거릴수록 더 깊이 빠지는 수렁이라고 말한다. 화자는 방기할 수 없는 가족에 대해 말하고, 남자는 잃어버린 가족에 대해 이야기한다.

자고 일어나니 남자가 없다.

그는 어디만큼 가고 있을 것인가. 그의 모습은 눈물에 가려 보이질 않는다.

나는 기어이 울음을 터트리고 만다. 가슴 속 깊은 곳에서 뜨겁게 솟구쳐 오르는 울음소리는 희디흰 들판을 가로지르며 퍼져 나간다. 울음소리는 맞은 편 언덕 위에서 들려오는 제설차의 달달거리는 소리에 흔적 없이 스러진다. 나는 눈물어린 눈으로 모자이크처럼 일그러져 있는 풍경들을 향해 손을 흔들어 준다.(「주유소」)

화자는 '삶은 그저 견디는 것'이라는 말을 곱씹으며, '누군가 내게 손을 건네준다면 그의 손을 있는 힘껏 부여잡으리라 마음먹지만 그렇다고 해서 달라지는 것은 무엇인가' 반문해본다. 사정이 이렇다면 남자와의 이별을 수용하지 않을 도리가 없다. '눈물어린 눈으로 모자이크처럼 일그러져 있는 풍경들을 향해 손을 흔들어' 줄 수밖에. 삶이란 그런 것이 아니겠는가.

4. 일상의 덫에 갇힌 주부의 내면

「푸르른 기억-앵무새」는 일상의 덫에 갇힌 한 주부의 내면을 포착한 작품이다. 마치 이상의 「날개」(박제가 되어버린 천재/새)를 연상시키는 소설이다. 이 작품에 드러나는 풍란은 화자의 뿌리 뽑힌 일상적 삶을 상징한다.

풍란은 남편의 제자가 가져다 준 학위 심사 답례품이었다. 남편이 풍란을 집으로 가져왔을 때, 여자는 하마터면 비명을 지를 뻔 했다. 손바닥 크기의 바위 위에 심겨진 풍란은 맨 뿌리 세 개로 죽을힘을 다해 들러붙어 있었다. 민둥한 돌에는 물이 고일 곳이 없었다. 여자가 풍란 주변을 돌며 물뿌리개로 정성껏 물을 주었지만, 물은 금세 흘러내리곤 했다. 그런 물줄기를 잡느라 안간힘을 쓰고 있는 메마른 뿌리를 볼 때마다 여자는 늘 숨이 찼다.

남편은 여자의 질린 얼굴을 넌지시 바라보며 말했다.

봐 둬! 인생에서 적당한 긴장은 소금이야.(「푸르른 기억 - 앵무새」)

남편과의 섹스는 일상의 감옥에 갇힌(물줄기를 잡느라 안간힘을 쓰고 있는) '풍란'의 노예적 삶을 잘 보여준다.

조루 증세를 보이는 남편과의 섹스 때마다 여자는 최선을 다했다. 입가에 새어 나가는 가벼운 탄성까지 노력해서 만들어 놓은 여자는 그것이야말로 남편에 대한 최대한의 예의라고 생각했다. 남편의 남성성을 북돋아 주는 일이야말로 아내로서의 당연한 의무로 여겼다. 그렇게 함으로써 남성성의 복원을 가져올지도 모른다고 기대하기도 했다.

자신의 몸 위에서 헉헉거리다 떨어져 나가 쉽게 잠들어 버리는 남편의 등 위에서, 여자는 조심스럽게 자위를 했다. 절정으로 치솟아 오르는 순간, 여자는 스스로에게 되뇌었다. 우리에겐 채우지 못할 욕망 따위는 없는 것이라고. 나는 행복하다, 고. 스스로 '행복'하다고 믿는 자신의 결혼 생활에 '그늘'은 여자 스스로에게도 용납될 수 없는 것이었다. 수시로 여자는 자신에게 다짐을 주었다. 행복이란 별거냐고, 누구에게나 삶의 어려움은 존재하는 거라고, 자신이 느끼는 약간의 어려움 따위는 앞으로 충분히 해결해 갈만한 것이라고 믿었다.(「푸르른 기억 – 앵무새」)

아이가 학원에서 가져온 음악책의 '도돌이표'는 산기슭으로 굴러 떨어지는 두 개의 커다란 바위 덩어리처럼 보인다. 온 힘을 다하여 올려놓았음에도 또 다시 흘러내리기를 반복하는 바위 덩어리. 여자의 하루는 두 개의 바위 덩어리를 힘들여 올려놓는 일에 온 힘을 쏟아 붓는 일로 채워진다.

작가는 여자를 앵무새에 비유한다. 그녀에게 앵무새의 푸르른 기억은 아득히도 멀다. 인조 잔디 위에서만 뒤뚱뒤뚱 걸어야 했던 앵무새는 이미 나는 법을 잊어 버렸는지도 모른다. '광활한 벌판을 잊어버린 개가 주인의 손바닥을 달콤하게 핥아대며 옆구리 속으로 파고드는 것처럼', '퇴화되어 버린 날개'.

그렇지만 이 기억의 흔적은 불현듯 일상의 두꺼운 껍질을 비집고 나오게 마련이다.

안개를 머금은 바람이 호수의 저편 어둠 속에서 불어 왔다. 길게 늘어뜨려진 여자의 머리칼이 바람결에 맞추어 가닥가닥 춤을 추었다. 바람은 뜨거운 입김을 불어넣듯 여자를 향해 달려왔고, 그 바람에 여자는 교태를 떨듯 이리저리 몸을 뒤척이기도 했다.

여자는 부드러운 바람의 손길에 온 몸을 내맡긴 채 눈을 감았다. 애무하듯 여자의 얼굴을 어루만지던 바람이 여자의 귓불에 대고 간질이듯 속삭였다. 우리는 과거에 서로 무엇이었지? 서로를 스쳐가야만 했던 사랑이었나. 순간, 바람이 여자의 치맛자락을 나붓이 들어 올렸다. 훗, 미처 가릴 틈도 주지 않는 성급한 연인처럼 바람은 여자의 허벅지 깊숙한 곳까지 손을 밀어 넣었다. 저릿해진 여자의 몸이 한 마리의 짐승처럼 버둥거렸다. 여자의 얼굴은 금세 달아올랐고, 숨이 가빠졌다.

여자는 신발을 벗었다. 편편한 자갈 위에 앉아 물속에 발을 밀어 넣었다. 호수의 물은 옭죄인 여자의 발을 씻겨 주는 자상한 연인 같았다. 여자는 자상한 손길에 그대로 발을 내맡긴 채 몸을 누였다. 축축한 습기가 등마루 쪽에서 느껴졌다. 발끝에서 찰랑찰랑하게 어루만지던 호수의 물결이 여자의 발목까지 와 닿았다가 밀려갔다. 발바닥을 간질이는 부드러운 물결을 받으며 여자는 하늘을 바라보았다. 잘게 부수어진 유리 조각들이 햇빛을 받아 반짝이듯 별들이 지천으로 깔려 있었다.

언제였던가. 여자는 이와 똑같은 느낌을 주던 때가 있었던 것 같았다. 마치 전생처럼, 지금 이 순간과 너무나 흡사한, 그래서 바로 어제쯤으로 여겨지던 때가 분명히 있었다고 느꼈다. 그때와 지금이 만나고 있는 아주 익숙한 풍경 속에 자신이 놓여 있다는 생각을 하면서, 여자는 가슴에 따뜻하게 퍼져 나가는 물살을 느꼈다.(「푸르른 기억-앵무새」)

이러한 앵무새의 '푸르른 기억'은 '고양이 울음소리'에 의해 무참하게 파괴된다. 고양이 울음소리는 바람과 안개와 물결 찰랑이는 소리에 어우러진 여자의 내면을 물그림자처럼 흔들어 놓는다.

작가는 이 '푸르른 기억'의 파괴를 살짝 비틀어 제시했다. 실제로 일어난 일인지 아니면 상상 속의 사건인지 모호하게 처리되어 있다. 결코 놓쳐버리고 싶지 않지만, 그렇다고 현실에서 실현하기도 여의치 않은 앵무새의 푸르른 기억은, 현실과 현실너머의 경계에 보금자리를 틀고 있기 때문이리라. 이 기억의 흔적을 좇는 행위야말로 근대 서사의 모순된 운명을 체현하고 있는 것은 아닐까.

> 여자는 베란다에 나와 어둠을 응시하고 서 있었다. 뒤축을 꾹꾹 눌러 딛는 남편의 구두소리와, 샤워하는 남편의 물소리와, 헉헉대던 남편의 신음 소리가 순간처럼 짧았다. 여자의 가슴 안에 퀑하게 뚫려버린 구멍 속으로 아무런 흔적도 없이 스러졌을 뿐이다. 주차장의 가로등 하나가 눈동자처럼 명명하게 여자의 가슴을 밝히고 있었을 뿐.(「푸르른 기억 - 앵무새」)

푸르른 기억이 여자의 가슴에 뚫은 구멍 속으로, '뒤축을 꾹꾹 눌러 딛는 남편의 구두소리와, 샤워하는 남편의 물소리와, 헉헉대던 남편의 신음 소리'가 '순간처럼 짧'게 '스러'진다. 이렇듯 앵무새의 기억은 비록 '주차장의 가로등 하나' 정도의 희미한 빛으로 여자의 가슴을 밝히

고 있지만, '눈동자처럼 명명'하다. 이 '명명'한 '눈동자'야말로 장정희
의 소설이 뿜어내는, 근대적 일상을 밝히는 소중한 '빛'이 아닐까.